"레아!"
"……블랑?"
황금의 경험치 III
the golden experience point
특정 재해 생물
「마왕」 진격 멀티플레이

『다크 임플로전』!

더 이상 패배할 요인은 없다.
눈을 완전히 뜨고 기사들을 시야에 담았다.
『마안』에 의식을 집중했다.
그것을 트리거로, 마법이 발동한다.

〈내가 할까?〉
〈레아가 모습을 보여주면
여기 있는 네 명은 처리할 수밖에
없는데?〉
〈처음부터 그럴 생각이면서.〉
〈뭐, 어쩔 수 없지. 나와도 돼.〉

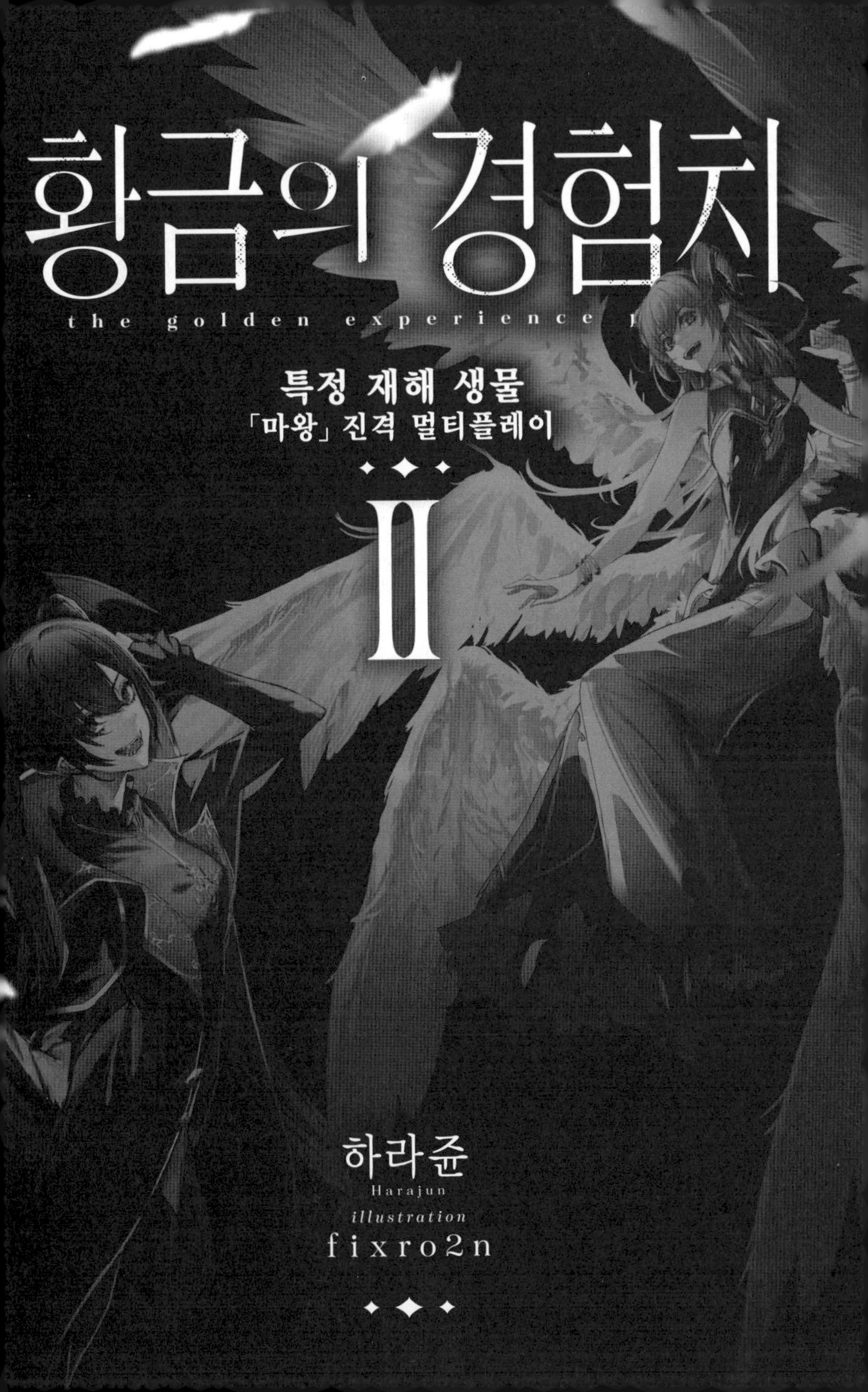
황금의 경험치
the golden experience
특정 재해 생물
「마왕」 진격 멀티플레이
II
하라쥰
Harajun
illustration
fixro2n

contents

the golden
experience point

MAP

the golden experience point

힐루스 왕국 지도

Kingdom of Hillus

Boot hour, shoot curse
/ Player Profile

레아

홈: 리베 대삼림

종족: 마왕(※특정 재해 생물)

특성: 『미형』『초미형』
『날개』『뿔』『마안』
『알비니즘』『약시』

개방한 스킬 트리:
『불 마법』『물 마법』『바람 마법』
『땅 마법』『번개 마법』『얼음 마법』
『정신 마법』『부여 마법』
『공간 마법』『빛 마법』
『식물 마법』『신성 마법』
『조교』『소환』『사령』
『조제』『연금』
『지배자』『비상』

주요 권속:
◆ 케리/수인(살쾡이 도적단)
◆ 마리온/수인(살쾡이 도적단)
◆ 레미/수인(살쾡이 도적단)
◆ 라일리/수인(살쾡이 도적단)
◆ 하쿠마/스콜
◆ 긴카/하티
◆ 스가루/퀸 베스파이드
◆ 요로이자카 씨/디바인 포트리스
◆ 켄자키 이치로~고로/디바인 암
◆ 디아스/데스 로드
◆ 지크/데스 로드
◆ 세계수

※현재까지 판명된 정보입니다.

프롤로그

힐루스 왕국에서 결성된 재앙 토벌군이 왕도를 떠난 지도 여드레.

마침내 라콜린느가 보이기 시작했다.

이날은 동이 트자마자 야영지에서 출발하여 아직 이른 시각이었다.

아흐레 전.

급히 원정군을 편성한다는 통보가 내려와 징병 연령에 달하지 않은 소년병부터 병역 의무를 마치고 퇴역한 예비군까지 소집됐다. 원정지도 알 수 없는 부대였지만, 확실한 것은 상층부가 현역 병사만으로는 병력이 부족하다고 판단했다는 사실이었다.

영문도 모른 채 서둘러 준비를 마치고 왕도를 출발할 때가 되어서야 왕족 직속 근위 기사부터 지휘관에게, 그것도 백부장(센추리온) 이상의 고관에게만 이 편제가 사실 원정군이 아니라 토벌군이라는 사실과 그 토벌 대상의 정체가 전달되었다.

인류의 적.

그 재앙에 관해서는 알려진 바가 거의 없었다.

에어파렌 인근의 리베 대삼림에 있다는 것.

그리고 사악한 존재에 속한다는 것.

이 정보는 힐루스 성교회의 총주교가 알려 줬으며 정확도가 아주 높다고 했다.

그 이야기를 들은 사령관을 비롯한 지휘관 일동은 머리를 쥐어뜯었다.

재앙은 인간이 감히 대적할 존재가 아니었다. 그것은 자연재해나 다름없으며 역사 속에서 종종 모습을 드러내는 천공성의 천사들은 병사 열 명으로 하나를 이길 수 있을까 말까였다.

그런 재앙을 처치한다.

아무리 병사를 모아서 군대를 이뤄도 가능할 리 없었다. 그 정도는 왕국 상층부도 뻔히 알 것이다. 그렇다면 왜 이런 짓을 하는가?

근위 기사가 사령관들에게 밝힌 사정은 이러했다.

재앙이라고 불려도 아직 태어난 지 얼마 지나지 않았다면 다른 대륙의 재앙만큼 성장하지 않았을 것이다. 그러니까 지금이라면 재앙의 싹을 잘라 버릴 수 있을지도 모른다.

"있을지도 모른다……라고? 희망 사항일 뿐이잖아……."

"무슨 말을 하고 싶은지 안다. 하지만 방치할 수도 없어. 장차 하루하루를 재앙에 떨면서 살 바에야 여기서 실낱같은 희망에 기대어 토벌을 노릴 수밖에."

"근위 기사님, 그건 압니다. 알지만……."

"사령관, 이미 토벌군 편성은 완료했고 머지않아 출정이야. 이제 멈출 수 없어."

그건 그렇다. 이제는 피할 수 없다. 피할 수 없다면, 각오하고 나아가야 한다. 무엇보다 사령관과 지휘관이 병사 앞에서 약한 모습을 보일 수는 없었다.

행군은 아무 차질도 없이 예정보다 빠르게 진행됐다.

최단 거리로 이동하는 탓에 마물의 영역에 인접한, 흔히 말하는 변경 도시를 경유하기도 했다.

본래 마물의 영역 근처에서 이토록 많은 인류가 움직이면 상황을 살필 겸 견제해 오는 마물이 있게 마련이다.

하지만 이번 행군에서는 그런 일이 없었다. 마물들이 모두 그럴 상황이 아니라는 것처럼. 일대는 으스스할 만큼 조용했고, 어떤 좋지 않은 징조처럼 사령관에게 불길한 예감을 안겨줬다.

"……아니, 예정이 순조로우니까 기뻐해야지. 지금은 한시라도 빨리 목적지에 도착해 임무를 수행해야 한다. 다른 생각을 할 때가 아니야."

불현듯 대열 앞쪽이 소란스러워졌다.

위치로 보아 선두가 라콜린느에 도착한 것일까?

이곳을 넘으면 다음은 변경 도시 루르드다. 그 앞에 목적지인 에어파렌, 그리고 리베 대삼림이 있다.

라콜린느는 마물의 영역과 떨어져 있고 교통의 요충지이기도 하여 유통과 도시 확장에 방해되지 않도록 성벽을 세우지 않았다. 주변보다 다소 높은 지형에서 성장하는 만큼 덩치를 불린 도시는 왕도에 견주어도 손색이 없는 넓이였다. 그리고 활기는 왕도마저 능가할 정도였다.

라콜린느를 처음 본 병사들이 놀라서 소란을 떠는 것이라면 충분히 이해할 수 있었다.

전방 부대를 지휘하던 백부장 한 명이 사령관에게 달려왔다. 도시에 도착했다는 보고라면 전령을 보내도 족할 것이다. 구태여 지휘관이 직접 올 일이 아니었다.

"무슨 일이지?"

"보고합니다! 곧 라콜린느에 도착합니다! 하지만 하늘에……."

말에 올라타서 눈 아래의 대열을 주로 살피던 사령관은 그때 처음으로 시선을 위로 들었다.

라콜린느 너머로 먹구름이 밀려오는 것처럼 보였다.

아니, 구름이라고 하기에는 실루엣이 엉기성기해서 알알이 뿌려진 모래 같은 느낌이…….

"저건 뭐지……?"

"모르겠습니다. 모르겠지만 급히 도시로 들어가는 편이 낫겠습니다."

만약 저것이 재앙과 관련된 일종의 마물이라면 라콜린느만의 문제로 그치지 않는다. 토벌군이 대처해야 할 사태다.

물론 그 경우에는 재앙이 이미 대삼림 밖으로 진출했다는 의미이며, 토벌 성공률은 한없이 0에 가깝겠지만.

"그 말이 맞군. 전군 속도를 높여 도시로 진입한다."

라콜린느 내부는 평소의 활기를 잃고 죽은 듯 고요했다.

도시에 들어오자 그 기묘한 구름의 정체도 보였다.

그것은 개미를 끌어안은 벌떼였다.

아직 거리가 꽤 있는데도 형태를 알 수 있을 만큼 거대한 벌이었다. 사령관이 아는 벌의 크기와는 너무 달랐다.

아무래도 일정 거리를 유지하며 공중에 정지한 듯했다. 뭔가를 기다리는 것처럼도 보였다.

"우선 영주에게 원정대가 도착했다고 보고해라. 그리고 재상 각하께 전서구를 보내도록. 이 도시에 도착하는 대로 전서구를 띄울 예정이었다. 그 보고에 거대한 개미를 안은 거대한 벌떼와 대치했다고 적어라. 재상 각하의 의견을 구하겠다."

벌들이 떠 있는 곳은 도시 동쪽 상공— 즉, 루르드 방면이었다. 벌이 바로 아래를 통과하도록 내버려둘지 의문이었다.

전서구는 보냈지만, 재상의 지시가 오기 전에 상황이 개시될 가능성이 대단히 컸다.

병사들에게서 불안이 엿보이지만, 원래 이들은 재앙을 타도하기 위해 편성된 부대다. 힐루스 왕국이 싸우는 재앙은 천사들뿐이었던 터라 다수의 병사로 하늘을 나는 적과 싸우는 방법이 훈련 과정에 포함된다. 최근 징병된 소년병들은 군사 훈련을 받지 못했지만, 퇴역한 베테랑 예비군을 내세우면 지원 부대 정도로는 운영할 수 있으리라.

"천사 대부분은 아무런 대책 없이 백병전을 시도하지. 그에 대항하기 위해 손발을 맞춰 훈련해 온 병사들이다. 저기 있는 건 벌과 개미지만……. 뭐가 됐건 백병전이라면 천사를 상대하는 요령과 다를 바 없겠지. 이 정도 병력이라면 퇴치도 가능할 거다."

사령관은 도시 안에 지원 부대를 남기고 현역 병사만으로 구성된 공격 부대를 도시 동쪽에 배치하라고 지시했다. 적을 자극하지 않게 도시에서 너무 멀리 나가지 말라는 주의도 덧붙였다.

백부장들은 명령이 떨어지기 무섭게 흩어졌고, 그와 동시에 영주 저택으로 달려갔던 전령이 돌아왔다. 영주가 면담을 요청한 모양이었다.

사령관은 부관에게 부대 지휘를 맡기고 영주 저택으로 향했다.

'괜찮다. 아무런 문제도 없어. 없을 거야…….'

"갑자기 불러서 미안하군. 환영하네. 우선은 앉게."

영주 저택에 도착해 이름을 밝히자 바로 응접실로 안내받았다. 예의상 투구는 벗었지만, 갑옷을 입었는데도 소파에 앉도록 허락했다. 검 소지도 눈감아 줬다. 굉장히 이례적인 대응이었다.

"너희는 나가 있어라. 용건이 있으면 벨로 부르마. 그때까지는 응접실에 아무도 들이지 마라."

영주는 자신의 호위 기사를 물리고 문밖에 대기시켰다. 이 또한 이례적이었다. 아무리 군대를 이끄는 사령관이라도 귀인이 일개 군인과 일대일로 대담을 나눈다는 이야기는 들은 적이 없다.

"사령관도 봤겠지. 동쪽 하늘에 떠 있는 벌레들을. 그게 설마 재앙과 관련된 현상인가? 아니, 사양할 필요는 없네. 나는 왕도에서 재앙이 탄생했다는 소식을 이미 접했으니."

사령관은 안도했다. 재앙에 관한 정보를 숨긴 채로 그 마물들의 대처를 논하기는 어려웠다.

"……제 입으로는 뭐라고 말씀드리기 어렵습니다. 현재 재상 각하께 라콜린느의 상황을 보고하고 지시를 기다리는 중입니다."

"그런가……. 아니, 고맙네. 사령관은 이곳을 통과해서 한시바삐 에어파렌으로 가고 싶을 테니까."

"아닙니다, 비상 상황이지 않습니까. 저희도 힘닿는 데까지는……."

“미안하네……. 가능하면 오랜 이동으로 지쳤을 귀관들을 위로하고 싶으나, 상황이 여의찮군. 그마저도 베풀지 못하는 라콜린느를 용서해 주게.”

“고개를 드십시오. 말씀만으로도 감사합니다.”

그때 둔탁한 노크 소리가 났다. 마치 손잡이를 두드리는 것 같은 소리는 밖에 있는 호위 기사가 건틀릿을 끼고 두드리기 때문이다.

아무도 들이지 말라고 명령받은 기사가 일부러 노크할 정도라면 예삿일은 아닐 것이다.

한순간 영주와 눈빛을 나눴다.

“왜 그러지? 무슨 일이라도―.”

그 순간, 멀리서 벼락이 떨어진 듯한 먹먹한 소리와 진동이 퍼졌다. 계속해서 울리는 소리가 영문 모를 불안을 부추겼다.

“웬 소리냐! 무슨 일이야!”

“실례합니다! 사령관님! 벌들이 움직이기 시작했습니다!”

더는 여유가 없다고 생각했는지 전령이 문을 열고 소리쳤다.

그렇다면 이 소리와 진동은 그 벌들이 일으켰다는 말인가. 대체 뭘 하면 이런 소리가 날 수 있는가.

“영주님, 죄송합니다. 일단 저는 도시로 가겠습니다!”

“미안하지만 부탁하겠네! 도시에 있는 호위 기사에게는 귀관들과 연계하도록 지시해 뒀네! 마음대로 써 주게!”

“감사합니다! 나중에 뵙죠!”

저택에서 나오자 소리가 더 크게 울렸다. 동녘 하늘로 연기가 피어오르고 있었다. 서둘러 그쪽으로 가고 싶지만, 도망치는 주민들을 거슬러 오르기는 쉽지 않았다.

가까스로 인파를 가르고 거리를 달리는데, 도망치는 사람들 사이에 주민이 아닌 자가 섞여 들었다.

토벌군이었다. 지원 부대로 도시 동쪽에 배치한 그 소년병들이다.

지켜야 할 주민을 놔두고 도망치는 모습에 격앙할 뻔했지만, 그들은 정규 훈련을 받지 않았다. 얼마 전까지는 도망치는 쪽에 서 있던 자들이니까 혼란에 빠져 도망간들 마냥 탓할 수는 없었다.

"이봐! 무슨 일이 있었지!"

근처에 있는 소년병을 잡아서 다그치듯 물었다.

"개, 개미예요! 개미가 바위를 날려서……."

"개미라고?! 벌이 안고 있던 그건가!"

"네, 그 개미요! 개미가 날린 검은 바위가…… 갑자기 터지더니……!"

벌은 분명히 개미를 끌어안고 있었다.

개미집을 들쑤시고 사냥해 돌아가던 길이겠거니 하고 대수롭지 않게 생각했다. 개미와 벌의 관계를 깊이 생각하지 않았다.

그게 아니었다는 말인가. 그건 개미를 안은 벌떼가 아니라…….

벌이 운반하는 개미 떼였다는 말인가. 하늘에서 공격하기 위한.

"그런 말도 안 되는……."

개미와 벌, 양쪽을 모두 지배하는 자가 통솔이라도 하지 않는 한 불가능한 사태였다.

그런 존재가 어디에…….

"설마…… 그게 재앙……인가……?"

지진 같은 굉음은 지금도 이어졌다. 사령관은 이미 걸음을 멈췄건만, 오히려 소리는 가까워졌다.

사령관은 전령을 데리고 동쪽으로 급히 달렸다.

“사령관님! 여기에 종탑이 있습니다! 올라가면 도시 상황이 얼추 보일 겁니다!”

좀처럼 앞으로 갈 수 없어서 마음만 조급해지는 사령관에게 전령이 말을 걸었다.

듣고 보니 본대와 합류하기 전에 상황을 정확하게 파악하는 편이 나을지도 모른다.

종탑에 오른 사령관은 우선 본대의 위치를 확인할 생각이었다. 그런 뒤 상황에 따라서 최선의 대응책을 판단해 본대로 간다. 그렇게 생각했다.

하지만 그럴 필요는 없었다.

도시 밖 동쪽 대지가 갈아엎어져 있었다.

원근감이 이상해질 만큼 광대한 토지가 파종 전의 농토처럼 변했다. 본대는 어디로 갔는지 보이지 않았다.

아니, 저곳은 도시 밖이 아니다. 도시의 내부다. 도시 밖에서 이어지는 도시 안쪽, 동쪽의 약 4분의 1이 쑥대밭으로 변했다.

그리고 그런 땅이 지금도 늘어나고 있었다. 개미를 안은 벌들이 횡대로 떠 있었다. 개미의 배 끝에서 일제히 검은 물체가 발사됐다. 멀리서 봐도 상당히 빠른 속도였다. 그것이 도시에, 집에 접촉하자마자 폭음과 함께 터지며 불과 파편을 흩뿌렸다.

벌 군단이 지나간 자리에는 아무것도 남지 않았다. 무슨 원한이라도 있는 것처럼 빈틈없이 바위를 쏟아냈다.

그 안에 있으면 주민이 살아남을 가능성은 희박하지만, 토벌군은 그렇지 않았다. 집조차 일격에 파괴하는 광범위 공격이라도 강하게 단련된 일부 병사라면 버틸 수 있다.

지금도 파괴된 도시에서 잔해를 치우며 일어나는 병사가 있었다.

하지만 그는 일어난 순간 머리에서 피를 뿜으며 쓰러졌다. 이곳에서는 무슨 일이 벌어졌는지 알 길이 없지만, 이미 죽었다는 사실만은 알 수 있었다.

설령 바위 세례를 버텨도 결과는 바뀌지 않는 모양이었다. 일어나봤자 영문 모를 공격이 숨통을 끊는다.

사령관은 이미 알고 있었다.

이 공격에서 주민을 지키기는 불가능하다.

이 도시는 멸망한다.

재앙 토벌도 실패다.

재앙은커녕 그 첨병인 마물에게도 손쓸 방도가 없다.

교통의 요충지이자 상업의 요충지인 라콜린느를 잃은 왕국은 앞으로 어떻게 될까.

예비군, 그리고 나라의 미래를 짊어질 젊은이들까지 징집한 왕국군의 주력 부대도 잃었다. 더는 재앙에게 조직적으로 대항할 방법이 없었다.

"아니, 그런 미래를 걱정한들 무슨 소용인가……. 만약 이 기세로 벌떼가 왕도까지 날아가면…… 귀족들은 살아남아도 왕도의 백성은—."

제1장 나들이 성과

제2회 공식 대규모 이벤트「대규모 공방전」.

플레이어는 마물과 인류 중 한쪽 편에 협력해 두 세력의 대규모 공방전에 참가하는 이벤트다.

이번에 레아가 협력하는 세력은 당연히 마물이었다. 말이 협력이지, 오히려 주력이 되어 인류를 공격하고 있었다. 부하인 마물을 이용해 이미 두 도시를 지도상에서 지웠다.

레아의 본거지, 리베 대삼림에서 가장 가까운 에어파렌을 개미 군단이 습격했고, 세계수가 장악한 토레 숲에서는 무수한 트렌트가 기어 나와 루르드를 집어삼켰다.

이 기세를 몰아서 가도로 이어진 라콜린느라는 무역 도시도 박살 내고, 마지막에는 힐루스 왕국 왕도를 제압해 부하 마물이 우글거리는 던전으로 만든다. 그것이 이번 이벤트에 참가한 레아의 목적이었다.

상당히 비도덕적인 플레이 같지만, 문제는 없다. 왜냐하면 레아가 마물 세력에 가담해 인류를 유린하는 것은 게임 운영진으로부터 의뢰받은 일이기 때문이었다.

라콜린느까지 이동한 레아는 언덕 전체가 적당히 갈아엎어진 광경을 만족스럽게 쳐다봤다.

그 성과를 똑똑히 확인한 뒤, 도시를 쑥대밭으로 만든 포병과 항공병 팀을 잠시 물렸다. 다음으로 청소 담당인 저격병과 항공병 팀에게 명령해 생존자를 헤드샷으로 처리했다.

놀랍게도 몇몇 병사는 헤드샷까지 튕겨냈다. 특히 제대로 된 갑옷을 차려입은 기사 같은 이들은 전부 그랬다. 투구를 비롯한 방어구 덕이기도 할 것이다.

"이상하게 군인이 많아 보였는데 왕도에서 온 원군인가? 왕도 병사쯤 되면 융단 폭격에서도 살아남고 헤드샷도 안 통하는 인간이 있나.

그런데 내가 에어파렌을 함락한 게 어제인데 원군이 너무 빨리 오는걸. 왜 이런 대군이 여기까지 와 있지?"

살아남은 병사와 기사는 지독한 참상을 목격하고 비통에 빠진 듯했다. 하지만 곧 원망스러운 눈길로 하늘을 쏘아봤다.

"이래도 죽지 않는다면 이 이상은 개미로 처리하기 힘들겠어."

지금 이 도시에는 레아와 항공 부대밖에 오지 않았다. 그러지 않으면 에어파렌에서 라콜린느까지 하루 안에 도착할 수 없다.

레아가 직접 정리해도 되겠지만, 아직 실전에서 써 보고 싶은 병력이 있었다.

『연금』 트리의 스킬 『위대한 작업』으로 레아가 만든 금속 스켈레톤 군단, 통칭 아다만 시리즈였다.

여기서부터는 작은 도시를 무시하고 왕도로 진군할 예정인데, 왕도를 폐허형 던전으로 만들려면 융단 폭격을 쓸 수는 없었다. 그렇다면 항공병들은 이제 쉬게 해줘도 될 것이다.

“수고했어. 숲으로 돌아가렴.”

모든 개미의 어미인 스가루에게 친구 채팅으로 연락해서 전원을 『소환』해 숲으로 돌려보냈다.

그런 뒤 다시 지상을 보며 대략적인 병력을 분석했다.

“어디 보자…… 이 정도라면 3개 소대면 될까?”

상공에서 아다만 소대 셋을 순서대로 『소환』했다.

레아는 『빛 마법』인 『위장』으로 모습을 감췄기 때문에 허공에서 갑자기 나타난 것처럼 보였을 것이다. 이 연출에 특별히 의미는 없지만, 시각적으로 멋진 그림이 되었을 것이다. 자고로 이벤트는 화려해야 하지 않겠는가.

『소환』된 아다만 소대는 중력에 따라서 낙하해 땅울림과 흙먼지를 일으키며, 부드러운 흙이 드러난 대지에 묻혔다. 그들은 낙하 충격에서 벗어나자마자 차례대로 땅에서 기어 나와 병사들을 덮쳤다.

일단 레아가 놀란 점은 병사가 아다만 나이트의 검을 피했다는 것이었다. 대삼림에 놀러 오던 플레이어라면 지금 공격으로 죽었다. 그 후 병사는 섬전 같은 일격으로 받아쳤고, 아다만 나이트도 피하려고 했으나 갑옷에 명중하고 말았다. 병사의 검보다 아다만 나이트가 단단해서 피해는 없었지만, 상대의 장비가 좋았다면 아다만 나이트로는 이기지 못했을 것이다.

실력보다는 능력치 차이에 밀려 병사의 수는 차츰 줄어들었다. 저런 실력을 갖추고도 장비 수준이 떨어져서 죽는 모습을 보자니 레아는 안타까운 마음을 금치 못했다.

한편, 기사처럼 좋은 장비를 입은 이들은 아다만 시리즈를 상대로 한 발자국도 물러나지 않았다.

아다만 리더가 겨우 호각으로 싸우는 수준이었다. 지금까지 본 인간과 비교하면 경이로운 실력이었다. 아다만 리더와 호각이라는 말은, 달리 말하면 제1회 이벤트에 참가했을 당시 요로이자카 씨와 비슷하다는 뜻이다.

세 소대에는 아다만 리더가 세 명밖에 없어서 기사 세 명은 리더가 맡고, 나머지는 아다만 나이트와 스카우트가 협력하고 아다만 메이지가 엄호해서 전황을 유지하고 있었다.

하지만 이만큼 강하고 수가 적은 기사라면 어쩌면 시스템상으로도 주군을 모시는 기사일지 모른다. 그렇다면 어딘가에 있을 주군을 죽이지 않으면 진정한 의미로 죽일 수 없다.

시스템상 기사란 귀족 계급인 주군에게 『사역』되었다는 뜻이다.

주군이 『사역』하는 캐릭터―「권속」은 사망해도 일정 시간이 지나면 부활한다. 심지어 플레이어의 리스폰과 달리 경험치를 잃는 페널티가 없다. 그 대신 자력으로 경험치를 획득할 수 없다는 단점이 있으나, 권속의 행동으로 얻는 경험치는 일괄적으로 주군이 받는다. 세력 전체로 보면 손실이 없는 편리한 시스템이다. 물론 그만큼 엄격한 전제 조건이나 초기 투자가 필요하고 주군이 사망하면 부하인 권속도 모두 사망하는 크나큰 위험도 동반되지만.

레아가 마물을 부리는 것도 이 『사역』의 힘이었다.

기사들이 주군을 찾지 않고 아다만들과의 전투에 몰두하는 것은 주군이 죽지 않는다는 확신이 있기 때문이리라. 부자연스럽게 동료를 감싸는 모습도 보이지 않으니까 기사로 위장해서 숨어 있지도 않을 것이다.

그렇다면 이 도시에 없을지도 모른다.

레아가 그렇게 생각하면서 생존자를 찾아서 도시 상공을 서성거리는 사이, 병사의 수가 줄어 균형이 무너지면서 전장은 정리된 모양이었다. 원래 장소에 돌아오자 병사와 기사 시체가 누워 있었다.

"아다만들은 옮길 수 없으니까 이대로 남겨 둘 수밖에 없나. 그럼 나 혼자 왕도로 날아가서 소환하면 되겠지. 『비상』은 참 편리해."

인벤토리에서 지도를 꺼냈다. 운영진과 교섭해서 얻은 희귀 아이템이었다.

왕도는 여기서 대충 서쪽 방면이었다. 적당히 그쪽으로 날아가다가 어느 정도 가까워지면 가도를 찾아서 따라가면 될 것이다.

이 거리를 걸어가면 며칠이 걸릴지 모르지만, 날아서 가면 금방이다.

바람이 상쾌하다.

……라고 말하고 싶지만, 요로이자카 씨 안에 있어서 바람은 전혀 느껴지지 않았다. 하늘에서 내다보는 경치는 대단히 좋았지만.

경치를 감상하면서 날아가는데 시야에 들어온 새 한 마리가 신경 쓰였다. 고도는 레아보다 꽤 낮지만, 상당히 먼 전방에서 날아오는 것이 보였다. 그 새는 레아를 지나쳐서 그대로 날아갔다.

작은 새였다. 아마 비둘기일 것이다.

문득 생각했다. 그 비둘기는 누가 기르는 전서구가 아닐까, 라고.

그다지 깊은 이유는 없었다. 그냥 비둘기에서 전서구를 연상했을 뿐이었다.

만약 그렇다면 어디로 가는 것일까. 이 앞에는 파괴된 잔해더미밖에 없다. 하지만 비둘기를 날린 인물이 그 사실을 알기는 어렵다.

그렇다면 잔해더미가 되기 전의 도시에 연락하려는 자가 있다는 뜻이다.

레아는 호기심으로 그 비둘기를 잡아보기로 했다.

유턴해서 비둘기를 쫓아 요로이자카 씨의 손을 뻗어 조심스럽게 감쌌다. 하지만 역시나 힘 조절에 실패해 으깨지고 말았다. 적당한 부하를 불러서 대신 포획하는 편이 나았을지도 모른다. 예를 들면 라일리가 잡아 줘서 테이밍한 포레스트 아울 오미너스 군이라거나.

피투성이가 된 비둘기를 뒤집어 보자 다리에 뭔가 묶여 있었다. 짐작대로 전서구였다. 편지를 찬찬히 읽고 싶지만, 시간을 낭비하기는 싫었다.

여기서 레아는 한 가지 묘안을 떠올리고 오미너스 군을『소환』해 왕도로 날렸다.

일단 땅으로 내려와서 나무 그늘에 숨어 요로이자카 씨 안에서 나왔다. 피가 묻지 않게 조심하면서 비둘기 다리에 묶인 작은 통을 빼냈다. 통에는 천 조각 같은 것이 들어 있었다. 꺼내서 펼쳐 보자 의외로 컸다.

거기에 적힌 내용은 레아를 조금 놀라게 했다. 하지만 충분히 이해할 수 있는 내용이기도 했다.

그 도시에 있던 이상할 만큼 많은 병사는 레아를 치기 위해 준비된 토벌군인 듯했다. 편지에는 「재앙 토벌」이라는 내용과 근거지가 리베 대삼림으로 추정된다고 적혀 있었다. 최근에 있었던 일을 생각하면 이 재앙은 레아 본인을 가리킨다고 봐도 무방할 것이다.

최근에 있었던 일이란 레아가 마왕으로 전생했을 때 발신된 시스템 메시지였다. 메시지에 따르면 마왕은 「특정 재해 생물」로 분류된다. 그 메시지를 들은 NPC가 왕국 상층부에도 있었으리라. 이 편지를 보낸 사람은 힐루스 왕국 재상이라고 한다. 재상은 아무나 쉽게 만날 수 있는 사람이 아니다. 국가 중심부에 영향력을 끼칠 수 있는 인물이 시스템 메시지를 듣지 않았다면 레아에 관한 정보가 재상에게까지 전해질 리 없다.

편지 수취인인 「사령관」이란 아마 그 군대를 지휘하던 인물이리라.

왜 그 도시에 대군이 있었는지 이제야 이해했다.

편지에는 라콜린느를 희생해서라도 재앙 토벌을 우선하라고 적혀 있었다. 재상은 라콜린느의 파멸과 재앙 토벌을 원하나 보다.

레아 토벌은 실패했지만, 라콜린느는 소원대로 파멸시켰으니까 토벌대의 목적은 절반 달성했다고 말할 수 있지 않을까. 재상이라는 작자도 이 정도면 만족할 것이다.

'그나저나 나를 없애려고 군대를 보내……?'

어떻게 레아의 주거지가 리베 대삼림인지 아는지 모르겠지만, 왕국은 레아를 어지간히 눈엣가시로 여기는 듯했다.

사람을 때렸으면 한 대 맞아야 인지상정 아니겠는가.

사실 레아는 맞지 않았지만, 상대가 주먹을 든 것은 확실했다. 그것을 끝까지 휘두르고 말고는 상대방의 사정이고, 주먹을 든 시점에서 반격당해도 할 말이 없다는 것이 레아의 생각이었다.

여기서 낭비한 시간은 길지 않지만, 마침 좋은 기회니까 스킬을 시험하는 겸 시간 손실을 메우고 싶었다.

레아는 다시 요로이자카 씨 안으로 들어가서 스킬을 발동했다.

"『캐슬링: 오미너스 군』."

한순간 붕 뜨는 느낌이 든 후, 레아의 몸은 하늘에 있었다.

방금 날려 보낸 오미너스 군과 레아의 위치를 바꾼 결과였다.

허둥지둥 『비상』으로 추락을 면했다.

"아하, 이렇게 되는구나. 『캐슬링』할 대상이 어디에 있는지 미리 『시각 소환』으로 확인하는 편이 좋겠어. 하지만 그러면 그냥 『술자 소환』으로 충분하지 않나. 본래 긴급 피난용 스킬이겠지만, 그럴 기회도 없으니까."

오미너스 군에게는 알아서 돌아가라고 지시했다. 그게 어렵다면 볼일을 마친 뒤에 『소환』할 테니까 근처에서 놀아도 된다고 말해 뒀다.

왕도가 가까워지면 가도를 찾을 생각이었지만, 굳이 찾지 않아도 바로 눈에 띄었다. 나라의 중심인 터라 여러 방면으로 길이 통하는 모양이었다.

지금 레아의 아래에 있는 길이 라콜린느 방면에서 이어진 가도인지는 모르겠지만, 상당히 구불구불하게 꼬여 있었다. 숲과 언덕, 넓은 강을 우회하려면 어쩔 수 없는 일이지만.

어쨌거나 가도를 따라가면 왕도에 도착할 것이다. 슬슬 『위장』을 발동하는 게 좋겠다.

왕도를 제압하고 죽음의 도시로 바꾸어 놓자.

제2장 웨인, 왕도에 서다

《한 시간 안에는 부활을 받을 수 있지만, 지금 바로 리스폰하시겠습니까?》

《이벤트 기간에는 경험치가 감소하지 않습니다.》

《당신의 리스폰 포인트를 찾지 못했습니다. 부활할 수 없습니다. 그 외에 등록된 리스폰 포인트가 없습니다. 무작위 초기 스폰 지역에서 리스폰하시겠습니까?》

"……하아."

에어파렌에서 개미 대군이 도시를 짓밟은 후, 웨인은 몇 번이나 리스폰하게 됐다. 이벤트 기간이라서 그런지, 랜덤 리스폰으로 방문한 도시가 전부 마물에게 습격당한 탓이었다. 그리고 웨인은 방어에 참가했다가 번번이 사망해 리스폰했다.

몇 번째인지 모를 리스폰 후, 웨인은 마을을 찾아서 하릴없이 걸었다.

그러다 발견한 도시에는 다른 곳보다 훨씬 훌륭한 성과 성벽이 있었다.

저곳은 왕도다. 지금 가장 안전한, 이벤트에서 가장 거리가 먼 장소다.

하지만 갈 수밖에 없다.

이벤트 기간에는 거리와 관계없이 인접한 도시로 전이하는 서비스가 있었을 것이다. 그 기능을 이용해 왕도 근교부터 차근차근 변경으로 가는 수밖에 없다.

왕도에 도착한 웨인을 맞이한 것은 이상하게 기분이 좋은 문지기였다.

마치 자기가 문지기라는 사실을 신에게 감사하듯 열정적으로, 그리고 싹싹하게 일하고 있었다.

그에게 안내받아 일단 용병 조합으로 갔다. 플레이어가 있으면 이야기를 듣고 싶었다.

그나저나 역시 왕도는 뭐가 달라도 다르다. 거리도 아름답다. 걷기만 해도 즐거운 곳은 생각만큼 흔치 않다.

도착한 용병 조합도 에어파렌의 어딘지 모르게 무기력한 분위기와는 천지 차이였다. 식당을 함께 운영하는지 먹음직스러운 냄새가 감돌았다.

"……뭐라도 가볍게 먹자."

웨인이 식당 쪽으로 발길을 돌렸을 때, 절그럭절그럭 소리를 내며 호화로운 갑옷을 입은 기사가 조합으로 들어왔다. 보통 저런 멀끔한 기사는 용병 조합에 오지 않는다. 무슨 용건일까.

아무래도 기사는 용병을 모으는 것 같았다. 조합 카운터에서 접수원에게 그런 취지를 전달하고 있었다. 「보관고 소유자」가 있으면 더욱 좋다는 이야기도 들렸다.

"나으리, 죄송하지만 그 녀석들은 전부 짜기라도 한 것처럼 어제부터 코빼기도 안 보입니다. 평소에는 시간에 상관없이 들이닥치는 주제에 어디서 뭘 하는지 원."

기사는 플레이어에게 볼일이 있는 모양이었다. 플레이어들이 어제부터 보이지 않는 이유는 이벤트에 참가하려고 변경 도시로 떠난 탓이리라. 웨인도 플레이어를 만날 생각으로 조합까지 왔는데 헛걸음이었나 보다.

웨인은 식당에서 따끈따끈한 간식거리를 주문해 인벤토리에서 돈을 꺼냈다.

"응? 당신 보관고 소유자야?"

"맞아. 나도 다른 보관고 소유자를 만나러 왔는데 오늘은 날이 아닌가 봐."

그때, 그 말을 들었는지 기사가 다가왔다.

"실례하겠네! 자네는 보관고를 가진 용병인가?"

"네? 아, 네."

"보관고 소유자는 아무리 멀리 떨어져도 서로 연락할 수 있다고 하던데 사실인가?"

친구 채팅을 말하는 것일까. 그건 친구로 등록한 사람이 아니면 쓸 수 없다.

물론 전용 SNS나 인터넷 게시판을 쓰면 불특정 다수의 플레이어와 대화도 가능은 하지만.

"뭐, 그렇죠. 가능은 한데……."

"그런가! 미안하지만 성까지 함께 와줄 수 있겠나? 일각을 다투는 상황이네!"

웨인은 자기 실력을 잘 알고 있었다. 그건 저번 이벤트에서도 밝혀졌다. 뛰는 놈 위에 나는 놈 있고, 나는 놈 위에는 천상계가 있다.

기껏해야 기어다니는 놈인 자신이 왕성에 들어가게 될 줄은 꿈에도 몰랐다. 웨인은 시종일관 주눅 들어 있었다.

기사의 뒤를 따라서 걷는데 차츰 위로, 안쪽으로 들어갔다. 복도는 넓지만 복잡했고, 이제는 혼자서 돌아가라고 해도 돌아갈 자신이 없었다.

도중부터 지나치는 사람들의 시선이 날카로워졌다. 역시 본래는 용병 나부랭이가 발을 들일 곳이 아닌 듯했다.

"실례합니다! 보관고 소유자를 한 명 찾아왔습니다!"

이윽고 도착한 중후한 문 앞에서 기사가 노크했고, 입실 허가가 떨어져 안으로 들어갔다. 웨인도 그를 따랐다.

"실례합니다아……."

"오오, 잘 와주었네!"

방 안에 있던 인물은 우선 소파에 앉으라며 자리를 권했다. 응접실에 있을 법한 부드러워 보이는 소파였다. 웨인은 시키는 대로 그곳에 앉았다.

"일단 찾아와 줘서 고맙네. 나는 폐하의 은덕으로 이 힐루스 왕국의 재상을 맡은 더글라스 오코넬이라고 하네. 잘 부탁하네."

재상이라고?

거물이었다. 일개 용병과 면회할 신분이 아니다.

그런 그가 왜 웨인— 아니, 플레이어를 불렀을까.

"……아, 저는, 웨인입니다. 성은 따로 없고요. 용병일을 합니다.

잘 부탁드리겠습니다."

"좋네. 웨인 공은 왜 본인이 이곳에 불려 왔는지 궁금할 테지?"

"……네."

"실은 지금 왕국 각지가 마물에게 습격받고 있네. 우리나라는 대응에 쫓기느라 경황이 없고, 나도 어제부터 한숨도 못 잤어."

예상하지도 못한 「나 못 잤어」 어필이었다. 웨인도 VR 봉급쟁이인 친구에게 자주 이 소리를 듣는데, 게임 속 세계에도 이런 문화가 있을 줄은 몰랐다.

"하지만 사실 사건의 발단은 지금으로부터 약 열흘 전에 벌어졌네."

재상은 대체 무슨 이야기를 하는 것일까.

이벤트는 어제부터 시작됐다. 하지만 운영진의 준비 작업은 열흘 전부터 있었다는 이야기일까?

"열흘 전, 우리 국교인 힐루스 성교의 총주교 성하께서 신탁이 내려왔다고 발표하셨지."

"신탁……이요?"

사이비인가, 라는 생각이 얼핏 스쳤지만, 생각해 보니 이곳은 검과 마법의 판타지 세계다. 신탁이라는 시스템이 정말로 존재해도 이상하지 않다.

"그러하네. 신탁이란 신께서 총주교 성하나 주교 좌하에게 전하는 신비스러운 말씀으로, 전 세계의 형세에 영향을 주는 내용이 많네."

요컨대 시스템 메시지 같은 것일까? 웨인은 짐작 가는 바가 없었다. 어쩌면 NPC용 이벤트 공지 시스템인지도 모르겠다.

"그 말씀에 따르면 새로운 『인류의 적』이 탄생했네."

인류의 적.

이 또한 짐작 가는 바가 없었지만, 웨인이 이해하지 못했다고 깨달은 재상이 설명해 줬다.

인류의 적이란 세계 곳곳에 총 여섯 개체 존재하는 특수한 마물이며, 그 존재 하나가 대륙을 손쉽게 멸망시킬 힘을 가졌다. 인간의 힘으로는 저항조차 불가능하여 「재앙」이라고 불린다.

재앙으로는 대악마나 진조 흡혈귀 따위가 있는데, 지금까지 이 나라가 싸운 적 있는 재앙은 대천사뿐이라고 했다. 그래도 대천사 자체는 전면에 나서지 않고 부하인 천사를 보내서 변덕스럽게 왕도나 큰 도시를 습격하나 보지만.

그리고 이번에 일곱 번째 재앙이 탄생했다.

"아마 그게 이번 대침공의 직접적인 원인일 테지."

이해했다. 역시 열흘 전에 내려온 신탁이란 이벤트의 사전 준비였다.

그 일곱 번째 재앙이 이번 이벤트의 원흉이며, 신탁은 이벤트 발동 조건이 충족됐다는 안내일 것이다.

"본격적인 침공이 시작된 건 어제부터야."

웨인은 고개를 끄덕였다.

웨인도 돌아갈 숙소가 파괴되어 각지를 전전하다가 왕도에 도착했다.

그런 사정을 밝히자 재상은 비통한 표정을 지었다.

"그랬나. 웨인 공은 그 에어파렌에서……. 그래……. 그렇다면 말이 잘 통하겠군. 사실 그 일곱 번째 재앙이 태어난 곳은 에어파렌 인근, 리베 대삼림이라네."

충격을 받았다. 하지만 동시에 납득하기도 했다.

리베 대삼림에서 쏟아져 나와 도시로 밀려든 개미는 어마어마한 충격을 선사했다.

초보자가 애용하는, SNS 등지에서는 대삼림 선생님이라고 칭송받는 필드형 던전에서 나와도 될 마물이 아니었다.

그 숲은 평소에는 약한 개미와 고블린 정도밖에 나타나지 않지만, 적을 일정 이상 죽이면 플레이어를 강제로 죽여서 쫓아내는 등 도통 이해하기 힘든 던전이었다. 그래서 최근에는 철수할 타이밍을 익히는 튜토리얼 던전으로 초보자에게 인기가 있는 곳이었다.

저번 이벤트 우승자 레아도 그 숲에서 사냥한다는 소문을 웨인이 퍼뜨린 탓에 가끔 고수가 나타나거나 스토커 같은 인간도 나오지만.

그런 일부 예외를 제외하면 기본적으로 한가로운 분위기였던 변경에 느닷없이 살기로 똘똘 뭉친 개미 군단이 튀어나왔다.

도시는 순식간에 파괴됐고 아마도 모든 플레이어와 NPC가 살해당했을 터였다. 그곳에 있던 플레이어는 웨인처럼 왕국 각지에서 리스폰했을 것이다.

"말할 필요도 없겠지만, 에어파렌은 눈 깜짝할 사이에 무너졌네. 그리고 같은 시기, 멀지 않은 곳에 있던 루르드라는 도시도 식물형 마물에게 잠식되어 사라졌어. 거의 동시에 멸망했다는 점, 습격한 마물의 종류가 전혀 다르다는 점으로 미루어 직접적인 관계는 없다고 생각하지만, 전혀 관계가 없다고 볼 수도 없네."

재상의 말도 일리가 있었다. 이벤트라서 변경 여기저기에서 몬스터가 출몰했겠지만, 마물 세력의 핵심은 그 보스, 재앙일 것이다.

"그리고 대략 하루 뒤, 그러니까 오늘. 라콜린느라는, 변경에서 꽤 떨어진 우리나라 교통의 요충지가 거대한 벌떼에게 공격받았네. 벌은 개미를 안고 있었고, 그 개미가 하늘에서 쏜 정체불명의 공격으로 라콜린느가 멸망했다는군."

그 개미다.

그 포격을 쏘는 개미를 벌이 끌어안고 강습한 것이다.

사람이 하늘을 난다고는 생각도 하지 못하는 이 세계에서 항공 폭격은 전혀 상상하지 못한 일일 것이다.

"……에어파렌에 나타난 개미와 같은 종일 겁니다."

"역시 그런가……. 에어파렌을 습격한 개미 마물이 재앙의 수하라면 그 마수가 라콜린느까지 미쳤다는 증거로군……."

"그, 라콜린느라는 도시는 이곳에서 가까운가요? 오늘 함락됐다면 아직 얼마 지나지 않았죠?"

"아니, 도보로 8일, 행군이라면 9일은 걸리는 곳이네. 마차로 가도 이틀은 걸려."

"그럼 그 정보는 어디서……? 전서구라도 도착했나요?"

"아니. 비둘기는 보냈지만, 보냈을 때는 멸망했다는 사실을 알지 못했고 답신도 오지 않았네. 그 도시의 상황은 다른 방식으로 알았지. ……실은 9일 전에 재앙 토벌군을 편성해서 리베 대삼림으로 출병했는데……."

9일 전이라면 신탁을 듣고 바로 부대를 편성했다는 말이다. 어지간히 급박하지 않고서야 일국의 수뇌부가 그런 결정을 내릴 리 없다.

이 세계의 NPC가 재앙을 그토록 두려워한다는 뜻일까.

"이 토벌군이 방금 전멸했네. 라콜린느에서."

"전멸—."

"보관고 소유자라면 이미 알지도 모르지만, 우리 같은 귀족 계급은 권속이라는 것을 가질 수 있네."

"네, 압니다."

"그럼 자세한 설명은 생략하지. 권속은 죽어도 한 시간 뒤에 마지막으로 잠에서 깬 곳에서 부활하네. 이건 알고 있나?"

"네."

공식 FAQ에서 본 기억이 있다.

"나는 토벌군에 내 권속 기사를 세 명 동행시켰네. 세 명이 서로를 감시하도록 특수한 훈련을 시켰고, 거기서 합격한 자만을 골랐지. 세 기사에게는 특수한 포션을 한 달 치 건네줬네. 그 포션에는 수면을 방해하는 강력한 효과가 있어. 내가 보낸 세 기사는 행군이 며칠이 걸리든지 절대로 잠들지 않아. 그리고 행군 중에 죽으면 마지막으로 잠에서 깨어난 이 왕도에서 부활한다네."

웨인은 할 말을 잃었다.

그렇게까지 할 일인가?

아니, 그럴 수 있다. 이곳은 그들의 세계다. 그들이 살아가는 나라다.

"그런 나의 기사가 방금 부활해서 보고했네. 라콜린느가 멸망했다, 그리고 재앙이 공격했을 가능성이 있다고."

이보다 더 확실할 수 없는 정보였다. 플레이어라면 친구 채팅이나 SNS로 정보를 공유하겠지만, 그럴 수 없는 NPC가 설마 이렇게 간접적 장거리 통신을 실현했을 줄이야.

하지만 이미 기사가 부활해 정보를 얻었다면 무엇 때문에 플레이어를 찾았을까? 왜 웨인을 불렀을까?

"웨인 공에게 할 부탁은, 가급적 많은 동료를 이곳 왕도로 모아 줬으면 하는 걸세. 아마 높은 확률로 다음에는 이 왕도에 재앙이 찾아들 테지. 그것도 재앙 본체가."

"네?! 왜 그런……! 근거는 뭔가요!"

"음……."

재상이 눈짓하자 방금 본 기사가 큰 지도를 들고 왔다. 양피지인지 뭔지 모를 그것이 낮은 테이블에 펼쳐지고 재상이 한 점을 가리켰다.

"이곳. 이곳이 리베 대삼림이네. 그리고 여기가 에어파렌, 여기가 라콜린느야. 에어파렌과 라콜린느에 나타난 마물이 같은 종류라면 같은 세력, 다시 말해 재앙의 습격이 분명할 테지. 이것을 보면 녀석은 거의 일직선으로 서쪽으로 진군하고 있네."

게임 속 지도는 처음 보지만, 그 말대로였다. 게다가 그 진로상에는 왕도가 있었다. 재상이 전하고 싶은 말은 바로 그것이리라.

"그리고 다음으로 재앙 본체가 함께 진군하는 가능성에 관해 이야기하겠네.

내 기사가 사망한 것은 정확히는 라콜린느가 멸망했을 때가 아니라네. 그 뒤지. 라콜린느는 분명히 벌과 개미 마물의 공격으로 파괴됐지만, 그 공격으로 죽은 자는 안타깝게도 주로 민간인과 훈련을 제대로 받지 못한 병사들일세. 토벌군의 상위 병사와 기사들은 그 공격으로 죽지 않았어.

살아남은 병사와 기사들을 해치우려면 벌로는 역부족이라고 생각했는지, 그 뒤에 벌과 개미 군단은 갑자기 모습을 감췄네.

문제는 그다음이야. 기사들의 머리 위에서 갑자기 언데드 무리가 나타나서 땅으로 떨어졌네. 하늘에서 떨어진 언데드는 그 힘이 범상치 않았고, 도시를 파괴하는 공격도 버틴 기사들조차 대항하지 못했다고 하네."

웨인도 소문은 들은 적이 있었다. 리베 대삼림에 이상하게 강한 언데드 기사가 나온다는 이야기였다.

개미가, 재앙이 리베 대삼림에서 태어났다면 그 언데드도 틀림없이 같은 세력이다.

웨인이 그렇게 생각을 전하자 재상도 수긍했다.

"그렇군. 역시 재앙의 부하였나."

"하지만 그것만으로는 재앙 본체가 거기 있다고 확신할 수 없지 않나요?"

"그래. 하지만 생각해 보게. 갑자기 하늘에서 언데드가 떨어지는 건 상식적으로 말이 안 되는 일이야. 땅에서 솟아났다면 또 모를까, 하늘에서 떨어졌다지 않나. 이게 대관절 무슨 조화인가?"

재상의 말도 맞았다. 부자연스럽기 그지없다.

"그것을 있는 그대로 믿을 바에야 모종의 수단으로 투명해진 자가 하늘에서 마물을 불러냈다고 생각하는 편이 훨씬 현실적일세. 실제로 자기 모습을 보이지 않게 하는 마물은 존재하네. 언데드를 대량으로 불러내는 마물도 확인되었지. 재앙이라면 단독으로 그 모든 능력을 부린다고 해도 이상하지 않아."

재상의 이야기도 황당무계하게 들리지만, 하나하나 분석해 보면 분명히 그쪽이 가능성은 있어 보였다. 그리고 재앙이 그 모든 능력을 갖췄을 가능성도 수긍할 수 있었다.

"벌들을 물렸다면 왕도를 벌로 공격할 작정인지 어떤지 알 수 없네. 재앙은 마음만 먹으면 내 기사들로도 이기지 못하는 언데드를 소환할 수 있으니까. 하지만 적어도 현재 재앙 본체가 리베 대삼림을 나와서 서쪽으로 직진하고 있을 가능성이 매우 크네."

"……그래서 플레, 보관고 소유자의 정보망을 이용해 왕도에 방어 병력을 모아 달라는 말씀이군요."

"바로 그걸세."

웨인은 생각했다. 어떻게 하면 실력 있는 플레이어를 왕도에 모을 수 있을까.

거절할 생각은 없었다. 이곳으로 오면서 본 파괴된 도시들을 떠올렸다. 웨인이 더 강했더라면 어쩌면 멸망하지 않았을지도 모를 도시들을.

힘이 없는 것은 지금도 마찬가지지만, 힘을 모을 수는 있지 않을까.

"알겠습니다. 얼마나 가능할지는 모르겠지만, 해 볼게요."

◆◆◆

【이벤트 보스】 힐루스 왕국 왕도 집합! 【확정】

001: 웨인
힐루스 왕국 왕도에 이벤트 보스가 올 확률이 높음. 정보원은 NPC 왕국 재상.
올 수 있는 사람은 가능한 한 힐루스 왕국에 모여 줘.

002: 몽키 다이브 사스케
바보냐? 이제 이틀째인데.

003: 강하고 안 벗겨짐
여러 번 나왔으면 이틀째에 나올 만도 하겠지만…….

004: 아마틴
〉〉001 은 어떻게 왕국 재상 같은 거물이랑 인맥을 쌓았어?

005: 웨인
〉〉004 용병 조합에 갔더니 기사가 플레이어를 찾더라고. 우연히 나밖에 없어서 성으로 안내받고 자세한 사정을 들었어.
아마 높은 확률로 「재앙」이라는 보스 몬스터가 왕도로 올 거야.

006: 몽키 다이브 사스케
설정 허술한 거 보소. 해산.

007: 익명의 엘프 씨
「재앙」이라는 이름은 그 재상 각하한테 들었어?

008: 웨인
>>007 응. 6대 재앙이란 게 세계에 퍼져 있고, 이번 이벤트 보스가 일곱 번째 재앙이라고 함. 그게 왕국 동쪽 리베 대삼림이라는 던전에서 태어난 게 10일 전. 그리고 이벤트가 시작된 어제부터 진격을 시작해서 똑바로 서쪽으로 오는 중. 첫날은 에어파렌, 오늘 아침은 라콜린느, 다음은 왕도. 분명 오늘이야.

009: 멘타이리스트
다른 스레드에 나와 있네. 에어파렌이라는 도시가 바로 함락된 건 팩트. 라콜린느라는 도시가 순식간에 사라진 것도 팩트. 지도가 공개되지 않아서 그 앞에 왕도가 있는지는 모르겠지만, 그럴싸하긴 하네.

010: 익명의 엘프 씨
보충하면 그 「재앙」이라는 이야기도 진짜야. 내가 있는 곳이 포트리라는 나라인데, 거기 교회의 지위 높은 아저씨가 포트리 왕도에서 연설했어. 힐루스 왕국의 동쪽 끝이라고 했으니까 위치도 대충 맞아.

011: 강하고 안 벗겨짐
사실인가? 아니면 SNS 지박령의 낚시질인가.

012: 웨인

낚시 아니야. 정말로 시간이 없어. 부탁이니까 아무나 와 줘.

013: 오린키

>>009 그 스레드 봤는데 에어파렌의 상황이 엄청 심각한가 봐. 에어파렌에는 힐루스 초보자 사이에서 유명한 던전이 있는데, 거기서 갑자기 개미가 튀어나와서 몇 시간도 안 돼서 멸망했대.

처음에는 「드가자~」 같은 글뿐이었는데 금방 「망했다」로 도배되고, 잠시 아무 글도 없다가 몇 시간 뒤에 올라온 글이 「여기 어디임?」이었어.

014: 몽키 다이브 사스케

잠깐만. 던전은 또 뭐야? 이 게임에 그런 시스템이 있었냐?

015: 멘타이리스트

초보자 던전이라면 리베 대삼림?

공식적으로 밝혀지지는 않았지만, 검증팀 사이에서는 잠수함 패치로 들어온 초보자 구제용 콘텐츠라고 잠정 결론 내림.

밸런스 조정도 신들린 수준이니까 전용 AI가 여럿 붙어 있지 않을까. 길도 얼핏 봐서는 알기 힘들지만 걷기 편하게 정비해 놨어.

016: 아마틴

잡담은 딴 데 가서 해.

>>012 진짜라면 위험하다는 건 알겠지만, 다른 나라 왕도에 지금부터 가기는 힘들지 않나?

017: 컨트리팝
>>001 이 사실이라고 해도 어디까지나 가능성 아님? 힘들게 가더라도 변경에서 멀리 떨어진 왕도에서 뭘 어떡하라고?

018: 웨인
제발. 제발 좀 와 줘. 재앙이 오면 힐루스가 사라져.

019: 웨인
아무나 제발.

020: 길가메시
이것들이?
왜! 나한테! 말을 안 했어?! 섭섭하네!

021: 아마틴
>>020 길가메시잖아. 왜 이런 곳에 있어?

022: 오린키
>>021 누구?

023: 멘타이리스트
>>022 현재 맷집 1위인 탱커.
다른 스레드에서 첫날에 방어 성공했다고 하지 않았어?

024: 길가메시
>>021 웨인은 내 친구.
>>023 말했지.
방어대가 막는 사이에 공격대가 적 주력 부대를 쳐서 끝냈어.

025: 컨트리팝
진짜? 일주일이나 남았는데 뭐 하려고?ㅋ

026: 길가메시
>>025 그러니까 이제 힐루스 왕국을 구하러 가야지.

027: 강하고 안 벗겨짐
어맛, 반하겠어.

028: 웨인
길, 미안. 깜빡했어. 도와줄 수 있어?

029: 길가메시
>>028 친구잖아. 뭘 물어봐. 그냥 맡겨.

030: 요이치
재미있겠군. 나도 합세하지.

031: 아마틴
간호사 요이치?

032: 강하고 안 벗겨짐
말만 들으면 항상 멋있음ㅋ

033: 익명의 엘프 씨
그래도 복장은 역함ㅋ

034: 멘타이리스트
실력도 역함(칭찬)

035: 컨트리팝
근데 이 스레드 은근히 고수가 많다? 다들 결승 출전자지?
〉〉001 은 처음 보는 이름이지만.

036: 웨인
나는 별거 없는 일반인이야.
첫날 방어에 실패해서 숙소도 날아가고 랜덤 리스폰 당하고, 그다음 도시도 멸망해서 랜덤 리스폰 당하고, 마지막에 왕도에 도착했더니 플레이어가 나밖에 없었어.

037: 강하고 안 벗겨짐
첫날에 멸망하기도 하나? 아, 아까 말했던 도시구나.

038: 길가메시
당연히 도와줄 건데, 어떻게 힐루스 왕도까지 가지?
나는 아직 오늘 전이 서비스를 안 썼지만, 애초에 국외라서 한 번으로는 왕도까지 못 가.

039: 길가메시
뭐야? 왕도 갈 수 있네? 지금 보니까 인접 도시 리스트에 힐루스 왕도가 들어가 있음.
어제까지 없었는데 뭐지?

040: 익명의 엘프 씨
어제까지 리스트에 없었는데 오늘 생겼다면, 반대로 어제까지는 리스트에 있었는데 오늘은 없는 도시도 있지 않을까?
옆 도시가 멸망해서 사라지니까 왕도가 리스트에 들어온 거 아니야?

041: 길가메시
그럼 내가 있는 나라에서 힐루스 왕국 사이에는 이미 왕도밖에 없다는 뜻인데.

042: 웨인
재상한테 들었어.
힐루스는 현시점에서 적어도 도시 다섯 곳이 멸망했대.

043: 몽키 다이브 사스케
세기말이냐.

044: 요이치
길가메시는 갈 수 있다지만, 다른 멤버는 어떡하지?

045: 멘타이리스트
>>044 어제 검증 스레드에서 봤는데, 전이 서비스를 이용할 때 플레이어가 들고 있는 건 뭐든 플레이어의 일부로 취급하나 봐. 업은 채로 전이하고, 다음에는 교대로 업어서 돌아왔다는 보고가 있어. 그래서 STR나 VIT이 높은 사람이 여러 명을 업어서 전이하고, 다음 도시에서 다른 사람으로 교대…… 그걸 반복하면 몇 명은 힐루스까지 갈 수 있지 않을까?

046: 강하고 안 벗겨짐
그러려면 몇 명이나 필요한데?ㅋ 그리고 왕도에 도착하면 탱커가 몇 명이나 남겠냐?

047: 길가메시
탱커는 내가 있잖아.

048: 컨트리팝
아, 너무 멋지다ㅋ

049: 익명의 엘프 씨
스레드 돌면서 사람 모아올게.

050: 멘타이리스트
모르는 사람 있을까 봐 말해 두는데, 아무리 멀리 이동해도 죽으면 원래 있던 도시로 돌아갈 수 있음. 지금은 사망 페널티도 없고.
그러니까 만약 이벤트 보스가 나타나지 않아도 오늘 전이 서비스 빼면 잃는 거 없음.
이거 덧붙이면 협력자도 늘지 않을까?

051: 익명의 엘프 씨
〉〉050 이걸 몰랐네ㅋ 감사.

052: 웨인
다들 고마워. 정말 고마워.

053: 아마틴

감사는 네 친구한테 해. 그 사람 오고 여론이 뒤집혔으니까.

◆◆◆

"……사람이 좀 모일 것 같아요."

재상의 응접실 소파에서 SNS에 글을 올리던 웨인은 사용인에게 부탁해 옆에 있는 집무실에서 재상을 불렀다.

"오오, 고맙네……. 그래서 얼마나 모일 것 같나?"

"그게…… 스물, 아니, 서른 명은 올 거예요, 아마. 전부 저보다 몇 배는 강한 사람들이에요."

"서른……."

재상은 그렇게 말하더니 입을 다물고 미간에 주름을 잡았다.

"……미안하지만, 잠시 여기서 기다려주겠나?"

"아, 네. 그건 괜찮은데……. 왕도에 도착한 친, 지인들은 어떡할까요?"

"음, 글쎄. 로슨, 네가 대응해다오. 모여 주신 분들은…… 미안하지만 안뜰로 안내해서 기다리라고 전하게. 웨인 공, 미안하지만 안뜰로 이동해 줄 수 있겠나? 로슨이 안내할 걸세. 나도 폐하께 말씀드리고 곧 가겠네."

다시 그 복잡한 복도를 돌파해 안뜰이라는 곳으로 안내받았다.

"로슨 씨? 재상…… 각하는 폐하께 무슨 이야기를 하러 가셨죠?"

기사 로슨은 문득 멈춰 서서 앞을 본 채로 대답했다.

"웨인 공이…… 최선을 다하는 모습을 보고 재상 각하도 느끼는 바가 있었을 테지. 본래 왕국을 위해서 싸울 이유가 없는 그대들이 전력을 다하겠다고 말하는데 우리가 가만히 있을 수는 없다…… 아마 그렇게 생각하시지 않았겠나."

"그런가요……. 감사합니다."

로슨은 분명히 뭔가를 아는 눈치였다. 하지만 말할 수 없는 사정도 있으리라.

"웨인 공의 지인분들은 언제쯤 도착하시나."

"한 명은 이미 도시로 왔을 거예요. 다른 멤버도 조만간 모일 테고요. 일단 왕성 앞으로 오라고 연락해 둘까요?"

"그렇게 해 주면 고맙겠군. 내가 왕성 앞에서 대기하면서 이곳으로 안내하겠네."

"알겠습니다. 부탁드릴게요."

방금 쓴 SNS 스레드에 집합 장소를 추가로 기재하고 길에게 친구 채팅을 보냈다.

〈—왕성 앞으로 와 달래. 호화로운 갑옷을 입은 로슨이라는 기사가 마중 나갈 거야.〉

〈왕성 앞? 알았어.〉

〈……길, 고마워.〉

〈야야, 하지 마. 하려면 보스한테 이긴 뒤에 해.〉

〈……응, 그럴게.〉

"정말로 왕성 안으로 들어올 수 있네……. 미안, 솔직히 반신반의였어."

"지금이라도 더 퍼뜨리면 사람이 늘지 않을까?"

"그래도 습격이 구체적으로 언제 시작될지 모르잖아. 지금부터 와도 시간에 맞출 수 있을지 애매하지 않아?"

"일단 글이라도 써 볼게. 그 부분은 경고하고."

아마틴, 오린키, 컨트리팝, 강하고 안 벗겨짐…….

웨인도 아는 최상위권 플레이어들이었다. 정말로 와 줄 줄은 몰랐다.

스레드에는 없었지만, 유명한 플레이어인 「그 손이 따뜻해」도 있었다. 그녀는 귀중한 힐러 중 한 명으로, 회복 마법 스킬을 발견한 사람이기도 했다.

그 뒤에도 잇따라 플레이어들이 성으로 들어왔다. 이미 서른 명은 넘었을 것이다.

"여러분, 감사합니다……."

"정말로 나라가 하나 사라지는 사태면 간과할 수 없으니까. 만약 이게 낚시였으면 용서하지 않았겠지만, 일단 거짓말은 아닌가 보네."

검은 전신 타이츠 닌자였다. 그도 결승에서 본 얼굴이었다.

"나는 처음부터 믿었어. 길가메시의 친구라고 하니까."

그때, 간호사복을 입은 신사가 나타났다. 간호사 요이치였다. 그는 지금 이 검정 타이츠 플레이어, 몽키 다이브 사스케와 2인조로 활동하는 듯했다. 결승에서 같은 상대에게 동시에 패배하면서 뭔가 인연이 생겼나 보다.

"그보다 웨인이란 이름을 어디서 들어봤다고 생각했는데, 저번 이벤트 우승자 레아 님이 리베 대삼림에 있다는 이야기를 퍼뜨린 게 너였지?"

"그렇지, 참. 레아 님과는 연락이 안 돼? 그 사람이 오면 승률이 오를 텐데."

요이치와 아마틴의 말에 웨인은 눈을 깔았다.

"레아는…… 몰라. 딱히 친구는 아니야. 그 사람은 PK고…… 아마 혼자 활동할 거야."

애초에 웨인에게 접근한 이유도 웨인을 PK하기 위해서였다. 그런 치부를 굳이 말할 생각은 없지만.

"그래……. 그렇다면 어쩔 수 없지."

"—오오, 이렇게나 많이 모여주다니……. 웨인 공에게는 아무리 감사해도 모자라겠군."

그곳에 오코넬 재상이 나타났다. 그 뒤에서는 기사들이 어떤 커다란 물체를 운반하고 있었다. 천을 씌워 무엇인지는 알 수 없지만, 실루엣은 둥글었다.

"웨인 공에게는 이미 말한 내용이지만……."

재상은 안뜰에 모인 플레이어 전원에게 방금 웨인에게 한 이야기를 들려줬다.

"그렇군요. 그런 상황이라면 왕도에 나타날 가능성이 크겠네요."

이야기를 들은 아마틴이 플레이어를 대표해서 대답했다.

"그렇다네. 그래서 말인데……."

그리고 오코넬 재상은 새로운 이야기를 들려줬다. 재앙에 대항하기 위해서 인류종 국가에 남겨진 비장의 수에 관해서.

제3장 교만이 빚은 눈물의 맛

《한 시간 안에는 부활을 받을 수 있지만, 지금 바로 리스폰하시겠습니까?》

《이벤트 기간에는 경험치가 감소하지 않습니다.》

레아는 어두운 동굴의 옥좌에서 눈을 떴다. 근처에는 레아 말고 아무도 없었다.

주군인 레아가 죽었으니까.

설마 죽을 줄은 생각지도 못했다.

정식 서비스가 시작된 이래 첫 죽음이었다. 좋은 경험이었다. 하고 싶어도 하지 못했던 부분도 검증했다.

“…….”

아무래도 레아가 사망하면 그 순간 권속도 모두 사망하는 모양이었다. 그리고 모든 권속이 한 시간 뒤에 리스폰한다.

즉, 앞으로 한 시간은 이 넓은 동굴 안에서 혼자 있어야 한다. 레아가 죽어서 스가루도 죽어 개미들도 없었다.

생각해 보니까 그렇다. 한 시간 뒤에 살아나는 것은 스가루지 개미들이 아니다.

만약 스가루가 리스폰한 뒤 개미의 리스폰 카운트가 시작된다면

개미들이 살아나는 것은 두 시간 뒤다. 조금 길다. 지크 산하의 언데드들도 사정은 마찬가지다.

"……."

게다가 케리 일행이 어디까지 갔었는지도 확인해야 했다. 그녀들은 이번 이벤트에서 숨겨 둘 생각으로 화산형 영역을 탐사하러 보냈다. 그녀들은 어디에서 리스폰할까. 이곳이 아닌 것만은 확실하다.

"……아니, 어떻게 보면 잘된 거야. 응. 확실히 내가 너무 우쭐했어. 이벤트 기간이라서 다행이야. 경험치 손실 없이 끝났으니까. 지금 경험치를 10퍼센트나 잃으면 경험치를 대량 소비해서 전생한 나나 세계수가 어떻게 될지 미지수야. 운이 좋았어. 그래, 이건 행운이야."

자기 목소리가 떨리는 것이 느껴졌다.

"이걸 교훈 삼아 항상 경험치의 10퍼센트는 여유를 둬야겠어. 앞으로 조심해야……!"

목이 매였다.

"흐윽……! 으으…… 흑……."

분하다. 너무 분해서 배가 부글부글 끓었다. 감정이 격앙되어 눈물이 멈추지 않았다. 목이 갈라져 목소리도 제대로 나오지 않았다.

권속이 부활하는 한 시간 뒤까지는 감정을 추스르고 얼굴도 씻고 싶지만, 가능할까? 현실이라면 다음 날까지는 붓기가 남을 정도로 얼굴이 엉망일 것이다. 거울이 없어서 확인할 수는 없지만.

아니, 없어도 괜찮을지 모르겠다. 지금 거울을 보면 한심하게 우는 얼굴이 망막에 아로새겨져 다시는 잊을 수 없을 테니까.

◆◆◆

오미너스 군과 위치를 바꿔서 홀로 진군하던 레아는 마침내 왕도에 도착했다.

하늘에서 내려다본 왕도는 훌륭한 성벽과 함께 아름다운 도시 풍경으로 레아의 눈길을 사로잡았다. 이곳을 폐허로 만든다니, 조형미에 대한 모독이 따로 없다. 참으로 흥분되는 일이다.

어디에 아다만을 투하해 볼까, 하고 고민하는데 갑자기 요로이자카 씨가 허리춤에서 켄자키를 뽑았고, 쇳소리가 울렸다.

어디선가 날아든 화살이 레아를 노린 것 같았다.

레아는『위장』으로 모습을 감추고 왕도 상공에 떠 있었다. 이 상태에서 레아를 인식하기란 거의 불가능할 것이다. 어떻게 겨냥하고 화살을 쐈을까.

아래를 내려다보자 성벽 밖에 많은 사람이 모여 있었다. 그들이 예외 없이 레아를 올려다보고 있었다. 눈이 맞은 사람도 있지만, 묘하게 초점이 어긋난 사람이 대부분이었다.

아마 저 중에 확실하게 레아를 인식하는 사람이 있나 보다. 그 외에는 그 인물을 따라서 고개를 들었을 뿐이리라.

이 정도 인원이라면 저번 이벤트에서 쓸어버린 전적이 있었다.

그들이 플레이어라면 또 깡그리 경험치로 바꾸면 그만이다.

하지만 목적을 잊어서는 안 된다. 목적은 어디까지나 왕도를 손에 넣는 것이다.

레아는 인간들을 무시하고 왕도 성벽을 넘어 아다만을 대량으로 왕도 상공에 『소환』해 투하했다.

『소환』 스킬 트리를 개방하면서 얻은, 한 번에 많은 권속을 부르는 방법이었다. 이것을 사용하면 쿨타임으로 『소환』 계열 스킬을 못 쓰게 되지만, 어차피 오늘은 더 필요하지 않을 테니까 상관없었다.

아다만들에게는 가능하면 건물을 부수지 말라고 지시해 뒀다. 라콜린느에서 본 강력한 기사가 여기에도 있을 것이라고 예상하고 항상 기사 한 명을 팀 단위로 상대하도록 엄명했다.

준비가 끝났다. 다음은 성벽 밖에 있는 자들이었다.

통일성 없는 복장을 보아 용병 집단일 것이다. 역시 플레이어처럼 보이지만, 왜 귀중한 이벤트 기간에 이런 평화로운 왕도에 모여 있는지 이해할 수 없었다.

이유는 알 수 없으나 레아를 탐지한 모양이니까 MP만 잡아먹는 『위장』을 해제하고 플레이어들 앞으로 내려갔다. 하지만 첫 발 이후로 화살이 날아오지 않는 이유는 왜일까? 이래서는 누가 쐈는지 찾아낼 수 없다.

플레이어로 보이는 이 집단은 저번 이벤트에서 몰살한 이들의 재현처럼 서 있었다.

전에 비해서 중무장한, 흔히 탱커라고 불리는 플레이어가 극단적으로 적은 것도 신경 쓰이지만, 사소한 차이일 뿐이다.

"—네가 『재앙』이지? 설마 이벤트 이틀째에 왕도까지 쳐들어올 줄이야……. 운영진은 이 나라를 멸망시키려고 작정했나?"

"정말로 왔어……. 도박이었는데 믿어서 다행이야! 재앙을 해치우면 MVP는 무조건 우리야!"

"NPC가 거짓말을 할 의미도 없고 이벤트 기간이란 점도 고려하면 꽤 승산 높은 도박이었어. 그러니까 이렇게 많이, 그것도 최상위권 플레이어들이 모였지."

"방금 하늘에서 언데드를 왕창 풀었으니까 이번 언데드 침공 이벤의 보스는 이 녀석으로 확정이군."

"……도시는 괜찮을까?"

"도시 안쪽은 로슨 씨와 기사들이 대응해줄 거야. 믿을 수밖에 없어."

"그나저나 엄청 크네! 이건 무슨 종족으로 분류되지?"

"언데드겠지. 듀라한의 일종인가?"

플레이어들은 저마다 말을 주고받으면서도 열 명 정도를 남기고 후방 담당으로 보이는 이들은 물러났다.

별일 아니다. 레아는 신경 쓰지 않았다. 어차피 화살이든 마법이든 요로이자카 씨 앞에서는 무력하다. 앞에 남은 전열 열 명을 처리하고 천천히 죽이면 된다.

"지난번 우승자인 레아 님에게 연락할 수 없어서 안타깝지만, 어쩔 수 없지. 지금 우리라면 레아 님이 한 트럭으로 와도 이길 수 있을 만큼 경험치를 벌었어. 이벤트 보스라도 싸워 볼 만할 거야."

레아의 눈썹이 움찔 움직였다.

레아가 한 트럭으로 와도 이길 수 있다?

진심으로 하는 말일까. 그렇다면 현실을 알려줘야 한다.

레아의 의지를 파악한 요로이자카 씨는 선두에 선 남자에게 소리도 없이 『축지』로 접근해 검을 뽑는 동시에 『스매시』를 발동했다.

지금까지 이 공격을 버틴 자는 지크뿐이었다. 게다가 요로이자카 씨도 두 번 전생해서 그때와는 비교가 되지 않게 능력치가 올랐다.

만약 막아도 방패째로 두 동강 낼 수 있다.

"—으어어, 깜짝이야! 처음 본 기술이었으면 죽었어!"

하지만 피하고 말았다.

'피해?!'

레아 본인도 사전 지식이 없다면 지금 공격을 피할 자신은 없었다. 그야 똑바로 접근해서 벨 뿐이므로 알면 피하는 것도 불가능하지 않겠지만.

지금 이 남자는 처음 보는 기술이 아니라고 했다. 어디서 봤는가.

"저번 우승자가 쓰던 기술이야! 플레이어가 쓰는 스킬은 이 녀석도 전부 쓴다고 생각하고 움직이자!"

지난번 이벤트였나 보다.

그 배틀 로열에서 몇 번 쓰기는 했다. 굉장히 편리한 기술이라서 자주 사용했는데 그 탓에 이들은 일련의 동작을 하나의 스킬로 생각하는 모양이었다. 그렇다면 『축지』를 발동한 뒤 다른 스킬이나 일반 공격으로 이으면 피하지 못하리라.

요로이자카 씨에게 그렇게 친구 채팅을 보냈다. 그러자 요로이자카 씨는 지시대로 『축지』로 다른 검사에게 접근해 스킬 대신 전방을 횡으로 베었다.

역시 이 공격을 피할 수는 없었는지 아슬아슬하게 방패를 들었지만, 방패와 함께 베어 버렸다.

방패가 마치 버터처럼 잘리는 광경을 상상하며 지켜봤지만, 결과는 달랐다. 베긴 벴으나 강한 저항이 있었고, 절단면도 깔끔하지 못했다.

아무래도 단순한 철이 아닌 듯했다.

“길!”

“괜찮아! 살아 있어! 젠장, 거금을 들인 마철제 방패가 한 방에 깨졌어!”

방패가 제대로 잘리지 않은 탓에 검사를 두 동강 내지 못했다. 잘린 것은 왼팔뿐이었다.

아까부터 왠지, 뜻대로 풀리지 않는다.

아다만들과 모의 전투를 했을 때는 조금 더 경쾌하게 움직였다. 이전 이벤트 때보다는 잘 움직이고 있지만, 전생을 두 단계나 거쳤는데 겨우 이 정도인가?

“맡겨 줘! 『중회복(미들 힐)』! 『재생(리제너레이션)』.”

후열 마법 직업이 어떤 마법을 사용했다.

아마 지금 왼팔을 잘린 검사가 대상이었는지, 그 검사의 상처가 빛에 휩싸였다.

그 빛가루가 왼팔의 형태를 구성하더니 빛이 사라지자 팔이 원래대로 돌아와 있었다.

날아간 건틀릿은 돌아오지 않았지만, 육체 피해는 완치됐다고 봐도 무방할 것이다.

‘회복 마법! 발견됐었나!’

회복 마법처럼 타인과의 협동이 전제되는 스킬은 정보를 숨겨서 이득을 얻기 어렵다.

SNS나 커뮤니티를 확인하면 레아도 습득했을지 모른다.

이건 교만이다. 가장 많은 경험치를 번 자신이 가장 많은 스킬을 알 거라는 교만.

하지만 그럴 리가 없었다. 근접 공격 스킬처럼 레아가 굳이 배우지 않은 스킬도 많았다. 그렇게 레아가 무시했던 스킬을 조합하고 시험한 플레이어는 얼마든지 있을 것이다. 레아만 게임을 즐기는 게 아니다.

'이 이벤트가 끝나면 오랜만에 스킬을 개발해 볼까. 그 전에 SNS를 돌면서 새로 밝혀진 정보를 전부 체크하고 얼추 시험한 뒤에…….'

"『번개』!"

쿵! 한순간 시야가 흔들렸다. 상대가 잔챙이 무리라고 해도 지금은 전투 중이었다. 생각에 빠져 있을 때가 아니었다.

아무래도 마법 공격을 당했나 보다. 요로이자카 씨가 대미지를 받았다. 하지만 문제없다. 이 정도 대미지라면 자연 치유로 금방 회복된다.

아니, 문제는 대미지 양이 아니다. 대미지를 받았다는 사실 그 자체다.

검증했을 때는 요로이자카 씨에게 대미지를 줄 수 있는 것은 세계수의 지팡이를 장비한 아다만 메이지뿐이었다.

아다만 나이트의 힘을 생각하면 아다만 메이지도 꽤 레벨이 높은 마법사일 것이다. 그런 아다만 메이지가 세계수의 지팡이라는 최고급 무기를 장비해야 겨우 대미지를 줬는데, 플레이어가 그 위력을 재현한 셈이다.

대미지를 줄 수 있는 적이 있다. 그렇다면 우선해서 대처해야 한다.

요로이자카 씨는 지금 마법을 쏜 플레이어에게 고개를 돌리고 『축지』로 거리를 좁히려고 했다.

하지만 그 직전에 갑자기 시야가 어둠에 덮였다.

'뭐야! 안 보여!'

"좋아! 성공했다! 시야를 차단했어! 지금이야!"

뭘 하려는지는 모르겠지만, 불길한 예감이 요동친다. 레아는 반사적으로 마법을 시전했다.

"『헬 플레임』!"

이미 목소리를 들키기 싫다고 버틸 상황이 아니었다.

"뭐야, 지금 목소리! 누구야!"

기본적으로 범위 마법은 대상 범위를 눈으로 확인해야 발동한다. 다만, 예외가 있다.

그건 본인을 중심으로 사용하는 경우다. 모든 범위형 마법은 이 경우에 한해서만 실제로 보지 않고도 발동할 수 있다.

"으악! 불이!"

"젠장! 누가 쐈어! 작전에 없었잖아!"

"아니야! 이 녀석이야! 재앙이 자기를 중심으로 마법을 썼어!"

"사기잖아! 그런 게 어딨어!"

이걸로 주변의 어중이떠중이는 불타 사라졌을 것이다.

하지만 시야는 돌아오지 않았다.

이게 마법인지 스킬인지, 아니면 아이템인지도 알 수 없어서 대처도 불가능했다.

"다, 다들, 괜찮아?! 『범위 소회복(에어리어 리틀 힐)』!"

방금 그 힐러의 목소리가 들리고 주변에서 감사를 표하는 말들이 들렸다.

그 말인즉, 주변 녀석들은 아직 죽지 않았다는 뜻이다.

이럴 리가 없다. 지금 레아의 『헬 플레임』은 아다만 덩어리까지 녹일 위력이었다. 요로이자카 씨에게 상당한 대미지를 줄 것도 각오하고 쏜 마법이었다. 켄자키의 일격에 방패가 잘리는 수준의 플레이어들이 살아남을 리 없었다.

'그러고 보니 요로이자카 씨는 왜 무사하지……?'

분명히 대미지는 받았지만, 예상보다 훨씬 적었다.

"필드 디버프가 통해서 살았어. 준비가 귀찮지만, 효과 하나는 끝내주네."

"야! 괜히 떠벌리지 마! 이벤트 보스에도 고도의 AI가 들어갔을지도 몰라! 대책을 세우면 어떡하려고!"

'필드 디버프라고……!'

준비가 귀찮다고 말했다. 바꿔 말하면 이 싸움터에 미리 디버프를 발동할 준비를 해 뒀다는 말이었다. 레아는 그것도 모르고 바보같이 그곳으로 내려왔다.

이제는 방심이나 교만으로 그칠 문제가 아니었다.

어차피 자신을 이길 자는 없다고 확신하고 있었다.

적어도 자신을 요로이자카 씨에서 끌어낼 사람이라도 있으면 좋겠다고 남들을 무시했었다.

너무 건방졌다. 그 결과가 이거다.

디버프를 설치한 필드로 유인당해 약화된 상태로 싸우고, 공격은 회복해 버리고, 시야까지 빼앗겨 이 모양 이 꼴이다.

레아는 멍청한 자신에게 화가 났다. 용서할 수 없었다. 남을 용서하기는 쉽지만, 자신을 용서하기는 쉽지 않았다.

아니, 역시 남을 용서하는 것도 쉽지는 않다. 이 녀석들도 용서할 수 없다. 이 녀석들에게 절대로 지고 싶지 않다. 레아는 승부욕이 강한 성격이었다.

눈이 보이지 않는다면 켄자키들로 유린하면 그만이다. 그들은 저마다 시야를 가졌다.

"아직 눈은 회복되지 않았을 거야! 게다가 지금 마법의 쿨타임도 안 끝났어! **그거**를 써!"

"맡겨줘! 『공포』!"

《저항에 성공했습니다.》

하지만 그 순간, 요로이자카 씨의 움직임이 멈췄다. 레아가 조종하려고 해도 꼼짝도 하지 않았다.

'이럴 리가! 요로이자카 씨한테 『정신 마법』은 안 통할 텐데! 그런데 왜!'

"재앙이 멈췄다! 『공포』에 걸렸어!"

"아무리 디버프가 있어도 이벤트 보스의 정신 저항을 뚫어? 얼마나 몰빵한 거야!"

"시각 차단 덕분이라니까! 암흑 상태에서는 『공포』 저항 판정에 불리 보정이 걸려! 그보다 혼박석이 소비됐어! 역시 이 녀석 언데드야!"

금시초문이다. 『공포』 판정에 그런 기믹이 있다고?

하지만 생각해 보면 알 수 있을 리 없었다. 왜냐하면 레아는 지금까지 밝은 곳으로 제대로 나간 적이 없었다. 항상 어둠 속에서『공포』를 사용했었다.

그리고 처음 듣는 말이 하나 더 있었다. 혼박석이라는 아이템이었다.

그게 뭔지는 모르겠지만, 이름으로 추정하건대『사령』의『혼박』과 유사한 효과가 아닐까.『혼박』은 사용자 본인이 혼을 저장하는 반면, 그 아이템은 혼을 대신하는 소비 아이템일지도 모르겠다.

요로이자카 씨는 언데드가 아니지만, 호문쿨루스와 골렘의 중간쯤에 속하는 존재였다. 어느 쪽이든『정신 마법』을 적용하려면 별도의 혼이 필요하니까 그런 용도로 소비됐을 것이다.

『정신 마법』은 통하지 않고 마법을 쓸 일도 없는 요로이자카 씨와 켄자키들은 MND에 경험치를 전혀 투자하지 않았다. 디버프 필드인지 뭔지로 약화되면 저항에 실패해도 어쩔 수 없다.

켄자키들도 반응하지 않았다. 그들도 모조리 공포로 위축된 모양이었다.

"지금이다! 공격을 퍼부어!"

사방팔방에서 마법이 날아들었다. 하지만 요로이자카 씨는 미미한 대미지밖에 받지 않았다.

이대로 놔둬도「공포」에서 회복될 때까지 죽지는 않겠지만, 한심하게 당해주기만 할 수는 없었다.

이 녀석들을 기필코 죽이겠다고 마음먹었다.

눈도 보이지 않고 움직일 수도 없다면 요로이자카 씨 안에 있을 의미가 없었다.

지금 들어오는 공격은 전부 마법 공격뿐. 아마 주위에 플레이어는 없을 것이다. 방금 자폭을 각오한 마법 공격을 봤으니까 섣불리 접근하지 못하리라.

이미 모습을 보여주고 싶지 않다는 건방진 소리나 할 때가 아니다. 총력을 다해 짓밟는다.

"『화이트아웃』."

"으앗! 뭐야!"

"빛?! 안 보여!"

지속 시간은 길지 않지만, 주변 일대 모든 캐릭터의 시야를 빼앗는『빛 마법』이었다. 이 틈에 요로이자카 씨 밖으로 나왔다.

등의 해치를 열고 재빨리 몸을 내밀어 요로이자카 씨의 어깨를 잡고 기어 올라갔다. 허리 날개를 펼쳐 균형을 잡으면서 요로이자카 씨의 해치에 한쪽 발을 걸쳐 몸을 지탱했다.

"뭔가 나왔어!"

"안에 사람이 있어?!"

"진정해! 최종 보스 2단 변신 처음 보냐!"

플레이어들은 벌써『화이트아웃』의 시야 차단에서 회복되고 있었다. 효과가 이상하리만큼 짧았다. 역시 디버프의 영향이 큰가 보다. 가능하면 시야를 빼앗은 사이에 수를 줄이고 싶지만, 사실 눈이 제대로 보이지 않는 것은 레아도 마찬가지였다.

이상하리만큼 햇빛이 눈부셨다.

눈을 찌푸려 빛의 양을 줄이지 않으면 주변을 똑바로 보기도 어려웠다.

그러고 보니 맨몸으로 햇빛 아래로 나온 것은 이번이 처음일지도 모르겠다.

태양은 중천에서 기울고 있으나, 강한 직사광선이라는 사실에는 변함이 없었다.

시력에 관련된 약점은 「약시」뿐이라고 생각했는데 어쩌면 「알비니즘」과 「약시」를 함께 습득해서 약점이 시너지를 일으켰는지도 모르겠다.

"근데 이거……."

"아무리 봐도 천사 아니야? 언데드 대발생의 흑막이 천사라는 뜻인가?"

"천사라……. 그래, 천사가 아니면 이 아름다움은 설명이 안 되지. 단순한 조형미를 넘어서 본능에 호소하는 압도적인 아름다움이 느껴져."

"이 정도로 아름다우면 질투할 마음도 안 들어……."

"그보다 위험하지 않아? 천사라면…… **그거**의 효과가……."

"아니, 그래도 분명히 통했잖아?"

"천사로 보이지만, 이 녀석이 언데드인 건 확실해! 아마 천사가 언데드로 변한 존재겠지!"

전투 중인데 태평하게 수다를 떨고 있었다. 여유작작한 태도의 이유는 레아가 행동하지 않기 때문일 것이다.

하지만 그것도 곧 끝이다.

여전히 눈부셔서 견딜 수 없지만, 상대가 수다만 떠는 덕분에 꽤 익숙해졌다. 눈을 아예 뜨지 못할 수준은 아니었다. 어느 방향에 적

황금의 경험치 2권
특정 재해 생물 「마왕」 진격 멀티플레이
발매 기념 초판 한정 특전
[NOT FOR SALE]

이 있는지 정도는 알겠다.

적의 전열은 생각보다 가까이 있었다. 시야를 빼앗아 행동이 제한되었다고 안심해서 다가온 듯했다.

'그 방심, 후회하게 해주겠어.'

레아는 「약시」 때문에 맨몸으로는 중거리 이상의 적에게 공격을 제대로 맞힐 수 없는 제한이 있다. 이렇게 시야가 안 좋으면 마법으로는 만족스럽게 싸울 수 없다.

그렇다면 접근해서, 물리력으로 팬다.

『정신 마법』으로 움직임을 막아 버리면 편하겠지만, 목표를 겨누기 어렵다는 점은 『정신 마법』도 매한가지였다. 무차별적으로 사용하면 요로이자카 씨나 켄자키에게 어떤 영향을 줄지 알 수 없었다.

레아는 재빨리 요로이자카 씨에서 뛰어내려 근처에 있던 근접 물리형 캐릭터로 보이는 플레이어의 목에 돌려차기를 꽂았다.

약화 디버프를 받았어도 적이 인간 형태인 이상 육체를 파괴하는 방법은 몸에 각인되어 있었다. 오히려 본래 능력치가 너무 높은 탓에 약화된 상태에서도 반응이 너무 빨라 몸을 움직일 때 이질감이 들 정도였다.

현실 세계에서 오랜 세월 철저하게 수련한 덕분에 아무 능력치도 올리지 않았을 때가 가장 움직이기 편했다. 이럴 줄 알았으면 게임 안에서 몸을 움직여 둘 걸 그랬다. 대량의 경험치로 급성장한 폐해였다.

어색함을 무시하고 무작정 날린 돌려차기. 그러나 의식을 앗아갈 요량으로 꽂은 발차기는 상대의 머리를 통째로 앗아갔다. 피아의 능력치 차이를 생각하면 당연한 결과였다. 이곳은 게임 속 세계다. STR나 VIT의 자릿수가 크게 차이 나면 정상적인 격투가 성립할 리 없었다.

머리가 날아간 플레이어는 서서히 쓰러졌다. 그 팔을 잡아서 마법사들이 있을 후열 방향으로 대충 던졌다.

압도적인 STR로 투척한 시체는 회전하면서 날아갔고, 레아의 눈으로는 뚜렷하게 보이지 않는 거리까지 가서 빛이 되어 사라졌다. 리스폰했나 보다.

그것을 확인하고 일단 눈을 감았다. 눈꺼풀은 뜨겁고 안구가 욱신거렸다. 실눈으로도 오래 버틸 수가 없었다.

“이 녀석, 생긴 거에 비해서 흉악해!”

“무조건 마법 특화라고 생각했는데!”

“맨손으로 사람을 박살 내는 천사냐!”

“공포가 벌써 풀렸나!”

“탈피하면서 상태 이상이 무효화됐나 봐! 그보다 전열이 최대한 붙어! 더 이동하게 놔두지 마!”

지금 외친 사람이 리더일 것이다. 그렇다면 그 녀석을 해치우면 결속이 무너질 것이다.

그 익숙한 목소리가 난 방향으로 접근해 눈을 살짝만 떠서 모습을 확인했다. 자세를 낮추고 손바닥을 앞으로 내밀어, 목표의 체간 중심에 때려 박는다.

날려 버릴 생각으로 꽂은 장타는 예상보다 부드러운 상대의 몸통을 관통하고 말았다. 그로 인해 레아의 행동이 순간적으로 제한됐다.

그리고 플레이어들은 그 허점을 놓치지 않았다.

레아의 옆얼굴을 노리고 뭔가가 맹렬한 속도로 날아들었다.

먼 곳이 보이지 않는 레아는 그것이 어디서 날아왔는지 확실히 알 수 없었지만, 냉큼 몸을 비틀어 팔에 꽂힌 플레이어의 몸을 방패로 삼았다.

"『공포』!"

《저항에 성공했습니다.》

곧바로 『공포』가 날아오지만, 소용없다. 마왕에게 『정신 마법』은 통하지 않는다.

"안 먹히나!"

"젠장, 리더가!"

"오징어 먹물탄이 막힌 게 컸어! 그래도 이제 확정이야! 디버프 필드와 시각 차단 조합이 『공포』의 성공 기준이야!"

"아니, 방금 혼박석이 한 번에 여섯 개 소비됐어. 내가 가진 건 이제 네 개뿐이야! 아이템이 부족했을 가능성도 있어!"

엉뚱한 추리지만, 바로잡아 줄 이유는 없었다.

혼박석이란 아이템이 여섯 개나 소비된 이유는 요로이자카 씨와 켄자키 다섯 자루 때문일 것이다. 아마 개당 혼 하나를 대체하나 보다.

"『라이트닝 샤워』."

정보를 준 보답으로 『공포』라는 말이 들린 곳을 가볍게 노려보며 범위 마법을 선사했다.

눈으로 확실히 보지 않으면 마법 명중률이 떨어지므로 레아가 중거리 이상에서 마법을 맞히기 어렵지만, 범위 마법이라면 어느 정도 오차를 커버할 수 있다. 단일 대상 마법보다 많은 MP를 소비하지만, MP 따위 신경 쓸 상황이 아니었다.

"크악……!"

목소리가 들린 곳까지는 확실하게 보이지 않아서 그 앞을 중심점으로 설정할 수밖에 없었다. 그 탓에 직격하지는 않았겠지만, 목소리로 판단하건대 아슬아슬하게 범위에 들어온 모양이었다.

"멘타이리스트가 당했어!"

"약화해도 후열이 한 방이냐……."

"물리 특화도 마법 특화도 아니야! 둘 다 무식하게 강해! 후열은 더 물러나!"

"『범위 소회복』!"

범위에 말려들었다가 살아남은 플레이어를 향해서 범위 회복 마법이 사용됐다.

하지만 그건 좋지 않은 판단이었다.

조금 전부터 회복 마법을 사용하는 플레이어의 목소리는 하나밖에 없었다. 즉, 힐러는 한 명이다.

그렇다면.

"『스노 스톰』! 『프로미넌스』! 『어스퀘이크』! 『허리케인』!"

범위 회복 마법의 쿨타임이 끝나기 전에 포화 공격으로 모조리 죽인다.

자해를 각오하고 자신을 중심으로 범위 마법을 난발했다. 속도를 중시하기 위함이었다.

자폭 대미지와는 별개로 아까부터 피부가 쓰라렸다. 이게 햇빛에 약한 알비니즘의 부정적 효과다. 더 이상 시간을 지체할 수 없다. 서둘러야 한다.

공격 사이사이에 회복이 들어가지 않으면 지근거리에 있는 플레이어는 지금 공격으로 전부 정리됐을 것이다.

게다가 지금까지 적에게 제대로 된 대미지를 받지 않았다. 전열이 무너지면 후열에서 거리낄 것 없이 마법이 쏟아질 테지만, 지금 레아의 자폭 공격보다 대미지를 받지는 않을 것이다. 그렇다면 견딜 수 있다.

공격 마법 사이에 힐러가 회복 마법을 쓰는 소리는 들렸지만, 범위 회복은 아직 쿨타임이 끝나지 않았을 것이다. 회복해 봤자 한두 명이 아닐까. 그 정도라면 남아도 문제없다.

그나저나 방패로 쓰기 좋고 마법 공격 위주로 전환해서 그대로 뒀지만, 이 배가 뚫린 플레이어는 왜 리스폰하지 않을까? 언제까지 레아의 팔에 매달려 있을 셈인가.

슬슬 뽑아서 버리려고 생각하던 차에 무언가가 레아의 허리를 붙잡았다. 이 녀석은 처음에 팔을 날려 버린 길이라고 불린 플레이어다. 이번 레이드에서는 보기 드문 탱커였다. 탱커 아니랄까 봐 체력이 많아서 살아남았나. 아니다, 약화됐어도 레아의 마법은 그렇게 만만하지 않다.

그럼 레아의 마법 공격 사이에 힐러가 굳이 회복한 것은 혹시 이 녀석일까. 무슨 이유로 단 한 명을 회복했을까.

"—지금이다!! 부숴!!"

그 플레이어가 외쳤다.

레아의 시력으로는 잘 보이지 않지만, 후열이 멀리서 뭔가 수작을 부리는 듯했다. 그 순간, 수정이 깨지는 듯한 소리가 나며 레아의 몸이 갑자기 무거워졌다.

확실하게 알았다.

이건 그 디버프 필드다. 왜 갑자기 이토록 강력해졌는가?

동시에 전신에서 힘이 빠져나갔다. 도저히 서 있을 수 없었다. 레아의 허리에 매달렸던 남자가 힘없이 미끄러져 내렸다. 아마 죽었을 것이다.

단순한 디버프가 아니다. 아마도 능력치뿐 아니라 LP도 줄어들고 있을 것이다. 심지어 지금까지와는 달리 무차별적으로. 그래서 이 길이라는 플레이어도 죽은 것이다.

팔에 꽂힌 플레이어의 시체가 무거웠다. 레아는 버티지 못하고 무릎 꿇었다. 이 시체가 리스폰하지 않는 이유가 이 때문일까?

1초라도 빨리 이 필드에서 나가야 한다. 대미지보다는 최대 LP 감소처럼 느껴지지만, 최대 LP가 줄어든 만큼 남은 LP도 차감되는 형식 같았다. 길이 죽은 직접적인 원인도 아마 이것 때문일 것이다. 감소 후의 최대 LP보다 지금까지 받은 대미지가 커서 디버프가 걸린 순간 즉사한 것이다.

그리고 레아도 지금까지 자기 자신의 마법으로 막대한 대미지를 받았다. 더불어 디버프도 이전보다 더 강력해졌다. LP는 이미 레드존을 넘어 미량밖에 남지 않았다. 게다가 그마저도 가만히 놔두면 「경도 화상」으로 야금야금 줄어들 것이다.

위험하다. 하지만 발치에 있는 남자가 방해되어 한 발자국을 내디

딜 수 없었다.

'이딴 무거운 갑옷이나 입고……. 그래도 정 안 되면『캐슬링』으로…….'

아니, 안 된다. 여기 오기 전에 큰 의미도 없는 곳에서 쓰고 말았다.『캐슬링』의 쿨타임은 24시간이다.

『술자 소환』으로 탈출할 수도 없었다.『소환』 계열 스킬을 쓰기에도 아직 시간이 더 필요했다.

오늘 한 모든 행동이 역효과를 내고 있었다. 오만함에 젖어 앞뒤 생각 없이 행동한 결과였다.

자존심은 상하지만, 날아서 도망치는 수밖에 없다. 하늘에서 고위 마법 융단 폭격으로 처리한다.

『비상』으로 날아올라 힘을 쥐어짜서 팔에 꽂힌 시체를 털어냈다.

그 순간, 그 시체와 눈이 맞았다.

아는 얼굴이었다. 그리고 방금 들은 익숙한 목소리. 이 녀석은—.

문득 날카로운 살기를 느낀 기분이 들었다.

반사적으로 돌아봤다.

화살이 눈앞까지 날아와 있었다.

'그러고 보니 처음 화살을 쏜 인간이—.'

아마 미간을 꿰뚫었을 것이다. 헤드샷. 크리티컬이다.

《한 시간 안에는 부활을 받을 수 있지만, 지금 바로 리스폰하시겠습니까?》

◆◆◆

"그렇다네. 그래서 말인데……."

재상이 눈짓하자 기사 한 명이 운반해 온 물건의 천을 벗겼다.

그 정체는 무지개색으로 빛나지만 어딘지 모르게 불길해 보이는, 수정으로 된 거대한 알이었다. 왕성 안뜰에 모인 플레이어들 사이에 당혹감이 퍼졌다.

"우리나라의 기사도 아닌 그대들이 힘을 빌려주는데, 우리가 가만히 앉아서 구경만 한다면 이는 나라의 수치일세. 우리도 모든 힘을 쥐어짜야겠지."

재상은 수정 알에 다가가서 표면을 만지면서 말했다.

"이건 비유물(秘遺物)(아티팩트)이라고 불리는 고대의 비보라네. 우리나라의 국보 중 하나이기도 해. 이것을 사용하기 위해서 폐하께 허가를 구했네."

"국보……!"

"아티팩트라고?!"

"새로운 종류의 아이템이야."

"그런 물건을…… 괜찮은가요?"

아마틴이 묻자 재상은 플레이어들을 보면서 천천히 고개를 끄덕였다.

"이 비유물은 지정한 범위에 있는 모든 자에게 약화 저주를 거네. 미리 등록한 열 명을 제외하면 말이지. 지속 시간은 발동 후 한 시간이야."

디버프— 쉽게 말하면 적을 약하게 만드는 아이템이었다.

이야기를 듣기만 해도 재앙이 타의 추종을 불허하는 몬스터라는 사실이 전해졌다. 아마 이 수정 알은 그런 보스 몬스터와 싸우기 위한 이벤트 아이템일 것이다.

"이 약화에는 단계가 있고, 발동 후 당분간은 약한 효과밖에 내지 못하네. 하지만 효과 범위에 목표가 계속 머물면 약화의 강도가 서서히 올라가네. 그뿐만이 아니야. 약화가 발동 중일 때 이 수정이 파괴되면 그 순간부터 10초 동안 비유물에 남은 힘이 모두 해방되네. 게다가 파괴된 시점에서 남아 있던 지속 시간에 비례해 약화 효과는 강해지지. 이때 발동하는 특별한 효과는 무차별적이라서 미리 등록한 자라도 효과가 적용되네. 이게 발동하면 모든 능력이 최대 절반으로 줄어들어. 이건 생명력도 예외가 아닐세. 그래서 다친 상태에서 저주에 걸리면 그 자리에서 즉사할 수도 있네."

파격적인 성능을 과시하는 아이템이었다. 괜히 국보가 아니었다.

적으로 지정한 상대를 절대로 놓치지 않겠다는 어떤 강렬한, 예컨대 **저주**나 **원한** 같은 악의마저 느껴졌다.

"……왜 이걸 이제야 사용하죠? 이게 있으면 토벌군도 살아남았던 게 아닌지……."

"이 비유물에는 조건이 있네. 특정 장소가 아니면 기동할 수 없어. 그리고 그곳 중 하나가 이 왕도라네."

"그랬나요……. 하지만 국보라고 하셨죠? 파괴되기라도 하면……."

아무리 나라의 위기라도 국보가 파괴되면 아깝다는 생각이 들었다.

"웨인 공, 괜찮네. 이 비유물은 어차피 한 번 발동하면 광채를 잃고 다시는 사용할 수 없네."

"비정기적으로 천사도 쳐들어온다면서요? 천사 두목이 나타났을 때를 대비하는 편이……."

"……사실 이 비유물은 천사들에게 효과가 약하네."

"무슨 뜻이죠?"

"마법에 속성 간 상성이 있다는 사실은 알고 있겠지? 그것과 비슷하네. 이 비유물의 이름은 『정령왕의 심장』이라고 해서, 일찍이 이 땅을 다스리던 정령왕이 죽으면서 이곳에 사는 자들을 위해서 남긴 물건이라는 전승이 있다네. 그리고 천사들의 속성은 정령왕과 비슷한 세력에 속하여 정령왕의 힘이 잘 통하지 않아."

"그런가요……."

"방금 기동 가능한 장소가 한정된다고 말했지? 그런 곳이 이 대륙에 여섯 곳 있고, 그곳들은 이 대륙을 다스리는 나라의 수도이기도 하네. 이는 각국의 왕가가 정령왕의 후계라는 증거라고도 말하네."

만약 그렇다면 아무리 재앙이 쳐들어와도 각국 왕도에는 특별한 이벤트 아이템이 마련되어 있다는 말이다. 역시나 국가 멸망 같은 세계정세를 크게 바꾸는 사태는 일어나기 힘들게 조치했나 보다.

이 아이템이 사실상 반출 불가인 이유도 NPC가 들고 나가서 레이드 보스 따위를 플레이어보다 먼저 해치우지 못하게 방지하는 밸런스 조정인지도 모르겠다.

"그럼 이번에 오는 그, 재앙은 언데드니까 통할 거다?"

"그래. 정령왕의 힘이 가장 강하게 발휘되는 상대는 정령왕과 한 쌍을 이루는 존재라고 전해지네. 그게 무엇인지는 밝혀지지 않았지만, 적어도 마(魔)나 어둠의 세력에 속한 존재라는 것은 분명하네."

"재상 각하의 생각은 잘 알겠습니다. 아티팩트는 감사히 사용하겠습니다."

아마틴이 머리를 숙이고 다른 플레이어들도 뒤따라 머리를 숙였다.

"그래, 잘 부탁하네."

"그럼 웨인 씨. 리더를 맡아 줘. 바로 작전을 짤까?"

"네?"

갑자기 이름을 불린 웨인은 일제히 자신에게 모인 시선에 당황했다.

아마 여기 있는 플레이어 중에서 웨인이 가장 약할 것이다. 그런 자신을 왜?

"왜냐니, 네가 우리를 모았잖아? 우리는 어디까지나 너를 도우러 온 거야. 리더답게 행동해 줘."

"길가메시 말이 맞아. 이 사람들을 모은 건 너야. 그러니까 이 레이드 파티의 리더도 너야."

"하지만 그건 길이 있어서……."

"그럴지도 몰라. 하지만 길가메시가 모으지는 않았어."

황당한 사람들이다. 이게 최상위권 플레이어들. 웨인의 말을 믿고 이런 곳까지 와 준 사람들이었다.

그것만이 아니었다. 여기까지 오면서 도중에 남겨진 탱커 플레이어도 있을 것이다. 그런 이들은 정말로 아무 이득도 얻지 못하는데 협력해 줬다.

그렇다면 약하다느니 뭐니 하며 변명할 수 없었다. 그다지 자신은 없지만, 작전을 짜야 한다. 아니, 나라면 할 수 있을 것이다. 레아를 추리로 몰아세운 적도 있지 않던가. 여기서 도망치면 그때 잠깐이나마 자신을 인정해 준 레아에게도 체면이 서지 않는다. 아니 뭐, 딱히 레아에게 특별한 감정은 없지만.

"알았어. 작전을 세우자."

그렇게 각오를 다진 웨인은 플레이어들을 돌아보며 고개를 끄덕였다.

"현시점에서 확실하게 밝혀진 재앙의 능력은 이거야. 우선 개미와 벌, 언데드를 조종한다. 하늘을 난다. 모습을 감출 수 있다. 서쪽으로 이동하는 중— 그러니까 동쪽에서 나타난다."

"음, 이미 대응하기 힘든 사항이 있는데……."

"그러게. 재앙이 만약 단독으로 모습을 감추고 왕도로 오면 발견하는 것 자체가 불가능해."

"아……."

"한마디 해도 될까, 웨인 님."

"네, 요이치 씨."

"나한테 씨를 붙일 필요는 없어. 나는 『진안(眞眼)』이라는 스킬이 있어. 이 스킬을 발동하면 주위 캐릭터의 LP를 눈으로 보고 느낄 수 있지. 구체적인 수치는 알 수 없지만, 흐릿한 빛과 색으로 대략적인 양을 알려줘. 빛의 세기는 남은 LP의 비율, 색은 최대치의 크기를 가리켜."

"참고로 그 스킬은 나도 있어."

"그래……. 그럼 색적은 요이치와 몽키 다이브 사스케 씨에게 맡길게."

"그냥 사스케라고 해. 왜 굳이 풀네임으로 불러? 그리고 씨는 안 붙여도 돼."

"……사스케에게 맡길게. 벌을 데리고 온 경우는 나중에 별도로 검토하고, 우선 혼자 나타났을 경우를 생각하자. 모습을 감추고 나타날 가능성이 크니까 색적을 두 사람에게 부탁할게. 그리고 다음으로 중요한 건 비유물의 효과 범위, 디버프 필드로 유인하는 방법이야."

"상식적으로 생각해서 재앙이 온 뒤에 준비하면 늦어. 방금 만져 볼 기회가 있었는데, 만지기만 해도 사용법을 알 수 있었어. 비유물은 예외 없이 만지기만 해도 사용법을 알려 주나 봐. 아무튼 기동할 때 지정하는 대상은 『장소』야. 사람이나 사물이 아니야. 그리고 지속 시간을 30분 이상 남기고 『파괴』해서 강제 종료를 발동할 경우가 가장 효과가 뛰어나."

"고마워, 아마틴 씨. 그럼 가장 이상적인 공략법은 재앙을 해당 위치로 유도하고, 후열이 비유물을 발동, 그 후 30분 안에 LP를 확정 킬 라인까지 깎아서 비유물을 파괴해 해치우는 걸까? 이 작전을 실현하려면—."

이리하여 웨인이 내놓은 방법을 최상위권 플레이어들의 경험이 보강했고, 즉흥적이지만 하나의 작전이 빠르게 완성됐다.

"우선 내가 화살로 놈을 도발하는 동시에 다른 사람들에게 위치를 알려주지."

"중요한 점은 역시 디버프 필드 안에 상대를 끝까지 묶어 두는 거야."

"이야, 책임이 막중한데? 맡겨만 둬."

"그리고 가능하면 그때까지 재앙의 LP를 깎아줘."

"내 『공포』가 통할지 어떨지 미지수지만, 언데드라도 혼박석이 있으면 이론상으로는 가능해. 남은 문제는 저항 판정인데……."

"누가 주의를 끄는 사이에 사스케가 뒤에서 오징어 먹물탄을 던지자. 암흑 상태로 만들어서 확률을 올리는 거야."

"이거 정말로 뒤통수에 맞아도 눈이 멀어? 무슨 원리야?"

"통하면 됐지 뭘 따져? 궁금하면 만들어 준 연금술사한테 물어. 그 녀석은 이 싸움에 낄 수준이 못 돼서 다른 도시에 두고 왔지만."

작전은 대강 정해졌다. 이제는 실행할 뿐이다.

"……그래도 이 작전은 전열이 전부 죽는 게 전제야."

"그래도 이 방법밖에 없다고 생각해. 다행히 지금은 사망 페널티도 약해. 어쩌면 그 아티팩트를 써서 희생하며 싸우라는 의도로 사망 페널티를 완화했는지도 몰라."

"재앙을 조금이라도 묶어 두기 위해서 죽어도 리스폰은 하지 마. 시체를 그대로 남겨서 재앙의 이동을 방해하는 거야."

"막바지에는 내가 바짓가랑이라도 붙잡을게. 미안하지만 회복 순서가 고민되면 나부터 회복해 줘. 내가 가장 안 죽을 테니까 조금이라도 도움이 될 거야."

"네. 그렇게 할게요, 길가메시 씨."

"아니, 그냥 길이라고 불러도 되는데."

"죄송해요. 특정 남성을 애칭으로 부르기는 좀……."

"좋아, 그럼 위치로 이동하자. 솔직히 그 녀석이 언제 나타나도 이상하지 않은 상황이야.”

“오케이!”

“……응? 나 혹시 지금 차인 거야?”

웨인이 모은 플레이어들의 레이드 보스 배틀. 재앙 토벌전은 이렇게 시작되었고, 대륙 사상 최초로 인류의 적 토벌에 성공했다.

제4장 황금의 경험치

"후우……. 후우……. 후……."

겨우 진정되어 간다.

분한 마음과 속이 뒤집히는 분노는 아직 사라지지 않았다. 다시 떠올리기만 해도 눈물이 차오른다. 하지만 목소리도 내지 못하는 그 발작 같은 눈물은 이제 멎었다.

옛날부터 감정이 격해지면 아프거나 슬프지도 않은데 눈물이 나오고는 했다.

레아는 그런 자신이 몹시 싫어서 현실에서는 최대한 감정이 움직이지 않도록 조심하며 생활했다.

이토록 펑펑 운 게 얼마 만일까. 아마 그때 이후로 처음일 것이다. 갑자기 자신을 두고 집을 나간 언니— 아니, 이제는 관계없는 일이다.

그보다 지금 중요한 건 그 플레이어들이다.

그들은 절대로 용서할 수 없다.

"붸, 크읍! ……웨인, 이었지, 그 사람. 에어파렌과 함께 날아갔다고만 생각했는데……. 그러고 보니 플레이어니까 죽으면 다른 곳에서 부활하겠구나. 그게 왕도 근처였나?"

웨인 때문에 죽었다, 라고는 생각하지 않았다. 그건 레아의 오만이 부른 패배였다.

하지만 절대로 그게 전부는 아니었다.

레아와 그들 사이에는 크나큰 실력 차이가 있었다. 그들은 그 간극을 머릿수와 아이템, 그리고 작전으로 메웠다. 어디서 튀어나왔는지 모를 정체불명의 디버프 필드란 것에는 하고 싶은 말이 많지만, 트집을 잡을 생각은 없었다. 함정에 빠진 레아가 멍청했으니까.

돌이켜 보면 그들의 조직적인 행동은 전부 마지막 그 한순간을 위한 준비 작업이지 않았을까. 실로 잘 짜여진 작전이었다. 훌륭하다고 인정할 수밖에 없다.

레아의 능력과 스킬을 알 리 없으니까 우연히 맞아떨어진 계획이었고 우연히 효력이 있는 아이템도 있었겠지만, 그런 결과도 믿음을 가지고 모든 것을 걸고 싸웠기 때문에 쟁취한 것이다.

거기 있었던 모든 플레이어가 하나의 목표를 위해서 전력을 다했다. 능력의 높고 낮음에 상관없이.

"—흐읍."

괜찮다. 이제 진정됐다. 안 울었다.

"……일단 회복 마법부터 배워야겠어. 그거 없이는 아무것도 못 해."

이 보기 민망한 얼굴을 고쳐야 하니까 말이다.

『회복 마법』은 방법만 알면 금방 배울 수 있었다.

무기를 들지 않은 『맨손』 상태에서 전투 능력을 높이는 스킬과 『조제』, 그리고 『해체』를 배우면 『치료』라는 스킬이 해금된다.

『치료』를 배우면 그 뒤 조건은 아무 문제도 없었다. 『치료』를 습득한 상태에서 INT가 일정 수치 이상이면 『회복 마법』을 배울 수 있었다.

도움말에 따르면 『회복 마법』은 INT에 따라서 효과가 결정되는 듯했다.

"『회복 마법』과 『치료』 중에 눈 붓기를 빼려면 뭐가 좋을까?"

거울은 없지만, 화장실로 가서 『물 마법』을 사용해 얼굴을 씻었다.

화장실에 걸린 수건은 공병 개미가 짠 것이었다.

이 화장실을 사용하는 사람은 다섯 명밖에 없지만, 수건은 두 장 걸려 있었다. 하나는 레아용, 다른 하나는 케리네가 사용하는 듯했다. 같이 써도 되지 않냐고 물었더니 무리의 대장과 같은 수건은 쓰지 않겠다며 거절당했다. 좋은 뜻으로 해준 말이라는 것은 알지만, 살짝 풀이 죽었다.

"……케리네는 갑자기 죽었는데 괜찮을까? 미안하네……."

이번 이벤트에는 마물을 이끌고 침공하는 역할로 참가했기 때문에 케리 일행은 전면에 세우지 않을 생각이었다.

하지만 동굴에서 계속 대기하는 것도 지루할 테니까 그 네 명과 하쿠마, 긴카는 남쪽에 있다는 화산형 영역을 탐색하러 보냈다. 만약 이벤트 공방전에 맞닥뜨리면 개입하지 않거나, 피할 수 없다면 일단 인류로 보이는 쪽에 가담하도록 지시해 뒀다. 그러는 동안 새끼 늑대들은 디아스가 맡아서 돌봤다.

케리 일행에게도 당연히 현자의 돌 그레이트를 썼다.

간부급 중에서 아직 사용하지 않은 권속은 스가루뿐이었다. 그녀는 필요 경험치가 너무 커서 뒤로 미룰 수밖에 없었다.

수인들은 상위 종족이라는 개념이 없는지, 현자의 돌을 써도 종족이 가까운 다른 수인으로 전생할 뿐이었다.

현재 케리는 사자, 라일리는 표범, 레미는 호랑이, 마리온은 눈표범 수인으로 전생했다.

의외로 분류가 세밀했다. 머리 색이라도 변하나 싶었는데 그러지는 않았다.

귀의 형태가 다소 변하고 꼬리가 변한 점을 제외하면 겉으로 보이는 변화는 크지 않았다. 엘프와 하이 엘프의 차이 정도였다.

하쿠마와 긴카는 각각 「스콜」과 「하티」로 전생했다. 조금 더 노력하면 펜리르라도 되지 않을까 해서 다음 날 한 번 더 사용해 봤지만, 뭔가 조건이 있는지 다른 상위종은 나오지 않았다.

이건 다른 권속들도 마찬가지로, 조건을 충족하지 못해서 일정 단계에서 전생하지 못했다. 레아와 세계수처럼 더 이상 상위종이 없을 것 같은 경우도 있지만.

"……다른 지역 침공은 어떻게 됐을까? SNS 이벤트 관련 스레드는…… 뭐, 이럴 줄 알았어……. 재앙 퇴치 성공으로 도배됐네……. 우욱…… 넘어가자. 나중에 보지, 뭐."

화장실에서 여왕방으로 돌아와 옥좌에 앉아서 생각했다.

레아가 가진 경험치는 아마 모든 플레이어 중 1위일 것이다. 조건만 알면 원하는 스킬을 얻는 것은 일도 아니었다.

하지만 게임을 시작한 초기에는 당연히 그럴 수 없었다. 얼마 되지 않는 경험치로 어떻게 효율적으로 전투력이나 기술력을 높일지 고뇌했다. 그것이 게임 초반의 재미이기도 했다.

애초에 초기 경험치를 늘리려고 일부러 부여한 약점이 「알비니즘」

과 「약시」였다.

오늘의 패배에는 이것들도 분명히 영향을 끼쳤다.

이 두 가지 조건을 달고 얻은 경험치는 50이었다.

겨우 50. 마왕이 되어 인류에게 재앙이라고까지 불린 레아를 속박하던 몇 안 되는 족쇄. 그 대가가 겨우 50이었다.

하지만 이 50이 없었으면 틀림없이 여기까지 오지 못했다.

『사역』을 배우던 그때, 이 50이 없었으면 경험치가 부족했다.

경험치를 대량으로 벌게 되면서 감각이 마비되었지만, 지금의 레아를 있게 한 출발점은 이 쥐꼬리만 한 경험치 50이었다.

이 게임 속 세계에서는 누구나 경험치를 원한다. 그것만 손에 넣으면 대부분의 일은 이루어지니까. 많은 경험치를 얻은 레아는 거기에 눈이 멀어 버렸다.

사람의 욕망은 무섭다. 특히 돈에 관련된 집착은 종종 이해할 수 없는 행동까지 유발한다. 레아는 그러한 일을 현실 세계에서 지겹도록 봤다.

대량의 황금은 사람을 홀린다.

그건 이 세계의 경험치도 똑같다.

레아의 출발점은 불과 50 경험치. 고작해야 한 알의 사금이다. 그것을 잊어서는 안 된다. 아무리 많이 얻었다고 해도 거기에 휘둘려서는 안 된다. 중요한 것은 어떻게 사용하느냐다.

황금의, 경험치의 마력에 미혹되어서는 안 된다.

여기서 멈춰서 생각할 기회를 갖게 된 것은 어찌 보면 요행이었을지도 모른다.

"—후후, 역시 운이 좋아."

옥좌에서 일어나서 기지개를 한번 켰다.

"아무튼 도시 세 곳을 멸망시키고 얻은 경험치로 스킬을 배워야지! 내가 직접 싸운다면 역시 할 수 있는 일은 전부 해 두고 싶어. 기껏 마왕이 됐는데 『마안』도 못 배웠고 말이야. 하이 엘프가 됐을 때 해금된 스킬은 전부 배웠지만, 마왕이 된 뒤로는 덜 배웠으니까."

습득해야 할 스킬과 현재 경험치를 비교하며 고민했다.

"아 참, 잊으면 안 되지. 10퍼센트는 불상사에 대비해서 남겨 두기로 했잖아. 물론 다시는 죽을 생각이 없지만, 리스크 헤지는 투자의 기본이니까."

◆◆◆

웨인이 리스폰한 곳은 왕성 안의 수면실이었다.

결전 전에 여기서 한 번 로그아웃해 뒀기 때문이었다.

옆 침대에는 길가메시가 앉아 있었다.

"마지막에 잘 안 보였는데, 이겼지?"

"아마…… 그럴 거야."

〈……이벤트 보스는 처치했다. 리스폰했으면 성벽까지 돌아와라.〉

"아, 요이치다. 토벌 성공이래!"

"오, 나도 사스케한테 연락 왔어. 해냈구나!"

두 사람은 침대에서 뛰쳐나와 허둥지둥 성벽 밖으로 갔다. 도시 안을 달리면서 이번에야말로 지켜 낸 거리를 감개무량하게 바라봤다.

결전을 치르기 전, 길가메시에게 감사의 말을 전하려다가 거절당했다. 그건 보스에게 이긴 뒤에 하라고.

그렇다면 지금 말해야겠지.

"—길! 고마워!"

"됐어! 친구잖아!"

지켜 내기는 했어도 아무런 피해 없이 끝나지는 않았다. 역시 곳곳에 전투의 흔적이 있었고 숨진 NPC도 있는 모양이었다.

안타깝지만, 이게 최선이었다. 그렇게 자신을 달래는 수밖에 없었다.

원래 웨인 혼자서는 아무것도 할 수 없었다. 이 정도의 희생으로 그친 것은 많은 플레이어가 힘을 빌려준 덕분이었다. 이 결과를 받아들이지 못하면 도와준 사람들에게도 실례다.

그런데 도시 곳곳에 이상한 금속 덩어리가 놓여 있는데, 원래 이런 게 있었던가.

성벽 밖에는 살아남은 플레이어들이 모여 있었다.

수는 적었다. 원래 서른 명이나 되던 플레이어는 웨인을 포함해도 약 열 명밖에 남지 않았다.

웨인이 획득한 경험치를 보면 전투 중에 죽었어도 토벌 경험치는 배분됐겠지만.

"여러분, 감사합니다!"

"신경 쓰지 마. 좋은 전투였어. 불러 줘서 내가 더 고마워."

"그건 그래. 오랜만에 가슴 뜨거운 전투였지."

요이치와 사스케였다. 사스케는 입은 험해도 맡은 일은 똑바로 해

내는 착하고 좋은 사람이었다. 그들과 친구가 된 것이 이번 이벤트의 가장 큰 수확일지도 모르겠다.

"그래도 위험했어……. 전열은 죽는 게 전제인 작전이었으니까 어쩔 수 없다지만, 설마 후열까지 이렇게 줄다니……. 범위 마법이 즉사 공격인 건 대체 누구 발상이야?"

"익명의 엘프 씨도 고마웠어요. 후열이라고 하니까 멘타이리스트 씨는 안타깝게도……."

"그 사람은 전투 전에 여관에서 로그아웃했었다니까 조만간 오지 않을까? 아, 이거 봐."

"안녕. 내 이야기야?"

돌아보니 멘타이리스트가 서 있었다. 그는 왕도에 남기로 한 모양이었다.

부활한 플레이어가 여기 있는 웨인, 길, 멘타이리스트뿐인 데는 이유가 있었다.

이벤트 보스와의 전투가 사실인지 어떤지 알 수 없는 상황에서 왕도를 리스폰 포인트로 설정하면 위험하기 때문이었다.

전투에 이긴 경우에도 왕도에 남을 이유는 적다. 그렇게 생각한 플레이어들은 리스폰 포인트를 덮어씌우지 않았다.

"앗, 그렇지. 보스 아이템은 어떻게 됐어?"

"그거 말인데……."

"사실 그 보스를 해치운 순간, 저기 서 있던 갑옷도, 갑옷이 가진 검도 녹아내리더니…… 그냥 쇳덩이가 되어 버렸어."

"뭐?"

"보스 본체도 금방 사라졌고."

"이 금속이 드롭 아이템이란 뜻이야……?"

"심지어 지금 보고 왔겠지만, 도시 안에도 같은 금속들이 떨어져 있어. 그 언데드가 죽으면서 떨어뜨린 아이템이겠지."

"시체가 아니라 아이템을 떨어뜨리는 건 희한하네. 골렘이 그런 식으로 죽긴 하던데."

"도시 안에도 같은 금속이 있다면 이 도시에서는 비싸게 팔기 어려우려나……."

큰일이다. 어렵게 협력해 준 그들에게 만족스러운 보답도 해 줄 수 없었다.

"아, 이상한 생각을 할까 봐 미리 말하는데, 우리한테 과하게 고마워할 필요 없어. 우리에게는 이벤트 보스와 싸운 경험 자체가 최고의 선물이야. 오히려 내가 뭐라도 주고 싶어. 토벌 경험치도 엄청 벌었고."

"그렇지. 나는 마지막에 죽었는데도 제법 벌었어. 30명이 나눠서 이 정도면 대체 얼마나 경험치가 많았던 거야?"

"그것도 나라에서 준비한 아티팩트가 없었으면 못 이겼을 테니까 이벤트 보수라고 봐야지. 첫 이벤트처럼 MVP 발표가 있으면 장담하는데 우리 이름이 올라갈 거야. 물론 너도, 웨인."

"그런가……. 고마워, 멘타이리스트."

"그런데 도시 안 언데드는 사라졌지?"

"응. 보스가 죽은 동시에. 방금 말한 금속 덩어리밖에 안 남았어."

사스케가 금속을 문지르며 대답했다. 그도 원래는 전열에서 활약하고 싶었겠지만, 회피 탱커라서 이번처럼 무슨 짓을 할지 모르는 보스 상대로는 불리했다. 그래서 뛰어난 투척 스킬을 살려 서포터로 활약해줬다.

"다른 도시에 침공한 언데드는 평범하게 뼈를 남기고 죽었어. 보스 직속인 강한 몬스터는 방식이 다른가?"

"그나저나 결국 그 이벤트 보스는 뭐였을까? 천사처럼 보였지만, 천사는 아니지?"

"내 생각에는 언데드로 변한 천사 같아. 천사에게는 효과가 약하다는 디버프 필드가 통했고, 내가 『정신 마법』을 걸었을 때 혼박석이 소비됐어. 혼박석을 소비했다는 건 본래 『정신 마법』이 통하지 않는 종족이라는 뜻이야. 그렇다면 언데드나 골렘, 호문쿨루스 계통밖에 없어."

"언데드나 호문쿨루스 중 하나겠지만, 확증이 없네."

"언데드를 사역했으니까 당연히 언데드겠지, 뭐."

"사스케, 너 생각하기 귀찮아졌지?"

"솔직히 뭐든 상관없잖아? 이미 잡았으니까."

그것도 그렇다. 한때는 7대 재앙이었지만, 지금은 다시 6대 재앙으로 돌아왔다.

"고생해서 해치웠으니까 무엇무엇을 처치했다, 라는 확실한 증거가 있으면 좋겠는데."

"이벤트는 아직 안 끝났어. 만약 언데드라면 부활 이벤트로 다시 나올지도 몰라."

"으엑, 그거랑 또 싸우기는 싫은데……."

"나도야. 이제 아티팩트도 없고, 또 싸우려면 플레이어 전반의 능력을 더 높여야 해."

만약 그런 때가 온다면, 그때는 진정으로 이 멤버와 어깨를 맞대고 싸우고 싶다.

웨인은 그렇게 생각했다.

"그럼 일단 해산해도 되겠지? 드롭 아이템은 알아서 팔아 줘. 언제 나눌지는 너무 신경 쓸 필요 없어. 다른 인간들도 남은 이벤트 기간이 더 중요한가 보니까."

"그럴게. 수고했어. 또 무슨 일이 있으면 편하게 불러 줘. 편하게 올 수 있을지는 별개의 문제지만. 웨인 군이라면 또 무슨 일에 휘말릴 것 같아."

"맞는 말이야. 이 녀석, 불운 하나는 알아줘야 해."

"그럼 우리는 죽어서 오랄로 돌아가지."

"또 보자."

익명의 엘프 씨, 요이치, 사스케가 떠났다.

익명의 엘프 씨는 포트리 왕국에서, 요이치와 사스케는 오랄 왕국에서 플레이하나 보다. 오랄은 힐루스에 비해서 전체적으로 난이도가 높다고 들었다. 그곳을 2인 파티로 공략하다니, 역시 실력파들이다.

"전부 떠났네. 이제부터 어떡할래, 리더?"

"무슨 소리야? 리더 역할은 이미 끝났잖아."

"아냐, 네가 계속 리더 해. 너는 리더 자질이 있어."

"뭐야? 멘타이리스트도 같이 다니게?"

"안 돼? 그러려고 일부러 왕도로 리스폰을 덮어썼는데."

"안 되긴, 대환영이야. 다시 한번 잘 부탁해, 멘타이리스트."

뜻하지 않게 3인 파티가 되고 말았다. 심지어 웨인을 제외하면 최상위권 플레이어였다.

"멘타이리스트도 오늘 거 썼지? 웨인은 어때?"

"오늘 거? 아, 전이 서비스? 나는 한 번도 안 써서 남았어. 그럼 일단 용병 조합에— 뭐야, 저거?"

올려다본 동녘 하늘이 부자연스럽게 어두워지고 있었다.

◆◆◆

"이게 『마안』인가. 오오, 익숙하지 않으면 멀미하겠어."

마왕이 되어 해금된 『마안』 트리. 그 첫 스킬이자 스킬 트리와 같은 이름을 쓰는 스킬 『마안』을 습득한 레아는 바로 그것을 발동했다.

『마안』은 토글형 스킬이라서 일단 발동하면 해제할 때까지 『마안』 상태가 이어진다. 발동 중에는 최대 MP가 일정량 줄어들며 해제하지 않는 한 회복되지 않는다.

그리고 『마안』 효과는 「마력을 육안으로 볼 수 있다」였다.

마력이란 곧 MP인데, 게임에서는 LP와 마찬가지로 MP도 자연히 회복된다.

이 세계에는 공기 중에 마나가 차 있다는 설정이다.

MP라는 능력치를 가진 모든 캐릭터는 공기에서 모종의 수단으로 마나를 흡수해 체내에서 MP로 승화시킨다.

『마안』을 발동하면 캐릭터가 가진 MP 말고도 공기 중에 포함된 마나도 눈에 보였다. 그래서 시야 전체에 분홍색 안개가 옅게 낀 것 같았다.

마력을 볼 때는 사물을 볼 때처럼 가시광선의 반사가 필요 없었다. 지금 레아가 있는 동굴처럼 어두운 곳에서 발동하자 마치 안개가 스스로 발광하는 것처럼 눈에 띄었다.

한편, 돌벽은 마나를 포함하지 않아서 안개가 옅게 보였다. 그래서 동굴처럼 어둡고 빛이 전혀 들어오지 않는 곳에서도 간접적으로 주변을 볼 수 있었다.

흑백 영상의 명암을 반전한 느낌, 이라고 하면 다소 이해하기 편할까. 단, 색이나 주변 밝기는 전혀 알 수 없어서 어색한 느낌을 받았다.

그리고 어디까지나 효과 범위 안의 마력을 보는 능력이라서 시야는 스킬 범위에 의존한다. 현재는 일반적인 원거리 공격이 닿는 위치까지는 충분히 보였다. 이 정도면 문제없이 전투에 활용할 수 있다.

무엇보다 레아에게 중요한 점은 이 『마안』은 어디까지나 마력이 보이는 능력이며, 상술한 대로 가시광선은 필요하지 않다는 점이다.

즉, 시야가 차단돼도 마력은 보인다. 눈을 감은 채로 싸울 수도 있다.

이거면 일단 시력 문제는 해결했다고 말할 수 있겠다. 스킬 이름이 『마안』이라면 마법의 발동 조건인 「눈에 보이는 범위」라는 조건에도 맞아떨어질 것이다.

아직 시험해 보지 않았지만, 『마안』이 있으면 마법 자체를 대상으로 마법을 쏠 수 있을지도 모른다.

보통 상쇄를 노릴 경우, 상대 마법의 궤도를 예측해서 자신의 마법을 충돌시켜야 한다. 하지만 범위 마법처럼 좌표를 눈으로 확인해서 기폭하는 마법을 이 『마안』과 함께 사용하면 상대가 쏜 마법을 보고 직접 상쇄할 수 있지 않을까.

"후후후……. 기대되는걸. 내 시대가 오고 있어."

『마안』 트리에는 『마안』 뒤로 『마안 강화』, 『마법 연계』라는 스킬이 이어졌다.

『마안 강화』는 알기 쉬운 효과 강화였다. 효과 범위를 넓히고 개별적으로 설정한 대상의 마력 투과도를 높인다.

예를 들어 레아의 마력 투과도를 낮출 경우, 『마안』으로 레아를 볼 때 설정한 투명도만큼 분홍 안개가 옅어진다는 뜻이다. 자기 팔다리나 날개가 방해될 때 편리할 테고, 무엇보다 눈을 감았을 때 눈꺼풀 하나만큼의 마력으로 필터를 씌운 듯한 시야를 개선할 수 있다.

『마법 연계』는 더욱 무서운 효과였다. 요구 경험치도 그만큼 많지만.

이건 『마안』에 연동하여 마법을 발동하는 효과로, 소리를 내지 않고 마법을 발동할 수 있게 된다. 대상을 『마안』으로 노려보고, 발동하고 싶은 마법을 강하게 의식하면 그것만으로도 마법이 발동했다.

단, 발동 조건이 「사선이 막혀 있지 않을 때」라서 눈을 감은 채로는 사용할 수 없었다. 딱히 눈에서 빔을 쏘는 것도 아니니까 사선은 상관없을 텐데 『회복 마법』을 시험해 봐도 발동하지 않았다.

물론 발성과 비교하면 눈을 뜨기만 해도 되니까 조건은 훨씬 편했다.

"평소에는 감았던 눈을 뜨고 마법을 발동한다. 이건 좀 멋있겠는걸…… 후후후."

아무튼 이제 시력 제한을 커버할 수단은 얻었다.

"다음은 햇빛인가……. 나무 그늘에서는 훨씬 나왔으니까『어둠의 장막』이라도 상시 발동하면 되지 않을까."

마왕이 되고 습득할 수 있게 된『어둠 마법』의 초기 스킬『어둠의 장막』은 주변 일대에서 빛을 빼앗는 능력이 있었다. 다만, 완전히 빼앗지는 못하고 어둑어둑하게 만드는 정도지만.

이건 최대 MP가 일정량 줄어드는『마안』과 달리 발동 중에는 계속해서 미량의 MP를 소비하므로 극단적으로 오래 사용한다면 주의가 필요하다.

"이제 내가 가진 약점은 사실상 상쇄했어……. 내친김에 마왕용 스킬을 더 배워 둘까."

마왕이 되어 추가된 것으로는 날개가 있었다.

날개 덕분에『비상』이 해금됐지만, 다른 스킬을 얻으면서 새로 해방된 스킬도 있는 듯했다.

"후후후.『익격(翼擊)』이라는 스킬이 늘었어. 이건 그거겠지, 깃털을 엄청나게 날리는 스킬. 멋있잖아."

들뜬 마음으로『익격』을 배워 봤지만, 스킬 설명을 본 레아는 정색해 버렸다.

"……아, 그런 스킬? 보나 마나『맨손』과 날개로 늘어난 스킬이겠네……. 날개는 보통 섬세한 기관이잖아. 이거로 패라고……? 뭐, 상관은 없지만."

현실에서도 백조를 비롯한 일부 새는 날개로 때려서 자기보다 큰 생물의 뼈를 부러뜨리기도 한다니까 황당무계한 스킬은 아니었다. 게다가 레아의 날개는 최대한 펼치면 3미터를 가뿐히 넘는다.

그 절반 리치의 근접 공격이라고 생각하면 의외로 나쁘지 않다는 생각도 들었다.

"아. 이거 단독 스킬이 아니라 트리구나. 다음은…… 오오, 이거다!『페더 불릿』!"

『맨손』에서 파생한『익격』에서 자연스럽게 이런 스킬이 해방된다고 생각하기는 어려우므로 그 외에도 뭔가 조건이 있을 것이다. 유력한 것은『투척』일까.

이건 새끼 늑대들과 놀려고 배웠을 뿐이라서 지금까지 제대로 활용한 적이 없었다.

"으힉……! 뭐야……?"

『페더 불릿』을 습득한 순간 허리가 간지러웠다. 하지만 기억에 있는 감각이었다.

"……역시. 날개가 늘었어."

허리에서 펼쳐진 순백색 날개가 두 쌍, 총 네 개로 늘었다.

"그럼 이다음에 있는『페더 개틀링』까지 배우면 날개가 엄청나게 늘어나나?"

습득하더라도『페더 불릿』을 확인한 뒤에 하려고 했지만, 호기심에 져서 당장 배우고 말았다.

"……안 변하네. 기준이 뭐야?"

여기까지 왔으니까 끝장을 봐야겠다, 라고는 생각하지 않지만, 일단 다음 스킬을 살펴봤다.

『식익(識翼) 결계』. 이 스킬의 효과는 「자신의 주변, 깃털이 날리는 범위 안에서 모든 정보를 얻을 수 있다. 또한, 범위 안에서 자신이 발동하는 스킬의 성공률과 효과에 보너스가 붙는다」였다. 범위는 확인해 봐야겠으나, 설명만 봐도 굉장히 유용해 보였다. 그런데…….

"이거, 남이 들으면 오해하지 않을까……. 식익[#1]이 뭐야, 식익이……. 뭐, 배우기는 하겠지만. 식익의 마왕이라……. 흠…… 히윽!"

이제는 익숙해진 간지러움과 함께 허리의 날개가 또 한 쌍 늘었다.

"……아, 설마 그건가? 근접 물리 공격용, 원거리 물리 공격용, 마법 보조용. 어이없어."

겉모습은 어느 날개고 다를 바 없었다. 달린 부위에 따라서 크기는 조금씩 다르지만, 그뿐이었다.

섀도복싱처럼 날개를 휘둘러 보았다. 어느 날개든 똑같이 휘두를 수 있었다.

벽을 향해서 페더 불릿을 써 봤다. 의식한 날개에서 흰색 빛이 한 줄기 날아가서 벽에 깃털이 꽂혔다.

특별히 날개마다 용도가 정해진 것 같지는 않았다.

"어쨌든 이만하면 전투력은 향상됐겠지? 물리 공격에 치중된 기분도 들지만. 좋아, 바로 복수전에 나서 볼까."

빨리 가지 않으면 한 시간이 지나 버린다.

아니, 이건 1초라도 빨리 복수하고 싶기 때문이지 부활한 권속들과 얼굴을 마주하기 껄끄럽다거나 그런 이유는 전혀 아니다.

#1 식익 일본어로 「식익(しきよく/시키요쿠)」은 「성욕(性欲)」과 발음이 같다.

"여기서부터 『고속 비상』으로 날아가면 한 시간 정도 걸리겠지? 그 정도면 아직 몇 명은 돌아가지 않고 남아 있어 주지 않으려나."

레아는 날개가 생기면서 『비상』으로 하늘을 날 수 있게 됐다.

하지만 어디까지나 스킬 효과로 나는 것이지 날개로 날지는 않는다. 그래서 새처럼 날갯짓을 할 필요는 없다.

지금처럼 『고속 비상』을 사용할 때는 오히려 날개가 공기 저항을 크게 받아 방해되기 때문에 접어서 몸에 밀착시켰다.

지금은 『마안』 덕분에 눈을 감은 채로도 주변을 확인할 수 있었다. 고글도 필요하지 않았다.

해도 꽤 기울어서 아까보다 햇볕도 약했다.

혼자 나는 것은 처음이지만, 생각보다 속도가 나왔다. 예상의 세 배는 웃돌지 않을까. 이 속도라면 금방 왕도에 도착할 것이다.

〈폐하!〉

〈보스!〉

조금만 더 가면 왕도가 보일 무렵, 친구 채팅이 동시다발적으로 도착했다. 권속들이었다.

〈아, 미안. 갑자기 죽어서. 다들 괜찮아?〉

〈그건 저희가—! 아뇨, 그보다 지금 어디에 계십니까!〉

〈이제 곧 왕도야.〉

〈방금 운명하셨으면서 무슨 생각이십니까!〉

〈그러니까 온 거야. 나를 죽인 자들은 이미 떠났을지 모르지만,

한 번 정한 목표니까. 왕도는 함락할 거야.〉

〈……알겠습니다. 폐하의 뜻이 그러하다면 어쩔 수 없는 일이지요. 그렇다면 당도하시는 대로 아다만 부대를…….〉

〈준비가 되면 부를게. 그리고 지크도. 제압한 왕도를 통치해야 하니까.〉

〈준비라 하심은……?〉

〈대단한 건 아니야. 그것보다 케리네 애들 말인데.〉

〈……네, 보스.〉

케리는 승복하지 못하겠다는 기색이 역력했다.

〈……기분 풀어. 내가 잘못했다니까. 지금 어디야?〉

〈리베 대삼림에서 남쪽으로 내려오면 있는 코네트르라는 도시입니다…….〉

〈잠시 그 도시에 머물면서 방어전 양상을 지켜봐. 쳐들어오는 마물과 지키는 인간의 능력이 어느 정도인지 궁금하니까. 참가해도 되지만, 도우려면 인간 쪽을 도와줘.〉

〈알겠습니다. 그런데…….〉

〈왕국을 정리하면 한 번 얼굴 비추러 갈게. 그리고 스가루와 세계수 말인데—.〉

그 후, 리베 대삼림과 토레 숲, 루르드를 급히 원상 복구하라고 지시한 뒤 친구 채팅을 종료했다.

왕도가 보이기 시작했다.

결국 리베 대삼림을 떠난 지 30분 만에 왕도에 도착했다. 왕도 인근에서 속도를 늦추고『어둠의 장막』을 발동했다.

감속할 때는 모든 날개를 동시에 최대한 펼쳐서 공기 저항으로 제동을 걸었다. 레아 본인에게는 보이지 않았지만, 아마 대단히 멋있었을 것이다.

"—어라, 세 명밖에 없잖아."

방금 전투를 벌인 성벽 밖에는 사람이 거의 남지 않았다. 용병 같은 실루엣은 셋뿐이었다.

심지어 그중 한 명은 웨인이었다. 길이라는 탱커도 있었다. 다른 한 명은 그다지 기억나지 않았다.

그들은 어안이 벙벙한 얼굴로 레아가 있는 곳을 올려다봤다.

그리고 그 옆에는 정체 모를 금속 덩어리.

한순간 무슨 의식인가 생각했지만, 혹시 요로이자카 씨의 잔해일까? 그들이 무슨 짓을 했다기보다는 저절로 저렇게 된 것 같았다. 어쩌면 리빙 계열 몬스터가 사망하면 저런 식으로 변하는지도 모른다.

레아는 그들에게 천천히 다가갔다.

"재, 재앙……."

"뭐야뭐야뭐야……? 해치운 거 아니었냐고……."

"그런데 저거…… 날개도 늘었고, 아무리 봐도 강화되지 않았어……?"

"……였을지도 몰라."

"뭐? 웨인, 지금 뭐라고 했어?"

"그 이벤트는 재앙 토벌 이벤트가 아니라, 재앙 각성 이벤트였을지도 몰라……."

멘타이리스트
길가메시

"그럼 이기든 지든 결국 힐루스는 멸망하는 시나리오야……?"

"저 녀석이 이벤트용 보스가 아니라, 이 이벤트 자체가 신보스 소개 이벤트였다는 뜻이야……?"

방금 전투에서도 느꼈지만, 아무래도 그들은 레아를 이벤트용 보스, NPC라고 착각하는 모양이었다.

그건 그것대로 좋다. 실컷 NPC인 척해 주자. 게다가.

'웨인 앞에서 내가 NPC인 척한다. 인연을 넘어서 운명이라는 느낌마저 들어.'

웨인의 말은 항상 묘하게 정답에서 어긋나지만, 드물게 핵심을 찌를 때가 있다.

각성 이벤트. 확실히 틀린 말은 아니다.

"—너희뿐인가? 나머지는 어디 있지?"

어차피 그들에게는 이미 레아의 목소리를 들켰다. 말해도 문제없었다.

말을 걸 줄은 몰랐는지, 세 명은 노골적으로 동요했다.

"큭, 어떡하지?"

"강제 패배 이벤트는 확실한데…… 최대한 정보를 모으자."

"그게 최선인가……. 혼박석을 보충해 둘 걸 그랬어."

그렇게 푸념한다면 이 플레이어가 『정신 마법』을 쓰던 자일 것이다. 이름은 기억나지 않지만.

"『식익 결계』."

세 쌍 여섯 개의 날개를 펼쳐서 깃털을 뿌렸다.

범위가 어느 정도인지 확인하지 않았지만, 레아의 평상시 시야가 보이는 거리, 그러니까 중거리까지는 닿았다. 이 범위를 모두 지각할 수 있다면 그 유용성은 다 헤아리기 힘들다.

무수한 흰 깃털이 허공에서 춤췄다.

본래대로라면 검은 깃털이 날려서 불길한 분위기로 불안을 부추기는 부가 효과도 있을 만했지만, 레아가 발동해도 그저 환상적일 뿐이었다.

"이번에는 화살을 쏘지 않나?"

쏴 봤자 더는 소용없지만.

어디서 날아오든 『식익 결계』에 닿는 순간 감지할 수 있다. 감지만 하면 높은 AGI로 가속된 레아의 반응 속도로 화살촉을 잡을 수도 있다.

"이 도시에는 다른 기사와 병사가 없나? 기다려 줄 테니까 불러와도 돼."

복수전이니까 조금 전과 같거나 더 많은 적을 짓밟고 싶었다.

"야, 로슨 씨나 기사들은……."

"아마 다들 부활했을 거야. 버티면 여기까지 와 줄지도 몰라."

"기다릴 필요도 없겠어. 이미 왔어."

이름 모를 플레이어의 말을 듣고 성문 쪽으로 눈을 돌리자 이곳으로 다가오는 여러 마력이 보였다. 제법 수가 많았다. 기사단이라고 불러도 무방한 인원. 마력량도 상당하다.

"대략 40명인가? 아까보다 많지만, 상관없지. 그럼 복수전을 시작할까."

레아는 바로 신스킬을 시험하기로 했다. 우선 『페더 개틀링』부터.

설명문에 따르면 이 스킬의 대미지는 DEX에 의존한다. 레아의 능력치 중에서는 높지 않은 편이지만, 그래도 어지간한 플레이어나 NPC보다는 높을 것이다. 이 공격이 유용해 보이면 나중에 경험치를 투자해도 될 것이다.

발동어를 선언한 동시에, 펼친 날개에서 하얀 탄환이 셀 수 없이 발사되어 기사들을 덮쳤다.

갑옷을 관통하기에는 위력이 부족했으나, 여러 발이 명중한 충격으로 날려 버릴 정도는 됐다. 운 나쁘게 갑옷 틈새에 명중한 기사 중에는 즉사한 사람도 있었다.

"으어?! 아까는 이런 거 없었잖아!"

"역시 늘어난 날개의 특수 능력일지도 몰라!"

웨인에게 이 공격을 쓰면 너무 쉽게 죽으므로 기사들을 향해서만 쐈다. 길은 살아남을지 몰라도 『정신 마법』 군도 죽으리라.

그 비유할 길 없는 굴욕은 잊지 않았다.

답례로 그들에게는 가능한 한 절망적인 공격을 선사할 생각이었다.

레아의 목표는 「경험치를 잘 활용하는 것」이지 「잘 싸우는 것」이 아니었다. 공격 수단도 충분히 갖추고 왔다.

더 이상 패배할 요인은 없다.

『페더 개틀링』으로 기사들의 기세를 꺾으며 살짝 눈을 떴다. 날이 제법 어두워졌다. 이 정도면 눈을 빛에 적응시킬 필요도 없다.

눈을 완전히 뜨고 기사들을 시야에 담았다. 눈으로 보는 시야와 『마안』으로 보는 시야가 겹쳐서 조금 난잡하게 보이지만, 좌표로 사용하는 시야는 『마안』뿐이다. 문제없다.

『마안』에 의식을 집중했다.

그것을 트리거로, 마법이 발동한다.

어둠이 기사들을 모조리 집어삼켰다. 그들은 어둠 속에서 한곳으로 뭉치더니 무언가에 압축되듯 부피가 줄어들고는, 어둠과 함께 소멸했다.

레아가 무언으로 사용한 『다크 임플로전』의 효과였다.

쓸 기회가 없어서 지금 처음 써 본 마법인데, 저번 전투에서 자폭 공격으로 쓰지 않아서 다행이라고 식은땀을 흘렸다.

범위는 다른 범위 마법과 비교가 되지 않게 좁아 보이지만, 그 좁은 범위에 충만하던 파괴와 살육의 힘은 레아마저 할 말을 잃게 할 정도였다.

그렇지만 잘 알았다. 이건 좋은 마법이다.

"뭐야…… 저거……."

"주문 없이……? 그보다 눈이……."

눈이 어떻다는 말인가. 날개는 직접 확인할 수 있지만, 눈은 그렇지 않다. 혹시 눈도 이상해졌을까? 역시 거울이 있어야겠다.

살아남은 기사에게 『마안』을 통해 범위 마법을 몇 발 더 날렸다. 오버킬이라고 생각하지만, 확실하게 쐐기를 박았다.

기사들이 정리되어 다시 눈을 감고 웨인 일행을 봤다.

"공격하지 않나? 아까처럼 매달리거나. 아, 『정신 마법』을 써도 좋아."

그렇게 도발해도 웨인 일행은 움직이지 않았다. 기사들이 사라진 곳을 바라보며 넋이 나가 있었다.

"공격하지 않는다면, 좋아. 잠시 잡담을 나눌까? 저번 전투에서 그 묘한…… 필드 디버프라고 했던가? 그건 뭐지? 더 있나? 이번에는 사용하지 않고?"

신경 쓰이는 부분이었다. 그게 만약 대량 생산되는 물건이거나 각국이 상비하는 아이템일 경우, 앞으로 더 신중하게 활동해야 한다.

제정신으로 돌아온 웨인이 답했다.

"말할 거라고…… 생각해?"

생각하지 않는다. 죽어도 마음대로 되살아나는 플레이어에게 협박이 통할 리 없다. 하지만 사태가 진정된 뒤에 SNS로 조사하면 그만이다. 은닉하고 싶은 정보라도 그만큼 많은 사람이 봤다면 누설하는 사람이 반드시 있게 마련이다.

롤플레이의 일환이라고나 할까, 패배의 쓴맛을 본 「재앙 NPC」라면 그런 말을 하지 않을까 싶어서 물어본 것뿐이었다.

"말하지 않겠다면 어쩔 수 없지. 빠르게 너희를 처리하고 왕도를 손에 넣겠다."

"큭!"

의외의 반응이었다.

왕도를 공격하는 게 싫은 모양이었다. NPC는 죽으면 되살아나지 않으니까 마음은 이해하지만.

"왜, 왕도를 노리지!"

"잡담을 계속하고 싶나? 내 질문에는 대답하지 않으면서 그쪽 질문에는 답하라고? 너무 뻔뻔하지 않나? 뭐, 알려줘도 상관은 없지만."

레아는 눈을 감은 채 성벽을 올려다봤다. 『마안』으로 시야가 온통 분홍빛이지만, 그곳에는 낮에 본 아름다운 건축물이 서 있었다.

"—아름답기 때문이야. 하늘에서 본 모습이 아름다워서 가지고 싶어졌어. 그래서 이 아름다운 도시를 손아귀에 넣어 내 언데드들의 소굴을 만들 거야."

이건 선전포고이기도 했다. 이런 일은 누군가에게 선언한 뒤 이뤄야 기분이 좋다.

뱉은 말은 반드시 지킨다는 마음가짐이다.

"어때? 만족했나?"

롤플레이는 이쯤 하면 충분하리라.

"그럼 잘 가라. 언젠가 방금 있었던 이들도 죽이러 가지. 너희는 죽여도 부활하는 모양이니까 그들에게도 기다리고 있으라고 전해 줘."

눈을 뜨고 웨인 일행을 시야에 담아 쿨타임이 끝난 『다크 임플로전』을 발동했다.

방금 기사들과 똑같이 어둠이 세 사람을 삼키고 작아지더니, 마지막에는 찌부러져서 사라졌다.

레아는 아주 조금, 가슴이 후련해지는 기분이었다.

그 수다는 이 잔인한 마법의 재시전 시간을 기다리기 위함이기도 했다. 마법 공격을 하는 적을 상대로 시간 벌기를 의심하지 않다니, 부주의라고밖에 볼 수 없었다.

웨인 일행과 강해 보이는 기사들을 처리한 레아는 하늘에서 다시 아다만 대군, 그리고 지크를 도시 안으로 『소환』했다.

처음에 할 일은 정해져 있었다. 여관 같은 리스폰 지점을 찾아서 제압하는 것이었다.

지금 싸운 세 플레이어는 모두 저번 전투에서 죽었을 것이다. 그런데도 레아가 돌아오기 전에 이미 이곳에 있었다. 왕도에서 리스폰했다는 뜻으로밖에 해석할 수 없었다.

"왕도를 함락하고 이 나라를 멸망시켜 더 많은 경험치를 벌어야 해. 플레이어들은 몇 명이든 협력해서 공격할 수 있으니까. 우리 세력은 결국 나 하나가 쓰러지면 전선이 붕괴해. ……그나저나 협동 플레이라."

레아는 해 본 적이 없었다. 적어도 이 게임에서는.

"……친구 없— 적으니까, 나는……."

딱히 부럽지는 않았다.

부럽지는 않지만, 정말 단순히, 합리적인 관점에서, 위험 분산이라는 의미도 포함해, 플레이어 협력자가 한 명쯤 있으면 좋을지도 모른다는 생각을 안 하는 것은 아니다.

"……어디에 마물 플레이어 없으려나. 그쪽 세력은 SNS를 쓰는 사람이 잘 없던데……."

뭔가 이런, 시원시원한 성격에 인류 도시를 유린하면서 재미를 느끼는 플레이어가 어딘가 있으면 좋으련만.

덧붙이자면 이벤트 보스 NPC인 척하는 플레이를 이해해 주는, 짓궂은 장난기를 가진 인재라면 더욱 좋다.

"잘 없겠지. 다른 나라에라도 있으면 가 볼 텐데……. 그래도 우선은 이 나라를 접수해야겠지만."

〈아다만, 그리고 스켈레톤 나이트들이여. 말을 타고 도망치려는

기사나 병사는 무시해도 좋다. 그대로 보내줘라.〉

"보자, 여관이 어디 있지……."

도시는 레아가 푼 해골 기사들로 넘쳐났다. 왕도의 넓이를 고려하면 아다만 부대만으로는 수가 부족하나, 지크가 『소환』하는 스켈레톤 나이트가 더해지면 물량이 폭발적으로 늘어난다. 『소환』 가능한 한도를 한참 넘어선 수니까 어떤 스킬로 즉석에서 불러내는 것이리라.

여기서 한 가지 희소식이 있다면, 권속의 권속인 개미나 스켈레톤 나이트도 레아가 죽은 뒤 한 시간 뒤에 부활했다는 것이다.

자동 리스폰이 이루어지는 한 시간은 쿨타임이 아니라 다른 이유로 설정된 시간인가 보다. 유력한 이유는 「남에게 부활을 받을 수 있는 시간」일까? 그동안에는 제자리에서 부활할 기회가 있으니까 자동 리스폰을 막아 뒀다. 이 정도면 납득할 수 있는 가설이다.

이런 혼란 속에서는 인간의 본성이 여실히 드러난다.

옆 사람의 손을 붙잡고 함께 도망치려는 퉁퉁한 상인이 있는가 하면, 인파를 가르고 밀치며 도망치는 병사도 있었다.

한 가지 확실한 점은 모든 이가 해골들에게서 도망치려고 한다는 것이었다.

"도망치는 인간은 그냥 왕도 백성이겠지. 그리고 도망치지 않는 인간은……."

죽지 않는 기사, 그리고 플레이어였다.

"—웨인 군, 찾았다~."

하늘에서 보면 특이한 행동을 하는 사람은 굉장히 눈에 띄었다.

그는 길과 함께 인파를 역행해 기사들과 협력하여 아다만이나 언데드들에게 맞서려고 했다.

그렇다면 그들이 달려온 방향 뒤쪽에 숙소가 있을 것이다.

"아무리 봐도 귀족 거주구 같은데……. 이런 곳에 묵을 돈이 있나……?"

리스폰 지점을 찾지 못한다면 어쩔 수 없다. 건물을 죄다 부수고 다닐 수도 없는 노릇이었다. 이 아름다운 도시 풍경은 가급적 남겨두고 싶었다.

"그러기 위해서는……. 왕도의 안전 구역으로 추정되는 장소를 전부 제압한 상태에서 그들을 죽여야 해."

그러려면 아군의 수가 더 필요했다.

쓰고 버릴 부하를 일시적으로 늘리는 방법이라면 레아와 지크도 알고 있었다.

『사령 결계』와 『사령 장군』의 『징병』이었다.

"전투는 전투력을 갖춘 자들에게 맡기고, 건물 수색은 약한 언데드에게 시키자."

『사령 결계』를 발동해 방금 죽은 주민들을 좀비로 바꾸며 아다만 소대에게 플레이어들을 쫓도록 명령했다. 재수 없게 햇빛에 닿은 자는 즉석에서 승천했지만, 웅장한 성벽 덕분에 왕도 내부는 대부분 그림자가 드리웠다.

"저쪽은 부하들에게 맡기는 수밖에. 나는 나대로……."

레아는 웨인이 왔던 방향, 왕도 중심부를 봤다.

"귀족들을 정리해서 기사들이 살아나지 못하게 해야겠어. 그들도 끝없이 튀어나오니까."

왕성에는 의외로 기사가 적었다. 아마 기사 대부분은 도시로 나간 모양이었다.

〈폐하.〉

"어?"

왕성 입구인 성문, 그 앞에 디아스와 지크가 있었다.

지크는 이해한다. 레아가 『소환』했으니까. 하지만 디아스는 왜 여기 있을까? 그를 『소환』할 수 있는 자는 주군인 레아뿐일 텐데.

레아는 성문 앞으로 내려가서 디아스에게 물었다.

"왜 디아스가 여기 있어? 설마 달려왔어?"

그럴 리가 없다. 디아스가 리스폰한 지 한 시간밖에 지나지 않았다.

레아처럼 하늘을 날아왔다면 또 모를까, 리베 대삼림에서 왕도까지는 뛰어서 한 시간 만에 올 수 있는 거리가 아니었다.

〈제가 『소환』한 스켈레톤 리더에 업혀 왔더군요…….〉

〈정확히 말씀드리자면, 일시적으로 스켈레톤 리더의 장비가 되어 함께 『소환』된 것입니다.〉

그게 뭐야. 그런 게 된다고?

"아니, 안 되지. 다음 점검에서 무조건 수정될 거야……. 의도하지 않은 현상이 발생하여 조정했습니다, 라고 뜰 거야……."

권속 NPC는 기본적으로 레아의 명령을 듣는다. 역시 초고성능 AI가 장식은 아닌지, 모호한 명령에도 융통성 있게 반응했다. 현실 인간에 견주어도 손색이 없었다.

심지어 자아가 강한 캐릭터는 그 모호한 명령을 역이용해서 독자적인 해석으로 자기 욕심을 은근슬쩍 채우기도 했다.

이번 경우도 분명 그렇다.

〈저는 폐하의 근위병을 맡은 몸입니다. 무슨 수를 써서라도 폐하 곁으로 달려와야 한다고 생각하였기에…….〉

"그럴 줄 알았어……. 뭐, 왔는데 돌려보낼 수도 없지. 마침 성을 공격하려던 참이야. 셋이서 가 볼까?"

성문은 굳게 닫혀 있었지만, 디아스의 일격에 블록 모양으로 무너져 내렸다. 블록 모양이면 여러 번 베었을 테니까 엄밀히 말하면 일격이 아니지만.

〈그나저나, 폐하께서는…….〉

"내가 왜?"

〈한층 더 신성하게 변하셨군요.〉

그러고 보니 스킬을 추가하고 만난 것은 처음이었다.

"제법 멋있지? 나도 이건 좀 마음에 들어."

〈눈은 왜 그러시는지요? 계속 감고 계십니다만.〉

"후후후. 눈을 감고도 주변 상황을 알게 됐어. 필요할 때만 뜰 거야."

평상시에 눈을 감는 것이 강자라는 인상을 줘서 아주 좋았다.

레아 일행은 그런 잡담을 나누며 왕성 안으로 침입했다.

레아 일행은 기사를 만나면 기사를 베고, 메이드를 만나면 메이드를 베며 성을 제압해 나갔다.

시체에 『사령』을 발동하자 기사는 혼을 묶을 수 없어서 약한 언데드 — 편의상 레서 좀비라고 부르겠다 — 밖에 되지 않았다. 반면, 메이드는 레아의 『사령 결계』나 디아스, 지크의 『독기』로 그럭저럭 강한 언데드로 다시 태어났다.

"메이드나 문관이 더 편리하네."

어느 종족의 언데드가 될지는 재료에 따라서 거의 변화가 없는 듯했다. 기사나 메이드나 평등하게 좀비로 변했다. 심지어 생전의 INT가 높기 때문인지 좀비가 된 메이드와 문관도 INT가 높았고, 살아 있을 때처럼 바른 자세로 걸으며 따라왔다. 깔끔하게 죽이면, 그리고 낮빛만 신경 쓰지 않으면 좀비인 줄 모를 정도였다.

"그나저나 복잡한 복도네."

몇 번이나 헤매고 뒤로 돌아갔는지 모르겠다.

창이 적어서 바깥을 확인할 수 없지만, 빛이 전혀 들지 않는 것으로 보아 해는 진작 저물었을 것이다. 레아 세력은 밤에 더 강하기 때문에 오히려 좋은 일이지만.

문득 어떤 생각이 떠올라서 옆에 있는 메이드 좀비들에게 『불 마법』을 가르쳤다.

"메이드들, 벽에 있는 초에 불을 붙여줘."

레아의 명령을 받은 메이드 좀비들은 일제히 마법을 쏴서 사정거리 내의 모든 촛대에 불을 밝혔다.

훅훅훅, 차례대로 불이 붙는 촛대는 환상적이기까지 했다. 적의 성에 침입한 상황에서도 잠시 넋을 놓고 바라볼 정도였다.

"……멋있네. 조만간 동굴에도 만들 수 없으려나."

〈만들 수는 있겠으나…… 동굴에는 창이 없습니다. 불을 붙이면 호흡하기 곤란하지 않겠습니까?〉

전적으로 옳은 말이었다. 더불어 조명을 필요로 하는 멤버가 적었다. 처음에는 가장 조명이 필요했던 레아도 지금은 말 그대로 눈을 감고도 돌아다닐 수 있다.

"그만두자. 아, 개미총처럼 위로 계속 증축해서 성으로 만들면 어때?"

〈……스가루 공과 상담해 보시지요. 저희가 하는 일이 아닌 터라 뭐라고 말씀드리기 어렵군요.〉

〈그보다도 폐하.〉

"그래, 보여. 이 앞에 사람이 잔뜩 있어."

방금 모퉁이를 돈 뒤로 복도의 폭이 넓어졌다. 앞에 보이는 문도 유달리 무게감이 느껴졌다.

아마 그 앞에는 알현실이라도 있을 것이다.

"평소에 알현하러 오는 사람도 이 배배 꼬인 복도를 지나나? 아니면 어디에 지름길이라도 있나?"

메이드들에게 다른 방에 숨은 자가 없는지 나뉘어서 찾으라고 전했다. 모든 좀비는 최소 다섯 명 이상 한 조를 이뤄 행동하며, 이기지 못할 적과 만나면 도망치라고 지시한 뒤 성안에 풀어놓았다.

"『식익 결계』 발동. 자, 문을 열까."

"지금이다! 쏴라!"

문을 연 순간 공격 마법들이 날아들었다.

그중에는 『신성 마법』으로 추정되는 마법도 있었다. 레아 일행을 언데드 마물이라고 생각하는 탓이리라. 두 명은 맞지만, 레아는 달랐다.

『마안』으로 확인하고 『신성 마법』만 노려 마법으로 상쇄했다. 『신성 마법』은 특별히 『독기』의 영향을 받지 않고, 언데드에게 가하는 대미지의 최종 계산치가 1.5배로 가산되는 효과를 가졌다. 디아스와 지크라면 죽지 않겠지만, 굳이 맞아줄 이유도 없었다. 확실한 상쇄를 위해서 강력한 마법을 부딪쳤더니 여파로 다른 마법까지 날아가 버렸다.

『신성 마법』 외의 마법이라면 디아스와 지크의 『독기』에 약화되므로 일행에게 이렇다 할 피해는 주지 못한다.

피해를 받으면 꼼꼼하게 『치료』 스킬로 회복해 뒀다. 『치료』는 단독 대상에게만 발동하고, 사정거리도 엄청나게 짧고, 회복량도 적었다. 하지만 소비 MP가 적고 쿨타임도 아주 짧다는 장점이 있었다.

『회복 마법』은 그 반대였다. 회복량이 많고 사정거리도 긴 마법이 많지만, 소비 MP도 많고 쿨타임도 긴 편이었다. 게다가 이건 마법이라서 다른 마법의 쿨타임이 진행될 때는 굉장히 귀찮아진다.

레아는 상대의 마법 공격이 얼추 진정될 때까지 기다렸다.

공격에 섞여 벽을 따라 접근을 시도하는 기사가 있었나 보지만, 『식익 결계』 발동 범위에서 레아를 속이기는 불가능했다. 발견할 때마다 『페더 개틀링』으로 날려 버렸다.

"아하, 상쇄용 마법의 출력을 높이기는 했어도 이상하게 위력이 강하다 싶었는데 『식익 결계』 때문인가."

결계 범위 안에서는 레아의 공격 위력에 보너스가 붙는 효과였다.

얼마 가지 않아 상대편의 마법이 잠잠해졌고, 이번에는 기사들이 방패를 앞세우고 돌진해 왔다.

"우선 마법을 퍼붓고 기세가 꺾였을 때 돌진으로 마무리하는 방식인가."

나쁘지 않은 전술이다.

하지만 그것을 허락할 사령 기사들이 아니었다. 돌진한 기사들 몇 명을 단칼로 베어 넘기거나 발로 차서 레아에게 접근하는 자를 용서치 않았다.

마법 공격은 재시전 시간이 돌아올 때마다 쏘는 사람이 있어서 제법 오래 공방이 이어졌지만, 기사의 돌진은 기사가 죽으면 그걸로 끝이었다. 전투는 금방 끝났다.

"—좋아! 할 만큼 했나?"

MP가 바닥났는지 마법 공격이 완전히 멎었고 기사도 마법사와 귀족의 호위 외에는 전부 사망했다. 이때를 기다렸던 레아가 말을 걸었다.

"네놈이…… 왕도를 습격한 『재앙』인가."

레아의 말에 대답한 사람은 덩치가 큰 초로의 남성이었다. 강한 결의가 깃든 듯한 눈은 그가 결코 단순히 살찐 귀족이 아니라는 사실을 말해 줬다.

"사람에게 이름을 물을 때는 우선 자기 이름부터 밝히도록 해. 너무 예의 없는 거 아니야?"

"너야말로 남의 집을 방문할 때는 약속부터 잡고 와라! 예의가 없군!"

"지당한 말씀이야. 그래, 나는 너희가 말하는 『재앙』이야. 아마도.

스스로 그런 이름을 쓴 적은 없으니까 확실하진 않지만."

"……맞는 말이군. 『재앙』은 우리가 쓰는 통칭에 불과하니까. 네놈은 열흘 전 리베 대삼림에서 태어난 마물이지?"

"재상님! 한가롭게 그런 이야기를 나눌 때가—."

"이 녀석이 재앙이 아니라면 이와는 별개로 더 큰 불행이 닥칠 가능성이 있어! 알아서 할 테니까 조용히 하게!"

지금 발언한 강단 있는 아저씨가 재상인가 보다. 하지만 다른 무능한 귀족 덕분에 그의 입장과 질문의 의도가 전부 들통났다.

"살가운 귀족 어르신을 봐서 대답해 주지. 열흘 전이라, 그쯤이었나? 확실히 그때 나라는 마물이 태어났다고 볼 수 있겠어."

정확히는 마왕으로 전생한 시기지만.

"……네놈은 방금 용기 있는 용병들에게 타도됐을 텐데."

그건 그다지 유쾌하지 않은 추억이었다.

이곳에 들어올 때부터 레아가 짓던 희미한 미소가 끊길 정도는 아니지만, 선 자세를 바꾸어 얼버무릴 만큼은 몸이 반응했다. 특히 날개가. 본래 몸에는 없는 기관이기 때문일까, 제동을 걸기 어려웠다.

"……그랬지."

"어떻게 부활했나?"

"말할 리가 없잖아."

재상이 뭐라고 말하려 했지만, 방금 떠든 귀족들이 또 소란을 피웠다.

"재상 각하, 어쩌면 이 녀석은 더 강대한 존재의 권속이 아닐지……!"

"설마, 대천사의 수하인가……!"

"하지만 문헌에 나오는 천사보다도 훨씬……!"

아무 말도 안 했는데 정보가 줄줄이 들어왔다. 어쩌면 교섭에서 레아는 가만히 있는 편이 이득일지도 모르겠다. 전에 웨인과 대화할 때도 떠들면 떠들수록 역효과만 나왔다.

그때 웨인에게는 레아가 이 귀족들처럼 보였을 거라고 생각하자 조금 전의 억분과는 또 다른 감정이 치밀었다.

아무튼 지금은 천사니 대천사니 하는 말에 주목할 필요가 있었다.

정신적 피해를 피하려고 제대로 보지 않았지만, 방금 얼핏 확인한 SNS에는 스레드 제목으로 「경축! 재앙 격파 성공!」이라는 헛소리가 적혀 있었다.

레아가, 정확히는 마왕이 태어나고 열흘밖에 지나지 않았는데 NPC부터 플레이어까지 재앙이라는 통칭이 널리 사용되는 것으로 보아 레아가 최초의 「재앙」이 아니라는 사실은 명백했다.

아마 여럿 있을 것이고, 그중 하나가 「대천사」일 것이다.

일단 정보를 제공해 준 답례로 사소한 장난을 치고 끝내기로 했다.

"맞아. 내가 대천사야. 받들어 모셔."

"거짓말이군. 교활한 것."

말하자마자 간파당했다. 역시 괜한 말은 하는 게 아니다.

"……왜 아니라고 생각해?"

재상은 대답하지 않고 품속에서 무지갯빛으로 빛나는 짧은 지팡이를 꺼내 레아에게 내밀었다.

"이게 답이다! 『정령왕의 혈관』 기동!"

그 순간에는 큰 변화가 없었다. 한 시간 전의 레아라면 눈치채지 못했을지도 모른다.

하지만 『마안』을 발동하고 『식익 결계』에 재상이 들어온 상태라면 지금 무슨 일이 일어나는지 자기 손바닥을 들여다보듯 알 수 있었다.

"이건…… 그 디버프 필드인가? 아니, 필드가 아니군. 대상은 나뿐이야. 단일 대상 디버프 아이템인가? 굉장히 사용하기 까다롭겠어."

하지만 효과는 확실했다. 무슨 까닭인지 『마안』과 『식익 결계』로도 그 지팡이에서 레아까지 이어지는 일직선상 공간을 전혀 탐지할 수 없었다. 단순한 디버프가 아니라 레아의 힘을 완전히 무시하는 능력일까?

가만히 놔두기에는 위험하다. 『매료』라도 걸어서 저것을 빼앗아야 하나, 라는 생각을 하던 찰나, 상황에 극적인 변화가 생겼다.

〈정령왕……!〉

〈네 이놈, 정령왕이라고 했나……!〉

레아의 양옆을 지키던 디아스와 지크였다.

하지만 그들의 말은 레아에게밖에 들리지 않았다. 왜 이러나 싶어서 이상하게 여기던 레아의 눈앞에서 재상은 열심히 지팡이를 들이밀었다.

"이 『정령왕의 혈관』으로 네놈이 약화된 것이 천사가 아니라는 증거다! 이 아이템은 고대 정령왕이 우리 인류를 위해 남긴 비보! 너 같은 사악한 존재의 힘을 빼앗는 저주가 담겨 있지! 아까 너를 죽일 때도 정령왕의 가호를 받은 비보로—."

다시 레아에게 디버프를 걸었다고 흥분한 탓일까. 재상까지 수다스러운 설명 캐릭터로 변해 버렸다. 하지만 레아도 이런 반응이 마냥 낯설지 않아 누굴 비웃을 처지가 아니었다.
이겼다고 생각한 순간. 사람은 생각지도 않은 실수를 저지른다. 아니, 실수까지는 아니더라도, 안 해도 될 짓을 하고는 한다.
이때 재상이 떠든 말이 딱 그런 부류였다.
〈어디서 망발이냐아아아!!〉
〈으워어어어어어어어어!!〉
디아스와 지크가 포효하고 한층 짙은 『독기』를 흩뿌렸다.
"뭐야? 너희 괜찮아?"
레아마저 살짝 걱정될 수준의 변모였다.
그때였다.
《권속이 전생 조건을 만족했습니다. 당신의 경험치 1,000포인트를 사용해서 전생할 수 있습니다. 권속이 전생하도록 허가하시겠습니까?》
《권속이 전생 조건을 만족했습니다. 당신의 경험치 1,000포인트를 사용해서 전생할 수 있습니다. 권속이 전생하도록 허가하시겠습니까?》
"……엑, 비싸."
비싸지만 못 낼 정도는 아니었다. 그도 그럴 것이 레아는 실패를 통해 배울 줄 아는 사람이라서 리스크 헤지 차원에서 경험치를 남겨 뒀다.
아니, 문제는 그게 아니다.
상황으로 보아 권속이란 양옆의 둘일 것이다.
이 둘은 현재 단계에서 현자의 돌 그레이트를 투여해도 전혀 전생할 수 없었다. 그게 해소된다면 밀어주는 것이 마땅하다.
만에 하나의 사태를 생각하면 경험치를 잃는 것이 조금 무섭지만,

이벤트가 끝나려면 아직 게임 시간으로 일주일이나 남았다. 또 벌면 된다. 스가루의 전생이 또 미뤄지겠지만, 나중에 사과하기로 하고 허가를 내렸다.

《전생을 시작합니다.》

《전생을 시작합니다.》

두 명이 빛가루를 방출하기 시작했다. 이윽고 둘은 빛에 휩싸여 실루엣조차 보이지 않게 됐다.

……그런 일이 벌어지고 있겠지만, 레아는 눈을 감고 『마안』으로 보는 탓에 시야가 온통 핑크색으로 뒤덮여 거의 아무것도 보이지 않았다. 하지만 레아만 알 수 있는 사실이 있었다.

이 둘은 주위 마나를 밑 빠진 독처럼 흡수하고 있었다.

'아하, 전생할 때의 에너지는 주위 마나에서 얻나.'

조금 기다리자 갑자기 두 사람의 변화가 끝났다.

레아는 오랜만에 눈을 떠서 둘을 봤다.

《데스 로드【원망하는 자 디아스】가 불사자의 왕(이모탈 룰러)【분노의 디아스】로 전생했습니다.》

《데스 로드【지크】가 이모탈 룰러【비탄의 지크】로 전생했습니다.》

둘의 모습은 왕이라는 이름에 걸맞게 위풍당당하게 변했다.

전처럼 해골에 가죽만 붙은 모습이 아니라 생전처럼 듬직한 체격이었다. 안색은 최악이지만.

디아스는 턱수염을 기르고 백발을 올백으로 정리한 노신사였다. 단, 분노로 이글거리는 그 눈동자가 차분한 분위기를 망쳐 놨다.

지크는 검은 장발을 포니테일로 묶고 점잖으면서도 당당한 인상

비탄의 지크
분노의 디아스

이었다. 그야말로 젊은 사자와 같은 풍모지만, 슬픔에 젖은 눈동자가 괴로운 과거를 짐작하게 했다.

"꽤나…… 미남이 됐네, 둘 다……."

《특정 재해 생물 「불사자의 왕」이 탄생했습니다.》

《「불사자의 왕」은 이미 기존 세력의 지배하에 있기 때문에 규정 메시지 발신이 취소됐습니다.》

《특정 재해 생물 「불사자의 왕」이 탄생했습니다.》

《「불사자의 왕」은 이미 기존 세력의 지배하에 있기 때문에 규정 메시지 발신이 취소됐습니다.》

"나랑 같은 패턴인가. 그런데……."

기존 세력의 지배하에 있으면 그 메시지는 발신되지 않나. 그렇다면 인류처럼 특정 세력을 위협하는 「새로운 세력」이 태어났을 때 등장하는 메시지라는 뜻이다.

"아하, 그걸 통틀어서 재앙이라고 하나."

이 사실이 의미하는 바는 컸다.

현재 인류가 파악한 재앙의 수는 나중에 확인해야겠지만, 이미 존재하는 재앙의 지배하에서 새로운 재앙급 마물이 태어나면 인류는 그 탄생을 알 수 없다.

아무래도 이곳은 생각보다 더 위험한 세계 같다.

"방심하면 안 되겠어……. 뭐, 게임 밸런스상 이 대륙에 몰려 있지는 않겠지만…… 플레이어도 있으니까 앞으로도 그럴 거라는 보장은 없나."

〈폐하, 죄송하지만, 이곳은 저희에게.〉
〈맡겨 주십시오.〉
두 명 모두 진정된 모양이었다.
뭘 어떻게 맡겨 달라는 말일까. 죽이는 것 말고 할 일이 있을까?
"어, 괜찮은데……. 뭐 하게?"
〈이 녀석들에게 듣고 싶은 이야기가 있습니다…….〉
"응? 말 못 하잖아?"
딱히 통역해도 상관은 없다. 둘이 듣고 싶은 이야기라면 레아도 꼭 듣고 싶었다.
"아아, 으흠! 아—. 이제 놈들에게도 들리겠지요."
갑자기 지크가 말을 꺼냈다. 한순간 친구 채팅이라고 생각했지만, 틀림없이 육성이었다. 전생하고 말할 수 있게 됐나?
"오옷! 음! 그, 렇군. 말문이 트였나. 이러면 이야기하기 편하지."
역시 전생의 영향이 맞나 보다.
언어 능력을 확인한 디아스는 성큼성큼 걸어가서 덩그러니 서 있던 재상의 멱살을 한 손으로 잡아 올리고 다른 손으로 재상의 팔을 꺾었다.
「정령왕의 혈관」이라는 아이템이 바닥에 떨어진 충격으로 쨍강 부러졌다.
"—으윽!"
레아는 참지 못하고 신음했다.
이 감각은 잘 안다. 어떻게 잊을 수 있으랴.
아무래도 그 강력한 디버프는 아이템을 파괴하면서 일어나는 특수 효과 같았다.

하지만 그때와 달리 서 있지 못할 정도는 아니었다.

"이런 종류의…… 아이템을 발견하면, 파괴하지 않는 게…… 중요……하겠어……."

"폐하! 네 이놈!"

디아스가 당장에라도 재상을 죽일 듯한 분위기였지만, 이건 재상 때문이 아닐 것이다. 하지만 디아스를 꾸짖는 것도 좀 아니라고 생각했다.

"—아, 사라졌네. 휴, 지속 시간은 정해져 있나. 여기서 검증해서 다행이야. 이렇게 주저 없이 사용하는 걸 보면 역시 이런 아이템을 양산할 수 있다는 뜻이겠지. 디아스, 더 가진 게 없는지 재상 각하께 물어봐 줄래?"

파괴를 전제한 아이템이라면 예비로 몇 개 더 들고 다닐 것이다.

최대 LP 감소로 줄어든 현재 LP는 돌아오지 않았다. 『치료』로는 채울 엄두가 나지 않을 만큼 줄어들었기에 『회복 마법』을 사용했다.

"바른대로 답해라!"

재상의 가슴팍을 뒤지며 디아스가 물었다.

통통한 아저씨의 가슴팍을 더듬는 미노년의 구도였다.

"……으음…… 아슬아슬하게…… 수요는…… 있을까……? 나는 그쪽 전문이 아니라서 잘 모르겠지만……."

"더 없냐고 물었다!"

아무래도 재상은 비슷한 아이템을 더 가지지 않은 듯했다.

디아스가 팔을 너무 꺾은 탓에 재상은 새파랗게 질린 얼굴로 식은

땀을 흘리고 있었다.

"양산하지 못하는 아이템인가……? 그렇다면 어쩔 수 없지. 그보다 디아스, 재상 각하는 이미 대화할 기운이 없어 보여. 놔드리는 게 어때? 듣고 싶은 이야기가 있다고 했잖아. 뒤에 주저앉은 분들에게도 물어봐. 재상보다는 입도 가볍지 않을까?"

"그쪽은 제가 맡죠."

주저앉은 귀족들에게 지크가 다가갔다.

디아스는 재상을 놓아주지 않았다.

"어쩔 수 없지. 『치료』."

레아가 다가가서 재상을 『치료』해 줬다.

그 힐러 플레이어가 사용하던 『회복 마법』은 잘린 팔도 재생했지만, 재상의 팔은 피가 멈췄을 뿐이고 새로 자라나지는 않았다.

『치료』는 어디까지나 마법이 아니라 기술이기 때문일까. 『무두질』과 마찬가지로.

"크윽! 왜, 왜 나를…… 치료했지……!"

"당신이 가장 말이 통할 것 같으니까. 우리 디아스와 지크가 할 이야기가 있다고 해."

레아는 그렇게 말하며 『식익 결계』에 집중했다. 슬슬 방치하던 마법사들의 MP가 마법 한 발 분량은 회복됐어도 이상하지 않다.

"자, 디아스. 듣고 싶다는 이야기를 물어봐."

"감사합니다. 번거롭게 해드려 죄송합니다, 폐하. ……네놈들, 방금 정령왕이라고 했겠다?"

"윽, 너희 같은 더럽혀진 생명들에게는 치가 떨리는 이름이겠지만…….”

“닥쳐라!!”

‘정말 대화할 줄 모르는 아저씨들이네…….’

“그만하면 됐어, 『매료』. ……좋아.”

레아는 귀찮아져서 그냥 『매료』를 걸어 버렸다.

대화가 가능한 인류종을 『매료』한 적이 없어서 재상이 이 상태에서 제대로 대화할 수 있을지 모르겠지만, 적어도 입만 열면 악다구니를 주고받는 지금 상태보다는 나으리라.

“자, 질문해 봐. 재상 각하, 디아스의 질문에 대답해.”

“거듭 송구합니다. 네놈, 정령왕이 어쨌다는 거냐? 그 아이템은 뭐지?”

“……그, 비유물은. 일찍이 이 땅을, 지배하던 정령왕, 이 남긴 비보. 그 효과는.”

“효과 따위 알고 싶지 않다! 왜 그것이 정령왕이 남긴 비보란 말이냐!”

아니, 알고 싶다. 하지만 아티팩트라는 중요 아이템 같은 명칭이나 고대의 비보라는 키워드는 확실히 레아도 신경 쓰였다.

“……정령왕. 은 승하하실 때, 자손을 위하여. 비유물이라고 불리는. 희귀한 비보를, 남기셨다. 그것을 써서, 재앙 같은 외적에 대항. 하라는 뜻일 테지.”

쉽게 말해, 국가의 군사력으로 대항할 수 없는 위협이 나타났을 때의 대비책일까.

정령왕이란 것은 단순한 설정일 뿐이고 실상은 운영진이 국가가

쉽게 멸망하지 않도록 마련한 아이템인지, 아니면 정말로 정령왕이라는 자가 준비한 아이템인지는 알 수 없었다.

레아는 전생할 때 마왕을 선택했지만, 그때 제시된 또 하나의 선택지가 정령왕이었다.

그렇게 정령왕에 근접했던 레아도 그런 아이템의 제조법은 짐작이 가지 않았다. 실제로 정령왕이 되어야만 해금되는 스킬일까?

"……하나만 알려 주마."

조용하다 싶었는데, 디아스의 눈이 빨갛게 빛나고 있었다. 전생 직후와 같았다. 아마 지금 대화 중 어떤 말이 그의 분노에 불을 붙인 듯했다.

"우선, 정령왕 폐하께 자손은 없다. 내가 아는 한, 몰살당했다. 반역으로."

디아스는 원래 과거 대륙의 유일한 통일 국가에서 근위 기사단 단장을 맡았던 자였다. 그때 왕족은 모살되었다고 들었다. 그 왕족이 정령왕의 친족이었으리라. 혹은 정령왕 본인이었거나.

"살아남은 왕족도 있을지 모르나, 그로부터 얼마나 오랜 세월이 흘렀는가. 이미 그 핏줄도 끊겼을 테지. 그 후 대두한 것이 반역자들이 세운 국가다. 이 힐루스라는 나라도 그중 하나일 테고."

재상의 표정에 변화는 없었다. 『매료』했으니까 당연하지만, 만약 맨정신으로 들었다면 어떤 표정을 지었을까.

"그런 귀족들을 위해서 정령왕께서 가호를 남기셨다?! 어림도 없는 소리!"

레아가 귀를 틀어막았다. 예고도 없이 폭발하지 말았으면 좋겠다.

"그뿐 아니라 그것으로, 다름 아닌 정령왕 폐하의 유산으로 레아님을, 마왕 폐하를 해치다니! 얼마나 폐하를 모독할 셈이냐!"

겨우 연결점이 보였다.

정령왕이 디아스와 지크가 생전에 충성을 바친 왕이며, 그가 다스리던 나라가 통일 국가일 것이다. 그리고 그 나라는 흉계에 빠져 분열됐고, 대체 누가 어떻게 했는지는 모르겠으나, 현재 레아보다 훨씬 강했을 정령왕을 해치웠다. 디아스를 포함한 기사단과 남은 왕족도 이 시기에 모살됐으리라.

그리고 정령왕의 유산이라는 오파츠만 남았다.

디아스와 지크에게는 가뜩이나 증오스러운 원수의 자손들이 지금 충성을 바치는 레아를, 다른 것도 아니라 옛 주인의 유산으로 살해했다.

디아스가 분노할 만도 했다.

"상황으로 봐서 『전생 조건』이란 게 그건가? 분노…… 혹은 슬픔? 감정이나 어떤 수치가 일정치를 넘었다는 뜻일까. 궁금증이 이것저것 풀려서 속이 시원하네! 이제 알고 싶은 것은 그 아이템이 얼마나 있는지와 정확한 효과야."

일단 양산되는 아이템이 아닌 것 같아서 안심했다.

"……내가 가진 이것. 이 성에 남은 마지막. 정령왕의 유산이다. 그 외에는, 폐하가 가지. 고 타국으로 망명할 계획. 이다."

"—망명."

설마 그렇게 나올 줄은 몰랐다.

그러니까 여기 남은 귀족들은 전부 미끼다. 기사들도 포함해서.

듣고 보니 알현실 같은 구조인데도 알현할 왕이 없었다. 상대측의 마법 집중포화로 바로 전투에 돌입한 탓에 그 부분을 미처 깨닫지 못했었다.

"아무리 그래도 이건 예상할 수 없지…… 않나? 뭐, 일을 너무 크게 벌인 건 사실이니까……. 이것도 내 생각이 짧은 탓이라고 반성해야 할까……. 참고로 언제쯤 성을 탈출할 예정이었어?"

"……내가. 처음 재앙이 왕도에 나타났을 때. 국보인 정령왕의 심장을 사용하도록 윤허해 달라고. 청했다. 그때 이미. 필요한 물건만 챙겨, 망명을 준비하셨다."

방금 본 정령왕의 혈관이 단일 대상 디버프 효과였으니까 정령왕의 심장은 플레이어들이 사용한 그것으로 추측됐다.

국보급 아티팩트를 플레이어에게 빌려준 것은 놀랍지만, 왕도 전체를 미끼로 삼을 작정이었다면 이해할 수도 있었다.

하지만 그 타이밍에 이미 도망쳤다면 지금부터 종적을 쫓기는 어려웠다. 애초에 도망간 방향조차 알 수 없었다.

"참고로 어느 나라로 망명했는지는 알아?"

"……폐하께, 일임했다, 남은. 귀족이 고문으로. 누설하지 않는다는, 보장은 없으니."

"……나를 처치했다는 소식은 안 전했어?"

"……폐하가, 어디로 망명하실지, 모른다. 사태가 수습된 다음, 모든 동맹국에. 사자를 보낼 예정. 이었지."

이 재상 각하는 정말로 능력 있는 사람 같았다.

다른 나라에도 이런 인재가 있을까? 그렇다면 다음에는 더 머리를 굴리고 침략해야 한다. 이건 스킬이나 능력치로 나타나지 않는 강함이다. 솔직히 말해서 전율했다.

"……그럼 마지막으로, 이 혈관과 심장이라는 아이템의 효과를 알려줘."

재상은 더듬거리면서도 길고 정확하게 설명해줬다. 생각대로 무시무시한 성능이었다.

어디까지나 우연이지만, 정령왕과 대비되는 마왕에게 특별히 강하다는 보너스까지 붙어 있었다. 재상의 말투로 보아 그 부분은 깨닫지 못한 모양이지만.

"……파렴치한 것들. 약화 저주라고? 그건 본래 너희를 향한 저주다. 너희가 받아야 마땅한 저주란 말이다. 그것을 비열하게도……!"

또 디아스의 분노 게이지가 상승했다.

전보다 분노의 역치가 낮아진 인상이었다. 이번 사건에 한해서라면 딱히 상관없지만, 매번 이러면 조금 성가실 듯했다.

"……끝났습니까? 죄송합니다, 이쪽은 전부 망가뜨려 버렸습니다."

그곳으로 지크가 다가왔다. 뒤에서 지크와 담소를 나눴을 귀족들은 전부 숨이 끊겼다. 주위 마법사들이 대화 도중에 무더기로 죽어가는 것은 감지했던 터라 놀랍지는 않았다.

"……디아스."

"예."

디아스에게 명령해 마지막으로 재상의 숨통을 끊었다.

정말로 무서운 적이었다.

"목적 달성, 이라고 봐도 될까? ……완전한 승리로 보기는 어렵지만, 이미 엎질러진 물이야. 이번 일을 교훈 삼아 다음에 더 잘해야지."

그 후 왕성 내부의 수색을 완료하고 지크와 좀비들에게 이곳의 유지, 관리를 맡겼다.

좀비는 원래 이곳에 살던 사람들이니까 관리는 몸에 배었을 것이다.

디아스에게는 왕도 안의 언데드를 늘리는 작업을 맡겼다. 저항하는 주민이 줄었다면 그만큼 재료가 늘어난다는 뜻이기도 했다.

왕성을 제압했으니까 다음은 이곳을 중심으로 도시를 완성해 나갈 계획이었다.

거리의 아다만들이 보고한 바에 따르면 귀족 저택은 대부분 제압했고 여관과 민박 등으로 쓸 만한 큰 건물도 점거했다고 한다.

레아는 왕성 복도를 헤매지 않고 빠져나갈 자신이 없어서 알현실 안쪽의 대기실 같은 방으로 가서 발코니에서 날아올랐다.

디아스는 걸어서 돌아가나 싶어서 돌아봤더니 발코니에서 뛰어내리고 있었다. 정원에 구멍을 내지 말았으면 좋겠지만, 당장은 어쩔 수 없는 일이다.

하늘에서 본 왕도는 조용했다. 이미 전투가 벌어지는 곳은 거의 없었다. 제압이 얼추 끝났다는 아다만들의 보고는 사실이었나 보다.

그렇다면, 아직 전투가 벌어지는 곳에 웨인 파티가 있을 것이다.

운이 좋은지 나쁜지 모르겠지만, 웨인, 길, 정신 마법 군은 함께 있었다. 그리고 웬 기사 두 명도.

"……이상하네. 어지간한 귀족은 처리했을 텐데 왜 기사가 남아 있지?"

"—웨인, 저거 봐!"

"큭, 재앙인가!"

그들이 레아를 발견했다. 해가 저물어 주변이 어두운데도 용케 눈치챘다.

"은신 스킬을 쓰지 않는 건 여유가 넘치기 때문인가? 밤하늘에 있으니까 너무 희어서 튀는군……."

'아, 그런 이유. 밤이니까 약한 빛이라도 나면 눈에 띄겠지…….'

"……즐기고 있는 것 같아서 다행이야. 빨리도 부활했어. 그나저나 왕도 주민은 거의 다 언데드로 만들었는데 거기 두 분은 친구인가?"

"젠장! 설마 로슨 씨 부대가 갑자기 죽은 건!"

"그게 누구인지 나는 모르지만, 이 도시에 있던 귀족은 대부분 처리했어. 거기 기사 두 명이 아직 살아 있는 걸 보면 놓친 인간이 있나 보지만. 만약을 위해서 왕도를 샅샅이 뒤지고 있는데……."

기사들은 묵묵히 하늘에 뜬 레아를 노려봤다.

"이렇게 말해도 전혀 동요하지 않는다면 너희 주군은 이 도시에 없다고 봐야겠지. 다른 도시에서 기사만 파견한 건가? 그럴 이유가 있나?"

기사는 답하지 않았다. 하지만 조금 움찔한 듯 보였다.

레아는 전에도 비슷한 일이 있었다고 떠올렸다. 그건 라콜린느를 함락할 때. 그때 싸우던 기사들도 도시가 쑥대밭이 됐는데 살아 있었다. 아마 그때도 주군은 다른 곳에 있었을 것이다. 이미 오래전 일처럼 느껴지지만, 오늘 아침에 있었던 일이다. 아직 하루도 지나지 않았다.

"라콜린느……."

하지만 자기도 모르게 흘린 레아의 혼잣말에 기사들은 이상하게 반응했다. 명백히 동요하며 서로에게 눈짓했다.

"흐음?"

순전히 우연이지만, 그들의 주군은 라콜린느와 관련이 있는 듯했다.

라콜린느에는 주군이 없고 기사만 있었다. 이 왕도에도 주군이 없고 기사만 있다. 이 둘이 무관계하다고 생각하기 어려웠다. 그럼 그 주군은 대체 어디에 있을까.

"라콜린느……에 주군이 있나? 그 파괴된 도시에."

이번에는 조금 전만큼 반응하지 않았다. 그 도시가 파괴된 사실을 안다고 해석할 수 있었다.

레아는 그때 라콜린느에 있던 기사들의 주군은 왕도에 있으리라고 생각했다. 하지만 왕도 귀족은 이미 거의 남지 않았다. 그럼 정말로 그 도시에 주군이 있다고 가정하자. 생각해 볼 수 있는 가능성은 무엇이 있을까?

"잔해 속에서…… 죽은 척했다? 그런 귀족이 있을까? 설마."

그럴 리가, 라고 생각했지만, 방금 재상과 나눈 대화를 떠올렸다. NPC를 얕보면 큰코다친다.

눈을 크게 뜨고 기사들을 살펴봤다. 레아는 남의 표정을 잘 읽는 편이 아니지만, 이게 연기라면 그들은 기사가 아니라 다른 직업을 알아보는 편이 나을 것이다.

레아의 생각은 틀리지 않았다. 그들이 지금 라콜린느에 있을 주군의 상황을 알 수 있을 리 없지만, 자신들의 주군이라면 그럴 만하다고 확신하는 눈치였다.

"좋은 정보를 얻었어. 이 왕도뿐 아니라 라콜린느에서도 일 처리가 허술했구나. 정말로 오늘 나는 안 좋은 모습만 보이네."

눈을 감은 채로 기사들과 웨인 파티 중간 지점에 범위 마법을 조준했다.

"지금부터 잠시 할 일이 생겼어. 너희는…… 다음에 어디서 나타날지 모르겠지만, 또 만나지. 너희는 죽어도 계속 살아나잖아? 그렇다면 몇 번이든 죽여줄게. 만날 때마다."

그들을 처리한 레아는 일단 왕성으로 돌아갔다.

하늘에서 발코니로 착지해, 알현실에서 부하 언데드들에게 지시를 내리는 지크에게 걸어갔다.

"수고하셨습니다, 폐하. 밖은 어떠했는지요?"

"청소는 대강 끝났어. 아마 이제 왕도에는 우리밖에 없을 거야."

그 사실은 왕성을 마이홈으로 설정할 수 있다는 점으로도 알 수 있었다.

하지만 왕성은 언데드 보스가 지키는 왕도 던전의 최심부가 될 예정이므로 마이홈 설정은 하지 않았다.

레아는 어떤 생각이 들어서 인벤토리에서 현자의 돌을 몽땅 꺼냈다.

"필요하면 이 아이템을 써서 부하를 강화해. 경험치가 필요하다고 허가를 구할 때도 있으니까 그럴 때는 연락해."

"이건…… 오오, 분에 넘치는 은혜입니다. 황송합니다."

왕도에서 지크와 디아스가 사망하면 오늘 하루분의 고생이 물거품이 된다. 그럴 리 없다고 생각하지만, 그럴 리 없는 일이 가끔은 일어나는 법이다. 오늘의 레아는 그 사실을 누구보다 잘 알고 있었다.

"아이템을 아끼지 말고 가급적 효율적으로 써서 부하를 강화해. 적어도 당분간 왕성 안에는 아무도 침입하지 못할 정도로 방비를 굳혀."

"명 받들겠습니다."

지크는 한쪽 무릎을 꿇고 고개를 숙였다.

"……미남이 무릎 꿇으니까, 뭔가 다른 게임을 하는 기분이야……."

VR 기술의 발전은 당연히 그쪽 장르의 게임 개발에도 막대한 영향을 끼쳤다.

"그래, 나는 잠깐 용무가 생겼으니까 나갔다 올게. 뒤처리는 잘 부탁해."

"어디로 가시는지요?"

"라콜린느. 오늘 아침 포병 개미가 쑥대밭으로 만든 곳이야. 아무래도 뭔가를 놓친 것 같아서 확인하고 올게."

"……설마 홀로 가실 생각은 아니시겠지요?"

"……그래도 날 수 있는 애가 없잖아."

"하다못해 요로이자카 공을 입고 가주십시오."

그 방법이 있었다. 요로이자카 씨나 켄자키들을 『소환』해 장비하면 레아 한 명만 날아도 데리고 갈 수 있다.

"그렇게 해야겠어. 그럼 다녀올게……. 나중에 봐."

다시 고개 숙인 지크에게서 등을 돌려 요로이자카 씨와 켄자키들을 『소환』했다.

"……아까는 미안해. 요로이자카 씨에게 오징어 먹물탄인가 뭔가를 던진 인간은 언젠가 죽이러 가자. 너희에게 『공포』를 건 인간은 방금 처리했지만, 분명 또 만나겠지. 그럼 갈까."

레아가 라콜린느 상공에 도착했을 무렵, 요로이자카 씨의 시야로 먼 지상에서 캠프파이어 같은 불길을 발견했다.

냉큼 눈을 감고 『마안』을 발동했다. 그러자 연분홍색 시야 속, 불이 피어오르는 근처에 인간 형태의 마력이 보였다.

"—전투 중인가 봐. 이런 폐허에서 잘들 노네……."

하늘에서 다가가자 언뜻 전황은 비등비등해 보였다.

스켈레톤을 조종하는 인간 같은 자 네 명과 기사, 용병을 부리는 신분 높아 보이는 남성이 싸우는 듯했다.

상황은 백중세에서 서서히 스켈레톤 쪽에게 불리하게 흘러갔다.

인간 측이 승리하는 것은 마음에 들지 않지만, 두 세력 모두 죽음이 두렵지 않은 것처럼 싸우는 점이 신경 쓰였다. 만약 이들이 누군가의 권속이고 부활을 전제로 싸운다면 섣불리 모습을 드러내는 것은 위험하다.

이윽고 스켈레톤의 수와 용병의 수가 역전되어 승패가 결정됐다. 쐐기를 박겠다는 듯 인간 측 지휘관 같은 남성이 활을 들고 시위에 화살을 메겼다.

그 화살이 스켈레톤 측 지휘관에게 맞으면 결판이 날 것이다. 승패를 결정짓는 마지막 한 방인 셈이다.

스켈레톤 측 지휘관은 화살을 보고 굳어 있었다. 그 지휘관의 눈에는 똑바로 날아오는 화살이 어떻게 보일까.
레아의 뇌리에 불쾌한 기억이 스쳤다.

"—남의 일이라도, 화살에 맞아 죽는 모습을 보고만 있는 건 정신 건강에 안 좋겠어."
자기도 모르게 혼잣말을 중얼거린 레아는 요로이자카 씨의 손가락으로 잡았던 화살을 버렸다.
언덕 위에는 인간으로 보이는 자가 세 명 있었다.
그 앞에서 붉은 스켈레톤과 싸우던 용병 같은 자들은 손을 멈추고 레아를 보고 있었다. 스켈레톤도 그들을 공격하려고 하지 않았다. 스켈레톤마저 레아에게 정신이 팔린 듯했다.
뜬금없이 하늘에서 거대한 갑옷이 떨어졌으니 그야 어리둥절할 수밖에.
화살을 쏜 장본인은 언덕 위 중앙에 있는 남자일 것이다. 복장으로 봐서 귀족 같았다. 도착하자마자 찾던 사람을 만났는지도 모르겠다.
자세히 보니 그 좌우에 선 기사는 왕도에서 본 두 명 같았다. 그렇다면 틀림없으리라.
일단 요로이자카 씨에서 밖으로 나왔다.
"반가워! 또 만났네, 두 기사분. 무사히 집으로 돌아온 것 같아 다행이야! 그래서 거기 있는—."
"—우와! 이게 뭐야! 로봇?! 로봇이다! 크기 봐! 멋있어!"
살짝 움찔하고 말았다. 무슨 일인가 돌아보니 지금 그들과 싸우던 스켈레톤 세력의, 아마도 대장 같은 인물이었다. 방금 요로이자카 씨가 버린 화살의 표적이기도 했다.

복장을 보고 남자라고 생각했는데 목소리는 여자 같았다.

무슨 말을 해야 할지 고민하는 사이, 옆에 있던 여성이 말렸다.

"주, 주인님, 그 전에 감사부터 드려야 하지 않나요? 구해 주셨잖아요."

"아니지, 아잘레아. 중요한 이야기를 나누는데 방해하지 않게—."

"그보다 일단 좀 물러나는 편이—."

더 수습하기 힘들어졌다.

당장에라도 패해서 죽을 위기인데 이 천하태평한 태도는 뭘까.

"그, 그렇지! 고맙습니다! 아, 방해해서 미안해요. 살짝 뒤로 빠질게요, 헤헤헤."

그러면서 네 명은 뒤로 물러섰다. 뒤를 쫓듯이 전투 중이던 붉은 스켈레톤 셋도 그곳으로 물러났다.

스켈레톤과 싸우던 용병은 쫓으려고 하지 않았다. 레아를 경계하는 분위기였다.

"……무슨 얘기를 하고 있었더라, 으음. 앗, 거기! 거기 있는 게 너희 주인님이야?"

기사는 경계할 뿐 대답은 하지 않았다. 혹시 들리지 않았나. 뭐가 됐건 이 거리에서는 목청을 키우지 않으면 대화하기 어려웠다.

레아는 요로이자카 씨에서 날아올라 언덕 쪽으로 다가갔다.

"여기까지 오면 평범하게 대화가 되려나. 방금 한 말을 못 들은 것 같으니까 한 번 더 말하지. 또 만나서 반가워, 기사분들. 무사히—."

"듣고 있었다! 재앙 자식!"

"……그래? 그럼 거기 먼지 뒤집어쓴 사람이 너희를 기르는 주인님이신가?"

가까이 와서 알게 됐는데, 남성은 품위 있는 행색에도 불구하고 흙과 먼지투성이였다. 『마안』 시야는 시력과 관계없이 범위 내의 사물을 뚜렷하게 보여주지만, 색이나 청결함은 알 수 없었다.

"—네가 이 도시를 공격한 재앙이냐?"

"뭐야. 너도 그거야? 남의 질문은 무시하고 자기가 묻고 싶은 말만 하는 인간? 이 나라는 대체 교육을 어떻게 하는지 원."

물론 같은 유형이었던 웨인은 이 나라 인간이 아니지만.

"말싸움하기도 귀찮으니까 선심 써서 알려 줄게. 내가 그 재앙이야. 이 대화도 이미 여러 번 했지만, 지금까지 스스로 그런 이름을 쓴 적은 없어."

"네놈이 이 도시를……!"

"맞아. 그래도 하나만 정정하자면 이 도시가 아니라 이 나라를, 이야. 왕도는 이미 제압했어. 네 옆에 있는 기사들한테 이미 들었겠지만."

그 기사들이 레아보다 먼저 라콜린느에 와 있는 것으로 보아 역시 플레이어처럼 다른 세력이 제압한 지역의 리스폰 지점에서는 부활할 수 없다고 추측된다.

이만큼 파괴했는데도 리스폰했다는 것이 믿어지지 않지만, 어쩌면 그들의 침소가 지하에 있을 가능성도 있다. 영주가 살아 있는 이유도 그 때문인지도 모른다.

하지만 정답이 뭐든, 라콜린느 습격이 허술했다는 것은 사실이었다. 여기서 만회해야 한다.

"수다는 이만하면 됐겠지. 나는 이곳 영주를 찾아야 해. 만약 네가 영주라면, 조금 더 이야기에 어울려줄 수도 있지만."

"내가 영주다! 네놈 때문에 이 도시에 살던 아무 죄도 없는 사람들이……!"

레아는 아무 죄도 없는 사람을 만난 적이 없어서 모르겠지만, 이 도시 사람들이 정말로 청렴결백했다고 치자. 그야 그들은 아무 짓도 안 했을지 모른다.

하지만 그 논리로 말하자면…….

"여기에 많은 병사가 모여 있었지? 이건 왕도에서 재상 각하에게 들은 이야기인데, 그들은 나를 처치하려고 리베 대삼림으로 가는 중이었다며? 왕도를 출발한 건 열흘도 전이라지. 그럼 그때 이미 나를 없애겠다고 결정했다는 말이야. 하나 물어보고 싶은데, 그 시점에서 내가 대체 뭘 했다고 그래?"

재상에게 들었다는 말은 거짓말이었지만, 그건 지금 사소한 문제이므로 넘어가자.

그의 논리대로 따지면 레아는 아무 죄도 없을 텐데, 재앙으로 추정된다는 이유만으로 국가가 군대를 동원해 죽이려고 했다는 뜻이 된다.

"그—건! ……네가…… 인류의 적, 이기 때문이다!"

즉, 벌집을 찾았으니까 피해가 발생하기 전에 제거한다는 논리일 것이다. 아쉽지만 레아는 단순한 벌이 아니라서 쉽게 제거할 수는 없다.

"네가 하는 말은 모순돼. 내가 인류의 적이라면 내 행동에는 아무 문제가 없잖아? 오히려 인류의 적이라는 역할에 충실하다고 칭찬해도 모자랄 지경이야. 대체 뭐가 불만이야?"

레아도 딱히 진심으로 그렇게 생각하지는 않는다. 누구든 자기 도시가 갑자기 파괴되면 화가 날 것이다. 사람을 놀리는 듯한 레아의 궤변에 영주는 대답하지 않았다. 다만, 가증스럽게 레아를 노려볼 뿐이었다.

"……너는 재미가 없네. 그만하자. 안녕."

영주에게 흥미를 잃은 레아는 『페더 개틀링』을 발동해 그 몸을 벌집으로 만들었다.

그러자 실이 끊긴 꼭두각시처럼 양옆에 있던 기사와 용병들까지 풀썩 쓰러졌다. 예상대로 그가 주군이었나 보다. 아무도 레아와 영주 사이에 끼어들거나 방어 행동을 취하지 않았다. 대화하겠다고는 했어도 공격하지 않겠다고는 하지 않았다.

드디어 진정한 의미로 라콜린느가 멸망했다고 할 수 있으리라.

사실 다음에는 왕도에서 못다 한 일, 망명한 왕을 추적해 처리하고 싶지만, 어디로 갔는지조차 알 수 없었다.

게다가 재상의 이야기가 사실이라면 왕은 마왕 카운터 아티팩트를 다수 소지했고, 심지어 그런 물건이 다른 다섯 나라에도 있다고 한다. 이 상황에서 타국으로 찾으러 가는 것은 위험했다.

그리고 지금은 그런 것보다 중요한 일이 있었다.

뒤에 있는, 그 정신 사나운 자들이었다. 그녀는 로봇이라는 단어를 사용했다. 틀림없이 플레이어일 것이다. 그 옆에 붙어 있던 여성이 「주인님」이라고 부르거나 붉은 스켈레톤이 그녀를 따르는 모습을 보아 그녀는 『사역』이나 그와 유사한 스킬을 보유했을 가능성이 컸다.

레아 외의 플레이어가 그것을 습득했다.

그것인즉, 레아의 우위를 무너뜨릴 수 있는 위험 요소. 가능하다면 조용한 곳에서 찬찬히 이야기라도 나누고 싶다.

정황상 그녀는 인류와 적대하는 것 같았다.

우호적인 플레이어와 대화하는 것은 처음이다.

"기다리게 해서 미안해."

"아유, 아니에요! 하나도 안 기다렸어요!"

그러면서 그녀는 요로이자카 씨를 더듬대고 있었다. 『마안』으로 보는 한, 그녀는 MP가 제법 많았다. 정신 마법 특화인 그 마법사만큼은 아니지만, 꽤 높은 수치일 것이다.

그런 그녀를 말리려는 세 여성의 MP는 그 이상이었다.

만약 이 세 여성이 남장 플레이어의 권속이라면 적어도 최상위급 플레이어 세 명분의 전투력을 쥐고 있는 셈이었다.

"……요로이자카 씨가 신경 쓰여?"

"요로이 자카C라고 하나요, 이 로봇!"

"아닐걸. 뭔가 달라. 아마도 너 착각하고 있어."

레아는 요로이자카 씨— 정확히는 리빙 메일 계열 마물에 관해서 설명해 줬다.

“만족했으면 다음은 자기소개를 하자. 나는 레아라고 해. 보다시피 비인간 캐릭터 플레이어야. 이번 이벤트에서는 주로 인류 도시를 침공하는 세력에 가담하고 있어. 네 이름은?”

“앗! 죄송해요! 저는 블랑이에요! 스켈레톤으로 시작한 플레이어예요! 뼈가 하얘서 그렇게 지었어요! 저도 이래 보여도 도시 두 곳을 없앴어요!”

스켈레톤. 아무리 봐도 스켈레톤으로는 보이지 않았다. 하지만 거짓말을, 그것도 바로 들킬 거짓말을 숨 쉬듯이 하는 인물로는 보이지 않았다.

“……아무리 봐도 스켈레톤 같지 않은데, 너 혹시, 다른 종족으로 전생했어?”

“아 참, 그랬지! 이걸 뭐라고 설명한다? 우선 처음에는―.”

제5장 블랑 뉴 게임

온통 흰색으로 구성된 작은 방에 최신형 의료용 VR 침대가 놓여 있었다. 거기 누운 사람은 수술복 같은 옷을 입은 어린 소녀였다.

평소 게임을 거의 하지 않는 소녀였지만, 생각지도 않게 시간이 오래 비는 바람에 왠지 관심이 없던 VR 게임에 손을 대봤다. 의료용 VR 머신이라도 게임이 가능하다는 점도 새로운 세계에 도전하게 된 계기 중 하나였다.

"으음. 기왕이면 나와는 다른 모습이 되고 싶어."

다른 세계에서 살게 된다면 지금까지의 나와는 전혀 다른 삶을 살고 싶다.

그렇게 생각한 그녀는 구태여 아바타를 풀 스캔하지 않고 캐릭터 생성을 시작했다.

"스켈레톤……이 뭐지? 이름이 귀엽네. 종족은 이거로 결정— 뼈잖아! 아무리 게임이라도 너무 벗겼어!"

게임을 거의 하지 않는 그녀에게 스켈레톤은 익숙하지 않은 단어였다. 설마 뼈밖에 없을 줄은 몰랐다.

하지만 흔치 않은 기회기도 했다. 몰랐다고는 하나, 한 번 선택한 종족이다. 외모가 좀 과하게 개성적이지만, 평소와 다른 내가 된다는 의미에서는 이보다 더 어울릴 수 없다.

"좋아! 종족은 스켈레톤!"

종족을 결정한 다음은 스킬 구성이었다. 하지만 게임의 스킬이 어떤 것인지 감이 잡히지 않았다.

"스켈레톤에게는 무슨 스킬이 좋을까……. 하나도 모르겠어……. 아, 기왕이면 마법을 써 보고 싶어. 마법으로 해야지. 어차피 뭐가 좋은지 모르니까 마음 가는 대로 고르면 되겠지."

대충 훑어보고 유명한 속성별로 마법을 전부 하나씩 배웠다. 『정신 마법』처럼 이해할 수 없는 속성은 무시했다. 『자실(自失)』이 대체 뭔지 이해되지 않았기 때문이었다.

"아직 경험치가 남네……. 아, 스켈레톤으로 시작하면 경험치를 100포인트나 더 주는구나! 아싸. 좋아, 남은 경험치는 능력치 올리는 데 쓰자. 마법은 인트? 라는 거에 영향을 받나. 그럼 전부 인트에 써야지. 어차피 남으니까."

캐릭터 능력은 전부 결정했다. 다음은 이름이었다.

"이름은…… 음, 『블랑』으로 하자! 미백 피부니까. 뼈지만."

그렇게 블랑은 마물의 영역인 「동굴 환경」을 선택해 로그인했다.

◆◆◆

튜토리얼이 끝나고 블랑이 스폰한 곳은 돌벽으로 둘러싸인 어둡고 축축한 동굴이었다. 실제로는 빛이 전혀 들지 않는 암흑이지만, 단순히 어둡게 보이는 이유는 블랑의 종족 「스켈레톤」의 특성 「암시(暗視)」 덕분이었다.

블랑은 우선 이 동굴의 출구를 찾기로 했다. 물론 출구가 어디인

황금의 경험치 2권
특정 재해 생물 「마왕」 진격 멀티플레이
©Harajun, fixro2n 2023 / KADOKAWA CORPORATION
[NOT FOR SALE]

지 몰라서 발이 가는 대로 움직일 뿐이지만.

VR 재활 훈련에서도 자연 동굴을 걸을 일은 없었던 터라 몇 번이나 넘어질 뻔했다.

"무슨 방에 도……착……."

일어나서 고개를 든 블랑은 이 게임을 시작하고 처음으로 생물을 발견했다.

그곳에 있는 것은 개미였다.

거의 중형견만 한.

"힉."

심지어 개미는 한 마리가 아니었다. 세 마리가 블랑을 돌아보고 더듬이를 까딱거리고 있었다.

"으갸아아아아아아!"

반사적으로 비명을 지른 블랑에게 반응했는지, 아니면 비명을 공격으로 인식했는지, 개미들이 블랑에게 덤벼들었다.

"으악, 개미가 물어— 으긱!"

개미는 무자비하게 블랑의 뼈 다리를 물었다. 중형견 크기의 개미는 그만큼 턱도 거대했고, 그에 비해 블랑의 몸은 뼈다귀답게 얇았다.

블랑은 넘어졌다.

"아얏! ……어."

블랑의 약점, 다시 말해 머리가 내려오기를 기다렸는지, 다른 개미가 몸을 말아서 블랑에게 꽁무니를 내밀고 있었다. 정확히 따지면 곤충의 그곳은 엉덩이가 아니라 배지만.

"잠까— 기다."

개미 배 끝부분의 독샘에서 악취 나는 액체가 힘차게 분사되어 블랑의 상반신을 적셨다. 뼈 몸이 건강에 안 좋아 보이는 연기를 내면서 녹아 내렸다.

그리고 들리는 정체불명의 목소리.

《한 시간 안에는 부활을 받을 수 있지만, 지금 바로 리스폰하시겠습니까?》

"이거 뭐야……? 앗, 죽은 건가……. 그보다 다리를 물고 머리에 산을 뿌려서 죽이다니, 너무 매니악하잖아! 뭐야, 그 리얼한 감각! 통증은 약한 편이고 익숙하니까 괜찮지만, 다른 감각은…… 이런 건 트라우마가 된다고! 게임은 생각보다 힘든 거구나……."

조금 전에는 게임 안에서 처음 본 생물에게 다짜고짜 살의로 가득한 인사를 받고 혼란에 빠졌지만, 진정하고 돌이켜보니까 그때 이렇게 할 걸 그랬다, 그렇게 하면 더 나았을 텐데, 라는 후회도 밀려왔다.

"좋아, 여기서 기다려 봤자 개미가 살려주지도 않을 테니까 넘어가자. 리스폰이란 걸 하면 처음 장소로 돌아간다고 했던가? 아, 죽었을 때 페널티가 있다고도 하지 않았나."

리스폰 승낙 전에 도움말에서 사망 페널티에 관해서 조사해 봤다. 아무래도 사망한 뒤 리스폰하면 그때까지 얻은 총경험치의 10퍼센트를 잃는 모양이었다.

"페널티가 커! ……그래도 경험치 총사용량이 일정 수치 이하라면 페널티가 없구나. 오홍. 상한선은 200. 스켈레톤은 아슬아슬하게 안전선이네. 고블린이면 한 번만 죽어도 초기 상태보다 약해져? 흐에엑."

마물이라는 리스크를 짊어지고 얻은 초기 경험치가 단 한 번의 실수로 날아가는 건 너무 가혹하다.

"아슬아슬한 경험치 밸런스. 역시 스켈레톤이 최강이었던 걸까? 으음, 일단 리스폰."

그러자 한순간 어지러운 느낌이 들더니, 어느새 처음 눈을 떴던 곳에 서 있었다.

"이번에는 신중하게 가자……."

결론부터 말하면 그 후로도 블랑은 몇 번이나 죽고 리스폰을 반복했다. 그러는 사이 실전으로 마법 사용법도 익히면서 조금씩 동굴을 탐색해 나갔다.

마법에는 「재시전 시간」, 연속 사용을 제한하는 시스템이 있다고 하며 이에 관해서도 공식 사이트 SNS에서 확인했다.

재시전 시간이 각각 5초인 『플레어 애로』, 『아이스 불릿』을 연속해서 사용한 경우, 『플레어 애로』를 다시 쏘려면 첫 번째 『플레어 애로』를 사용하고 10초가 지나야 한다.

블랑은 공격 마법을 다른 속성으로 다섯 개 배웠기 때문에 최대 다섯 번까지는 연속으로 마법을 쓸 수 있다. 즉, 둘러싸여도 다섯 마리까지는 대처할 수 있다는 뜻이다.

그러던 어느 때, 다음에야말로 성공하겠다고 다짐하며 리스폰했는데 평소와 다른 메시지가 들렸다.

《당신의 리스폰 포인트는 다른 캐릭터의 퍼스널 에어리어입니다.

리스폰할 수 없습니다. 그 외에 등록된 리스폰 포인트가 없습니다. 무작위 초기 스폰 지역에서 리스폰하시겠습니까?》

"엥? 뭐?"

블랑은 리스폰이라는 말을 너무 많이 들어서 정신이 혼미해지는 기분이었다.

하지만 시간은 기다려주지 않았다.

이미 리스폰을 수락했고 달리 선택지도 없었기 때문에 곧바로 시야가 뒤틀리며 리스폰이 시작됐다.

시야가 회복되어 블랑이 주변을 돌아봤다. 낯선 장소였다.

동굴이라는 것은 확실하지만, 너무 자주 봐서 내 집같이 편안하던 리스폰 포인트보다 제법 넓었다.

"……여기가 어디래?"

원래 있던 동굴도 딱히 어디였는지 모르지만, 적어도 지금 있는 곳은 분명히 다른 동굴이었다. 암벽의 색이나 질감도 달랐다.

"그나저나 내 리스폰 포인트가 다른 사람 거라니, 어떻게 된 거야……?"

조금 전까지는 아무 문제 없이 리스폰했었다.

"……그런데 지금은 사유지라서 안 된다는 건, 내가 SNS를 보는 몇십 분 사이에 누가……. 동굴을 포함한 토지라도 샀나? 애초에 땅을 살 수 있어? 나도 스켈레톤으로서 대성해서 자신감이 붙으면 내 집을 살 수 있을까. 그래도 뼈라면 집보다 무덤을 사는 편이 낫나……. 뭐, 어차피 지나간 일인데 신경 써서 뭐 해. 돌아가지도 못

할 텐데."

그보다도 지금 중요한 것은 새로운 동굴 탐색이었다.

"이제 익숙해졌으니까 『플레어 애로』를 곧장 쏠 수 있게 마음의 준비를 해 두자. 어디, 개미 다음은 뭐가 나오려나."

다시 긴장의 끈을 조인 블랑은 경계하면서 동굴 안을 나아갔다.

동굴을 걷는데, 어떤 곳을 경계로 갑자기 분위기가 변했다.

구체적으로는 자연 암벽에서 돌을 쌓아 지은 인공적인 벽으로 바뀌었다.

"유적…… 같은 분위기네. 개미집이 아니라 다행이지만, 유적에서는 무슨 야생 동물이 나오지?"

초반이라도 출현 몬스터가 딱히 야생 동물만은 아니지만, 이때 블랑은 처음 만난 개미의 인상이 너무 강해서 무의식적으로 현실 생물을 모티브로 한 마물밖에 상상하지 못했다.

그래서 동요하고, 비명을 지르고, 대응이 늦어서 죽게 된다.

"아, 뭔가 있다……. 어, 으악! 시체?! 좀비야?! 아악—! 징그러! 이런 정신 공격은 제발 하지—."

《한 시간 안에는 부활을 받을 수 있지만, 지금 바로 리스폰하시겠습니까?》

"좀비라……. 예상도 못 했네……."

블랑은 리스폰하면서 중얼거렸다.

"이미 죽은 몸이니까 내 동료라고 볼 수도 있……나……? 아니, 못

보겠지. 됐어, 긍정적으로 생각하자! 동료가 아니라면 불태워도 될 거야! 오늘부터 매일 좀비를 불태우자!"

블랑은 이번에야말로 지금까지의 경험을 교훈 삼아 방심하지 않겠다고 다짐하면서 걸어갔다.

동굴에서 인공 돌벽으로 바뀌는 경계선 부분에 방금 본 좀비……가 맞는지는 모르겠지만, 아무튼 좀비 한 마리가 서 있었다. 한순간 흠칫했지만, 교훈을 되새긴 덕분인지 과하게 동요하지는 않았다. 블랑은 일단 『플레어 애로』를 쐈다.

부패해서 가연성 가스라도 나오는지, 좀비는 아주 잘 탔다.

"……마법은 정말로 강하구나. 아니지, 『플레어 애로』가 특별히 강한 건지, 마법이 강한 건지는 아직 알 수 없나. 아, 내가 INT를 올렸지. 내가 써서 강하다는 가능성도 있어……."

좀비를 태우는 소리와 냄새에 반응했는지, 아니면 다른 이유가 있는지, 금방 다음 좀비가 나타났다.

블랑은 마법 쿨타임이 끝난 것을 확인하고 침착하게 다시 『플레어 애로』를 시전했다. 이번에도 좀비는 한 방에 쓰러졌다.

그랬더니 또 다음 좀비가 벽 너머에서 나타났다. 자세히 보니까 좀비들이 떼를 지어 다가오고 있었다.

"옛날에 이런 영화 있었는데! 으으, 『선더볼트』!"

빛나는 뇌광이 블랑의 손에 모였다. 그리고 다음 순간, 뇌광은 좀비에게 꽂혀 있었다. 순식간에 좀비의 몸은 번갯불에 휩싸였고 새까만 숯덩이가 바닥에 쓰러졌다.

『선더볼트』로도 한 방에 잡히나 보다.

“『아이스 불릿』! 『워터 숏』! 『에어 커터』!”

그 후로도 방심하지 않고 연이어 마법을 발사해 좀비를 처리했다.

블랑의 INT라면 이 좀비들은 어느 마법으로든 한 방에 정리되는 듯했다. 차이는 시체의 형태뿐이었다.

“……아니지, 좀비니까 처음부터 시체인가? 아무렴 어때. 그보다 왜 자꾸 나와!”

이미 공격 마법 5연타는 사용해 버려서 얼마간은 공격할 수 없었다.

일단 물러나서 최대한 쿨타임을 벌어 한 마리씩 해치울 수밖에 없다.

블랑은 다가오는 좀비들에게서 눈을 떼지 않도록 주의하며 조금씩 뒷걸음쳤다.

하지만 좀비들은 블랑을 분명히 인식했는데도 더는 다가오려고 하지 않았다.

“어라? 여기로 안 오네.”

좀비들은 돌벽과 동굴의 경계선을 어슬렁거렸다.

“저것들, 역시 여기로 못 넘어오나. 응? 이건 설마.”

보너스 스테이지 돌입이다.

블랑은 MP 회복 속도에 맞춰서 기계적으로 좀비를 태우기 시작했다.

경험치를 공으로 벌며 좀비도 많이 줄어들었다고 생각한 지 몇 분 뒤, 입구에 몰려 있던 좀비가 마침내 전멸했다.

좀비 시체를 밟고 신중하게 유적 통로를 들여다봤다. 움직이는 물체는 없었다. 조심조심 유적으로 들어가 봤다. 쥐 죽은 듯 조용했다.

"……정말로 다 잡았나?"

블랑은 돌벽이 이어지는 유적 통로를 걸어갔다.

"그러고 보니 꽤 오래 플레이하지 않았나……. 와, 여덟 시간이나 지났어! 으음, 괜찮겠지? 일어나도 할 일 없으니까."

다행히 블랑이 사용하는 VR 모듈은 의료용 침대도 겸하는 고액 모델이라서 장시간 깨어나지 않아도 경고하지 않았고 생명 유지에도 문제는 없었다.

어느 시대의 건축물인지도 모를 오래된 유적 안을 걷는다. 현실은 커녕 다른 VR 콘텐츠에서도 좀처럼 할 수 없는 경험이었다. 조금 전까지는 무간지옥을 헤매는 느낌이었는데, 지금은 관광이라도 하는 기분이었다.

당분간 발 가는 대로 걷다 보니 낡았지만 정교한 조각이 새겨진, 중량감 넘치는 문이 나타났다.

"오오, 딱 봐도 최심부야! 뭐, 사실 여기가 어디쯤인지 모르니까 최심부인지 아닌지도 알 수 없지만. 혹시 나 미아인가……?"

쿠구궁. 무거운 소리에 반해 문은 의외로 쉽게 열렸다. 도중부터는 아예 자동으로 열리는 구조였다.

문 안쪽의 방에는 왕좌 같은 의자가 있고, 그 왕좌에는 아름다운 금발 남성이 앉아 있었다.

"—침입자인가……. 이게 얼마 만이지. 조금 전부터 내 종자들이 보이지 않는다고 생각했는데, 네놈이 한 짓이냐?"

"으아, 말을 걸잖아! 사람이다! 마을주민, 퍼스트 콘택트!"

게임을 시작하고 처음으로 만나는 말이 통하는 NPC였다. 블랑은 흥분했다.

"감히 누구에게 마을주민이란 거냐, 스켈레톤 주제에……! 그전에 질문에 답하라. 내 종자들을 해치운 건 너냐고 물었다."

왕자병 걸린 마을주민이다. 왕좌에 앉았으니까 굳이 따지면 왕병일까.

"종자가 누구……예요? 이 유적에는 좀비밖에 없었는데요?"

"그 좀비 말이다! 그리고 유적이 아니라 내 성이다! 네놈, 싸우자는 거냐!"

"오해예요! 좀비는 태웠지만요, 죄송합니다!"

"태워? 네놈은 빈손으로 보인다만……. 설마 마법을 쓰나? 스켈레톤 주제에?"

"네, 좀 씁니다……."

"애초에 대화할 지성이 있는 스켈레톤이라고? 너…… 정체가 뭐냐?"

대화 정도로 뭘 그렇게 호들갑인가 싶었지만, 이 왕병의 종자가 전부 그 좀비였다면 이해해 줄 수 있었다. 확실히 말이 통할 법한 인재는 없었다.

"말동무 정도라면 되어드릴 수 있어요. 저도 계속 싸우느라 피곤하던 참이고."

"흠……. 뭐, 재미있겠군. 너를 내 종자로 받아주마."

종자로 고용하고 싶다는 뜻일까? 뜻밖의 채용 면접이었다.

심지어 말이 통한다는 재주 하나로 프리패스다. 채용 기준이 너무 낮은 것 아닌가.

하지만 블랑은 우연히 이 유적에 스폰했을 뿐이고, 밖으로 나가서 모험을 즐기고 싶었다. 이곳을 거점으로 써도 되겠지만, 이곳에 속박되고 싶지는 않았다.

"아뇨, 됐어요. 안 사요, 안 사. 귀사의 무궁한 발전을 기원합니다."

"네놈에게 선택권은 없다!『매료』!"

《저항에 실패했습니다.》

정체불명의 시스템 메시지가 들렸다.

그리고 그 순간, 블랑의 눈으로 봐도 왕좌에 앉은 남자가 더욱 미남으로 변했다.

'이럴 수가! 뭐야, 이 미남력은! 아직도 오른다고! 어라?! 목소리가 안 나와! 몸도 안 움직여! 그리고 시야가 핑크색이야! 이게 뭐야! 아, 이게 상태 이상인가!'

허둥지둥 상태창을 확인하자 블랑은 매료 상태가 되어 있었다.

자기 의지로 몸을 조종할 수 없고 말을 할 수도 없었다. 그리고 나중에 알게 됐지만, 상대가 미남으로 보이거나 시야에 핑크 안개가 끼는 효과는 시스템상 의미는 없다고 한다.

"좋아, 걸렸나 보군. 그럼『지배』."

《저항에 실패했습니다.》

"그리고『사역』. 자, 나의 종자가 되어라."

《저항에 실패했습니다.》

왕병 미남은 이어서 무슨 스킬을 발동했고, 블랑은 모든 저항에 실패했다.

《특수 조건을 만족했습니다. 흡혈귀의 종자로 전생할 수 있습니다.》

《【드 하빌랜드 백작】이 당신을 테이밍하려고 합니다. 문제가 없을 경우, 5초 안에 승낙해 주십시오. 의사 표시가 없을 경우, 5초 뒤에 취소됩니다.》

이어서 폭풍처럼 시스템 메시지가 몰아쳤다. 이런 장문은 리스폰에 실패한 이래로 처음이었다.

'잠깐만! 전개가 너무 빨라서 못 따라오는 아이도 있다고요! 주로 내가!'

《과제를 보류합니다.》

'아, 기다려주는구나.'

기다려준다니 다행이다.

우선 조금 전부터 나오는 「저항에 실패했습니다」라는 메시지. 시스템에 따르면 이건 「드 하빌랜드 백작」인지 뭔지가 블랑에게 사용한 『매료』와 『지배』, 『사역』의 결과일 것이다. 그리고 그것이 모종의 스킬이란 것도 알겠다. 좀비를 부리는 점도 그렇고, 이런 고성의 왕좌를 지키는 점도 그렇고, 이 백작은 아마 흡혈귀 같은 존재이리라. 그리고 지금 블랑은 흡혈귀에게 매료되어 지배당할 뻔했다. 아니, 저항에 실패했으니까 이미 당했다. 그래서 몸이 움직이지 않고 테이밍당할 처지에 놓인 것이다.

다음으로 「전생할 수 있습니다」라는 메시지. 스콰이어 좀비란 틀림없이 통로에서 불태운 좀비들이다. 「전생」이 뭔지는 모르겠지만, 그것을 수락하면 그 좀비와 동종의 몬스터로 변한다고 생각하는 편이 타당하다. 그건 좀, 아니, 상당히 거부감이 든다.

마지막으로 테이밍. 테이밍이라는 시스템도 잘 모르지만, 상식적으로 생각하면 블랑이 저 백작의 애완동물이 된다는 뜻일까?

플레이어가 NPC의 애완동물이 될 수도 있을까? 아니, 보류한다는 시스템 메시지가 나왔으니까 선택권은 엄연히 플레이어가 쥐고 있는 셈이다. 저 백작은 선택권이 없다고 말했지만, NPC는 시스템 메시지를 듣지 못한다고 한다. 만약 블랑이 NPC였으면 선택의 여지 없이 테이밍됐을지도 모른다.

“음? 저항하는 느낌은 거의 받지 못했는데 내 힘이 전혀 통하지 않는군……. 역시 재미있는 스켈레톤이야.”

뭐라고 중얼대지만, 일단 무시하자.

신경 쓰이는 부분은 「종자로 전생한다」와 「부하가 된다」는 메시지가 따로 출력됐다는 점이었다. 종자로 전생하지만, 테이밍은 거부할 수도 있을 것 같았다. 마치 몸을 개조당한 뒤, 뇌 개조 직전에 도망치는 것처럼.

‘뭐야, 초대 마스크드 바이커 같잖아…….’

현대까지 전해져 내려오는 전설의 Japanese Live-action 주인공과 같은 일을 겪는다? 현실에서는 절대로 하지 못할 경험이다.

블랑은 고민했다. 다행히 백작은 혼잣말을 중얼대며 기다려 주고 있었다.

고민한 끝에 블랑은 전생을 수락했다.

물론 테이밍은 거부했다.

《조건을 이미 만족했습니다. 흡혈귀의 종자(스콰이어 좀비) 혹은 의지를 가진 망자(레버넌트)로 전생할 수 있습니다.》

'응? 그럼 레버넌트인가 뭔가로.'

좀비가 아니면 뭐든 괜찮다. 블랑의 바람은 개조 후에 도망치는 것이지 좀비가 아니었다.

《조건을 이미 만족했습니다. 경험치 100포인트를 사용해서 하급(레서) 흡혈귀(뱀파이어)로 전생할 수 있습니다.》

'잠깐 타임!'

《과제를 보류합니다.》

또 기다려 주나 보다.

'플레이어 완전 편리해!'

레서 뱀파이어. 다시 말해 여기 있는 백작의 동료였다.

햇빛 아래에서 활동할 수 없다거나 마늘에 약하다는 약점은 있겠지만, 생각해 보면 게임을 시작하고 햇빛 아래로 나간 역사가 없었다. 어쩌면 이 게임에는 햇빛이 닿는 지역이 없을 가능성까지 있다. 마늘도 원래부터 싫어하니까 사실상 페널티가 없다고 할 수 있겠다.

블랑은 좀비로 왕창 벌어들인 경험치를 절반 지불해서 레서 뱀파이어로 전생했다.

"뭣이?! 어떻게 이런—."

◆◆◆

그 후 블랑은 게임 시간이 밤일 때만 고성 밖 황야로 나가서 사냥이나 탐색을 하다가 동이 트기 전에 고성으로 돌아왔고, 낮에는 로그아웃(자)하거나 백작과 이야기를 나누며 지냈다.

현실에서 신체검사로 꼬박 하루 동안 로그인하지 못한 날이 있었는데, 그사이에 정식 서비스가 시작되어 버렸다. 정식 서비스가 시작되어도 월정액 비용은 계정 생성 시 등록한 가상 화폐 지갑에서 자동 결제되므로 문제는 없었다.

그때.

전생은 하지만 『사역』은 거부한 블랑은, 초대 마스크드 바이커 뺨치는 만행에도 불구하고 오히려 흡혈귀 백작의 호감을 샀다.

그는 자력으로 레서 뱀파이어에 도달한 블랑을 높이 평가했고, 척 보기에도 흡혈귀가 입을 법한 귀족 옷과 지팡이를 건네줬다. 지배 계급인 흡혈귀가 초라한 차림새— 즉, 초기 장비로 돌아다니는 꼴을 봐줄 수 없다는 이유였다. 옷은 백작이 옛날에 입던 남성복이었지만, 캐릭터 생성에서 현실 모습을 스캔하지 않고 외형도 변경하지 않은 블랑은 외모도 체격도 중성적이어서 남성복을 입으면 덩치가 작은 남자처럼 보이기도 했다. 다만, 기본 설정 아바타는 머리카락이 바닥에 닿을 만큼 길어서 양 갈래로 묶어 뒀다.

백작은 거기서 그치지 않고 친구로서 성을 자유롭게 이용해도 된다고까지 말해 줬다.

거기에 블랑은 이렇게 답했다. 이왕이면 언젠가 한 나라의 왕으로서 자신만의 성을 가지고 싶다고.

이때 블랑은 단순히 내 집 마련의 꿈을 농담조로 말했을 뿐이지만, 백작은 비유를 액면 그대로 받아들였는지 유쾌하게 웃으며 멸망시키기 좋은 적당한 나라를 알려줬다. 힘을 더 키우면 습격해 보라면서.

“그래도 그 나라는 공식— 그, 전에 들은 이야기로는 부유하지도 않지만 빈곤하지도 않은 안정된 국력을 가진 곳이라고…….”

“흥. 잘도 안정이라는 말을 쓰는군. 인간이든 나라든 필멸의 존재에게 안정이란 완만한 쇠퇴에 불과하다. 인재의 흐름이 정체된 나라는 고인 물처럼 썩게 마련이지. 보이지 않는 곳에서는 이미 치열한 파벌 싸움이 오가니까 멸망은 시간문제다.”

“이런 고성에 틀어박혀 지내면서 그런 정보는 어떻게 알아요?”

“고성……. 아무튼, 쥐를 심어 뒀기 때문이다.”

“스파이 말이죠! 멋있다!”

“아니, 말 그대로 쥐다. 『사역』한 쥐를 이런저런 조직에 뿌렸지.”

“네? 음……. 아슬아슬하게 합격이요!”

“흐하하! 그래, 아슬아슬하게 합격인가!”

블랑이 생각해도 제법 무례한, 주제넘는 평가라고 생각하는데 백작은 속 좋게 웃어넘겼다.

“그래도 그거 괜찮네요. 저도 뭔가 사역해 보고 싶어요.”

“너라면 가능할 텐데? 흡혈귀로 전생하면서 『조교』 계통의 『사역』을 익힐 수 있게 됐을 거다. 『조교』를 습득해 보아라.”

블랑은 시키는 대로 『조교』를 습득했다. 소비 경험치는 20이었고 지금 블랑은 경험치가 꽤 남아 있었다.

“정말이다! 『사역』이 나왔어요!”

“어지간히 실력 차이가 나지 않는 한, 『사역』만으로는 거의 성공할 수 없다. 스스로 권속을 만들 수 있는 자를 위한 힘이지. 이미 존재하는 자를 따르게 하려면 『정신 마법』의 『매료』나 『지배』와 조합하는 것이 좋다.”

이해했다. 전에 백작이 사용한 일련의 상태 이상이 그것이리라. 『정신 마법』의 『지배』까지 배우려면 경험치를 상당히 소비하지만, 지금은 달리 배우고 싶은 스킬도 없어서 습득해 보기로 했다.

“『지배』까지 배웠어요! 선배!”

“흐하하! 선배라! 듣기 좋군! 『지배』와 같은 『정신 마법』 계열의 성공 여부는 기본적으로 정신력에 좌우된다. 될 수 있는 대로 정신력을 갈고닦도록.”

백작이 말하는 정신력이란 게임 능력치인 MND일까? 듣고 보니 능력치 설명에도 그런 내용이 있었던 것 같다.

블랑은 백작을 믿고 남은 경험치를 전부 MND에 투자했다. 이때 블랑의 MND 수치가 INT를 따라잡았다.

“좋아~! 그럼 밤이 되면 나가서 뭐라도 『사역』해 올게요!”

“그래, 다녀와라. 어느 정도 전투력이 있는 마물을 『사역』하면 훈련 효율도 안정될 테지.”

◆◆◆

해가 저물고 고성을 나온 블랑은 좀처럼 테이밍 대상을 정하지 못하고 오랜 시간을 달렸다. 슬슬 결정하지 않으면 동이 트기 전까지 성으로 돌아가지 못할 만큼 멀리 나왔을 때, 블랑은 버려진 묘지를 발견했다.

기껏 여기까지 왔으니까 묘지를 대충 돌아보기로 했다. 스켈레톤이나 좀비라면 고성 옆에도 많지만, 어쩌면 더 상위 몬스터가 있을지도 모른다.

그렇게 들어간 묘지는 황야와 달리 언데드가 아닌 생물도 조금 있었다.

예를 들어 지금 막 달려든 박쥐처럼.

"—으오아, 깜짝이야!"

박쥐 몇 마리가 블랑에게 몰려들었다. 목적을 모르겠다. 식사일까? 만약 흡혈박쥐라도 흡혈귀인 블랑에게서 피를 빨 수 있을까?

"에잇! 받아라! 『공포』! 이 녀석들~! 무서워해라!"

그러자 박쥐들이 후두두 떨어졌다. 문제없이 블랑의 『공포』에 걸린 듯했다.

"후우. 통해서 다행이야……. 성공률이 낮다고 들었는데 나는 흡혈귀고 이 애들은 흡혈박쥐니까 무슨 특별한 보정이라도 붙었나?"

박쥐들은 땅에 웅크려 벌벌 떨었다. 그것을 보자 괜히 미안한 마음도 들었다.

"그런데 게임을 시작하고 만난 게 개미와 언데드밖에 없네……. 흠. 살아 있는 생물이라……."

나쁘지 않을지도 모른다. 박쥐를 거느린 흡혈귀라는 것도 그럴듯하고, 이만큼 수가 많으면 조금 약해도 좀비 정도는 해치울 수 있으리라. 살아 있는 생물이라는 말이 대단히 멍청하게 들리지만, 이 게임에는 살아 있지 않은 생물도 많으니까 어쩔 수 없다.

박쥐라면 위험할 때 혼란을 줄 수 있을지도 모르고, 무엇보다 백작의 쥐처럼 스파이 흉내도 낼 수 있다.

"박쥐는 천서(天鼠/하늘쥐)라는 별칭이 있었지? 쥐 백작의 후배로서 나쁘지 않은…… 아냐, 오히려 좋아."

블랑은 주위에 웅크린 박쥐들에게 한 마리씩 『사역』을 걸고 다녔다.

『지배』는 생략했지만, 백작 말대로 실력 차이가 큰 탓인지 순조롭게 테이밍에 성공했다. 만약 잘 풀리지 않았다면 「블랑과 박쥐의 수준은 거기서 거기」라는 슬픈 현실을 마주했을 텐데, 쉽게 성공해서 참으로 다행이었다.

"다 합해서 아홉 마리인가? 종족은…… 데스모두스? 생긴 거에 비해서 살벌한 이름이네……."

박쥐들은 날개와 작은 뒷발을 능숙하게 이용해 블랑에게로 발발 기어 왔다.

"박쥐가 걸을 수 있어?! 그것도 의외로 빨라!"

역시 쥐의 친구였다.

하지만 보폭 차이도 커서 이대로 데리고 갈 수는 없는 노릇이라 일단 양손으로 안아 들었다.

"뭐, 귀엽다고 하지 못할 정도는 아니니까 괜찮겠지. 돌아가자."

돌아갈 때는 조금 서둘러서 해가 뜨기 전에 고성에 도착했다.

"다녀왔어요!"

"그래……. 그건 뭐지? 박쥐인가?"

"괜찮죠~! 흡혈귀답지 않나요? 그리고 쥐랑 친구고."

"흡혈귀에 어울린다는 말은 이해하지만……. 박쥐와 쥐는 전혀 다른 생물이다."

"엑."

천서는 대체 뭐였단 말인가.

"아, 아무렴 어때요. 그러고 보니 선배, 사역한 뒤에 흡혈귀가 되면 계속 지배할 수 있다고 말했죠? 사역한 마물이 흡혈귀로 전생할 수도 있어요?"

"그래. 특정 조건을 만족한 상태에서 특별한 피를 마시게 하면 전생시킬 수 있다."

"특별한 피."

"더 급이 높은 흡혈귀의 피지. 예를 들어 조건을 만족한 의지를 가진 망자(레버넌트)에게 내 피를 주면 하급 흡혈귀(레서 뱀파이어)로 전생할지도 모른다."

"내 피로는 안 돼요?"

"으음……. 조금 더 격을 높이지 않으면 어려울 테지. 스콰이어 좀비나 레버넌트 정도로는 전생시킬 수 있을지도 모르나……."

"격……."

"그다지 먼 미래도 아니다. 봐라, 네놈은 이미 『하급』을 벗어났다."

그 말을 듣고 블랑이 상태창을 확인하니 정말로 하급 흡혈귀에서 흡혈귀로 변해 있었다.

"어느새……."

"『정신 마법』이나 『사역』을 배웠을 때겠지. 그것들은 제법 높은 격을 필요로 한다."

다시 말해 격을 높이고 싶으면 경험치를 벌어서 자신에게 투자하라는 말이었다. 경험치를 벌어서 쓰면 쓸수록 게임 시스템상 강한 존재로 인정받는 모양이었다.

"그래도 이 부근의 좀비들은 이제 거의 경험치를 안 주는데……."

"흠. 이 성 지하로 나가면 지하 수맥에 리저드맨이 서식할 거다. 그것들이라면 좀비보다는 굶주림을 채워줄 테지."

"리저드맨! 그런 게 있었어요?! 애초에 이 성에 지하가 있어요?"

백작은 어이없는 눈초리로 블랑을 봤다.

"……네가 온 곳이 그 지하다. 보나 마나 어디선가 길을 잃고 흘러들어 돌아가지 못한 채 여기까지 왔을 테지만……. 가는 길을 간략하게 그려 줄 테니까 가 보아라."

"고맙슴다!"

"흐하하. 그리고 그 박쥐들은 우리와 인연이 있는 종인가 보군. 어쩌면 어떤 조건으로 그것들도 전생할지 모른다. 잘 키워 보거라."

"오~! 열심히 할게요!"

처음 봤을 때는 허세가 뇌를 지배한 오빠라고 생각했는데, 익숙해지니까 이 말투조차 귀엽게 느껴졌다. 정이란 게 참 무섭다.

"받아라, 지도다. 리저드맨에게는 『정신 마법』도 마음껏 쓸 수 있으니까 상대하기 어렵지 않을 거다. 기회가 된다면 박쥐들에게도 경험을 쌓게 해 줘라."

"리저드맨에게는 『정신 마법』을 마음껏 쓸 수 있다? 그게 무슨 뜻이에요?"

"음? 설명하지 않았나? 『정신 마법』은 언데드에게 통하지 않는다."

"금시초문이라구요! 근데 백작님, 저랑 처음 만났을 때 『매료』니 뭐니 마구 걸지 않았어요?"

"그것도 다 방법이 있다. 그건 다음에 차차 알려주마."

궁금하기는 하지만, 언젠가 알려준다고 하니까 당장은 넘어가자. 그보다 어서 경험치를 벌고 싶은 마음이 컸다.

"그럼 다녀올게요!"

"그래. 수고해라."

블랑은 당장 지하로 내려가서 지하 수맥으로 향했다.

지하 수맥은 블랑의 초기 스폰 위치보다 더 아래, 지하 감옥 같은 곳의 무너진 벽을 통해 갈 수 있었다. 지하로 계속 내려가자 곧 물소리가 들렸다.

지하 동굴은 물이 새까맣게 보일 만큼 어두웠고, 블랑의 눈으로도 안에 뭐가 있는지 전혀 알 수 없었다.

언제든 마법을 쓸 수 있게 긴장하면서 신중하게 동굴로 내려갔다.

얼마나 내려왔을까. 언제나 그렇듯 블랑은 전혀 기억나지 않았지만, 아무튼 조금 넓은 공간으로 나온 모양이었다. 그곳은 거대한 지하호 같았다.

신중하게 들여다보자 지하호 물가에 사람 같은 실루엣이 몇 개 보였다.

아마 저게 리저드맨일 것이다. 긴 꼬리가 달려 있었다. 부락을 형성했는지, 수가 상당히 많았다.

"……저거로 경험치를 벌라고? 난이도가 너무 높지 않나……."

리저드맨이 얼마나 강한지는 몰라도 최소한 좀비나 스켈레톤보다는 강할 것이다. 박쥐들은 전투력이 없다시피 할 테고, 지금 블랑의 실력으로는 혼자 저들을 전멸시킬 자신이 없었다.

공격하기를 꺼리는데, 가슴팍에 있던 박쥐가 무슨 생각이 있는 것처럼 의지를 전했다.

"뭐, 미끼? 그건…… 위험하지 않아? 아, 너희는 날 수 있지……. 으음, 그럼 싸우는 소리가 부락까지 닿지 않을 곳에서 기다릴 테니까 리저드맨 몇 마리를 그곳으로 유인해 줄래?"

그러자 블랑의 망토에서 박쥐 세 마리가 날아갔다.

그들을 배웅한 블랑은 소리가 나지 않게 동굴 안쪽으로 물러났다.

그리고 얼마 후, 박쥐를 쫓아 리저드맨 두 마리가 동굴 안으로 들어왔다. 리저드맨들은 어둠 속에서 놓친 박쥐를 찾으며 천천히 안쪽으로 다가왔다.

"박쥐 세 마리에 너무 오버하는 거 아냐……? 혹시 박쥐라도 여기서는 귀중한 단백질인가?"

블랑은 집중하고 마법을 쓸 수 있도록 준비했다. 물과 친한 종족이니까 첫 공격은 『선더볼트』면 될 것이다. 물 타입에는 전기 기술을 쓰라고 어디선가 주워들었다.

"좋아……. 조금만 더……. 살짝 이쪽으로 더 와……. 지금이다! 『선더볼트』! 『에어 커터』!"

전격이 눈에 보이지 않는 속도로 리저드맨을 덮쳤고, 몇 초 후 눈에 보이지 않는 참격이 나머지 리저드맨을 찢어 놓았다.

전격에 꿰뚫린 리저드맨은 즉사한 듯하지만, 다른 하나는 아직 숨이 붙어 있었다.

"음, 역시 약점 속성이 아니면 확실하게 죽이지 못하나? 『아이스 불릿』."

얼음덩어리에 몸이 뚫리고야 리저드맨은 숨을 거뒀다. 경험치를 확인하니 확실히 제법 많은 양이었다.

"그래도 효율을 따지면 조금 애매하네. 일일이 유인하고 숨어서 마법을 쏘려니까 꽤 번거로워……. 일망타진할 방법은 없나?"

블랑은 새로운 힘을 추구해 스킬 습득창을 들여다봤다.

그러자 『흡혈 마법』이라는 스킬 트리가 눈에 띄었다.

이건 스켈레톤이었을 때는 없던 스킬 트리였다. 아마 흡혈귀가 되면서 해금됐으리라. 트리를 열자 첫 번째 스킬은 『안개』였다.

"어디 보자, 광범위에 안개를 발생시키는 마법……. 효과는 범위 안에서 자신이 사용하는 『흡혈 마법』과 『정신 마법』 판정에 상향 보정……. 그러고 보니 『정신 마법』은 박쥐한테만 썼었네."

더불어 안개 안에서는 시야와 탐지 효과도 방해받는 모양이었다.

『안개』를 발동해 『공포』로 발을 묶고 하나씩 마법으로 해치우는 방법도 괜찮겠지만, 『공포』에 저항하는 적이 있으면 귀찮아진다. 무작정 실전에서 시험하는 것은 좋은 생각이 아닐 듯했다.

"지금 해치운 둘로 시험해 볼 걸 그랬어……. 으음."

고민한 끝에 한 번 더 박쥐로 리저드맨을 낚아 보기로 했다.

우선은 스킬을 습득했다. 『안개』와 『번개 마법』의 범위 공격 『라이트닝 샤워』였다. MP 소비는 크지만, 한 번에 여러 적을 공격할 수 있다는 건 큰 이점이었다.

이번에는 리저드맨 세 마리가 낚였다.

세 마리가 킬존까지 유인된 순간, 우선『안개』를 발생시켰다. 가뜩이나 어둡고 습도가 높은 환경이기 때문일까, 리저드맨들은 안개를 알아차리지 못한 모양이었다.

이어서『공포』를 발동했다. 세 리저드맨은 하나같이 제자리에서 얼어붙어 꼬리를 떨기 시작했다.

"……이거 통한 거…… 맞지? 리저드맨이 공포로 떠는 건지 구분이 안 가……. 꼬리를 떠는 행동이 발정기 신호면 어떡해……. 뭐, 아무렴 어때.『라이트닝 샤워』."

동굴 천장부터 바닥을 관통하는 전격이 몇 줄기나 내리쳤다. 그중 몇 줄기가 리저드맨을 덮쳤다. 감전된 리저드맨이 몸을 젖히거나 경련했다. 모두 한순간에 벌어진 일이었다.

하지만 죽지는 않은 듯했다. 블랑은 다가가서 지팡이를 휘둘러 한 마리씩 머리를 깨 버렸다.

"이 정도면 지하호 부락으로 가서 선제『공포』를 걸면 이기겠어. 좋아~!"

블랑은 다시 지하호가 보이는 곳까지 이동했다.

"『안개』."

이곳에서 닿을지 알 수 없지만, 어차피 적들은 눈치채지 못할 테니까 안 되면 재시전 시간을 기다렸다가 다시 쓰면 그만이다.

"광범위라더니 정말 엄청 넓네……. 작은 마을 정도는 가볍게 덮어 버리겠어. 그래도『정신 마법』범위는 그렇게 넓지 않다는 게 함정이지."

『안개』 지속 시간은 「해제할 때까지」며, 발동하는 동안에는 계속 해서 MP를 소비한다. 『안개』를 발동한 이상 빠르게 상황을 정리해야 한다.

블랑은 안개에 숨어 벽을 따라 천천히 부락으로 접근했다.

안개는 블랑의 시야를 방해하지 않는지, 주변 사물이 평범하게 보였다.

"이얍, 『공포』~."

가까이 있는 리저드맨부터 경직해서 떨기 시작했다. 부락을 전부 덮기에는 한참 부족하지만, 금방 블랑에게 다가올 수 있는 범위는 모두 덮고 있었다.

"계속해서 『라이트닝 샤워』!"

방금 동굴보다도 천장은 높지만, 그래도 번갯불은 바닥과 천장을 이었다.

지금 공격은 요란해서 지하호 구석에서도 충분히 보일 정도였다.

블랑은 남은 리저드맨을 한 마리씩 정리해 나갔다.

머지않아 눈에 보이는 범위에 리저드맨은 남지 않았다. 그 외에는 호숫가에 흙을 쌓은 듯한 구조물이 보이는데, 아마 저것이 집이리라.

"집이라면 호수 방향으로 출입구가 나 있나? 수생 생물 같으니까. 그러면 들여다보는 건 위험하겠어."

마법으로 무너뜨릴까도 생각해 봤지만, 마음을 고쳐먹고 『안개』를 해제했다.

안에 있다고 해 봐야 새끼나 알 — 난생 생물인지는 모르겠지만 —

일 테니까, 차라리 성장하도록 방치했다가 다음에 왔을 때 사냥하기 위해서였다.

“좋아, 돌아가자. 여기서 나를 더 강화하면 리저드맨으로 경험치를 못 버니까 돌아가서 박쥐들이나 강화해야겠다.”

블랑은 싱글벙글 성으로 돌아갔다.

◆◆◆

모르는 사이에 대규모 이벤트가 개최됐었다고 한다. 마침 현실에서 장기 검사 일정이 겹친 시기였다. 타이밍이 안 좋았다.

블랑은 그 후로 당분간 지하호 리저드맨을 사냥해서 박쥐들에게 경험치를 주는 과정을 반복했다. 지하호 리저드맨이 줄어들면 조금 더 먼 곳까지 가서 다른 부족으로 보이는 집단을 습격하기도 했다.

“이제 박쥐 군 혼자서도 리저드맨 한 마리는 잡을 수 있을 법한 오라를 풍긴단 말이지……. 잘만 하면 이 아홉 마리로 부락 하나는 쓸어버릴 수 있겠어.”

이미 박쥐들에게 사용한 경험치는 모두 블랑에게 맞먹을 정도였다.

무엇이 계기였는지는 모르지만, 도중부터 『흡혈 마법』도 박쥐가 습득 가능한 스킬 목록에 올라와 있었고, 검증 차원에서 블랑보다 먼저 배우게 했다.

동시에 『흡혈 마법』과 시너지가 좋은 『정신 마법』도 가르쳤다. 이건 백작의 추천으로 블랑이 『소환』 트리와 『사령』 트리를 습득한 뒤,

박쥐들에게 나타난 스킬 트리였다.

스킬 습득 조건에 종족이나 다른 스킬이 관여한다는 것은 어렴풋이 알고 있었지만, 주군의 스킬이 권속의 스킬에도 영향을 준다는 사실은 맹점이었다.

그렇다면 돌격부대인 박쥐뿐 아니라 블랑도 성장할 필요가 있었다. 이 사실이 밝혀지면서 박쥐들에게 경험치를 과투자할 수 없게 되었고, 그 결과 리저드맨으로 경험치를 벌기 어려워지고 말았다.

"어쩔 수 없군. 어차피 언젠가는 겪을 일이었다. 전력 증강을 위해서는 아직 그 도마뱀들도 써먹을 구석이 있겠다만."

백작에게 상담했더니 그런 말을 들었다.

"오오. 예를 들면요?"

"음, 『사령』의 『혼박』은 익혔겠지? 그렇다면 해치운 리저드맨에게 『사령』을 발동해 시체를 언데드로 되살릴 수 있다. 그리고 언데드가 된 리저드맨에게 『사역』이 성공하면 영구적으로 부하가 되지."

"아하— 아……. 그래도 언데드라……."

블랑은 웬만하면 좀비를 끌고 다니고 싶지 않았다.

"그 언데드 리저드맨한테 제 피를 주면 레버넌트가 되나요?"

"흠…… 단순한 인간종보다는 리저드맨의 격이 높다. 그러니 흔해빠진 좀비보다는 리저드맨 좀비가 더 격이 높을…… 테지. 그 점을 고려하면 어려울지도 모르나…… 시도한다고 손해 볼 건 없지 않으냐? 실패해도 생명력을 조금 잃을 뿐이야."

흡혈귀인데 생명력이라고 불러도 될지 의아하지만, 아마 게임에서 말하는 LP일 것이다. 즉, 흡혈귀가 자기 피를 나눠주는 행위는 LP를 소비한다는 뜻이다.

"그렇구나. 그럼 해 볼게요!"

그렇게 의기양양하게 찾아온 곳은 처음으로 리저드맨과 만난 지하호였다.

바로 번개 마법으로 리저드맨을 지져 깨끗한 시체 세 구를 만들었다.

"여기다가, 『사령』."

그러자 리저드맨 시체에서 새까만 연기 같은 것이 피어올랐다. 거의 빛이 없는 지하호인데도 왠지 새까맣다고 알 수 있을 만큼 검다.

그 연기가 리저드맨들을 감싸더니 쉭쉭, 하고 공기가 빠지는 듯한 소리가 들렸다. 리저드맨의 모습은 전혀 보이지 않았다.

그대로 몇 초가 지나자 연기는 자연스럽게 흩어졌다.

그리고 리저드맨이 일어섰다. 뼈만 남은 형체로.

"스켈레톤이잖아!"

하지만 골격은 분명히 리저드맨이었다. 머리와 꼬리는 공룡 도감에서 본 듯한 실루엣이었다.

"좀비보다는 낫나……. 그럼 『사역』."

《리저드맨 스켈레톤의 테이밍에 성공했습니다.》

《조건을 이미 만족했습니다. 스콰이어 좀비로 전생하도록 허가하시겠습니까?》

"아, 거부할래."

백작이 블랑에게 『사역』을 걸었을 때, 전생 선택 메시지는 블랑

본인에게 왔었다.
그런데 이번에는 『사역』을 건 블랑에게 메시지가 왔다.
이건 NPC가 시스템 메시지를 받을 수 없다는 제약 때문일까?
《리저드맨 스켈레톤의 테이밍에 성공했습니다.》
《조건을 이미 만족했습니다. 스콰이어 좀비로 전생하도록 허가하시겠습니까?》
"한 마리씩 다 물어봐? 안 할래."
《리저드맨 스켈레톤의 테이밍에 성공했습니다.》
《조건을 이미 만족했습니다. 스콰이어 좀비로 전생하도록 허가하시겠습니까?》
"으응, 안 해."
이리하여 무사히 리저드맨 스켈레톤 세 마리를 『사역』하는 데 성공했다.
"자, 그럼 여기서 스켈레톤에게 피를 주면 어떻게 될까."
백작도 말했다. 어차피 실패해도 생명력, LP가 줄어들 뿐이라고.
그렇다면 세 마리 분량 정도는 문제없을 것이다.
블랑은 덧니로 손가락을 깨물어 리저드맨 스켈레톤들의 이마에 피를 묻혔다.
"아, 이거 덧니가 아니라 송곳니인가? 혹시— 윽!"
그때, 온몸에서 힘이 빠지는 기묘한 감각에 휩싸여 자기도 모르게 무릎을 꿇고 말았다. 확인해 보자 LP가 줄어 있었다. 그것도 최근 많이 늘어난 LP의 절반이 훅 빠져나갔다.
"소비량 무섭네……. 미리 말 좀 해 주지 그랬어요, 선배……."

게임 세계의 흡혈귀 백작에게 안전 배려 의무의 중요성을 어떻게 전달할지 고민하는데…….

《권속이 전생 조건을 만족했습니다. 전생을 시작합니다.》

눈앞의 스켈레톤들이 붉게 물들어 갔다.

"오오? 뭔가 일어나고 있어……. 적어도 불발은 아닌가 봐. 힘내, 나의 라이프 포인트……!"

변화는 색만이 아니었다. 골격 형태도 바뀌었다. 등에서 꼬리에 걸쳐 뾰족뾰족한 돌기가 생겼다. 손끝, 발끝도 뾰족해졌고 뼈는 전체적으로 굵어졌다. 마지막으로 뒤통수에 짧은 뿔이 두 개 자라면서 변화는 끝났다.

"머…… 멋져! 강해 보여! 완전 다른 사람이잖아! 사람은 아니지만! 이게 뭐야! 보자…… 파종된 자(스파르토이)……? 아니, 진짜 모르겠는데……. 얘네 밭에서 나……?"

블랑의 지식으로는 당최 이해할 수 없는 종족명이었지만, 어쨌거나 전생은 성공했다.

"호오, 스파르토이인가. 상당히 강력한 언데드로군. 여전히 네놈은 종잡을 수가 없어. 흐하하."

백작에게 자랑스럽게 보여줬더니 칭찬받았다.

백작 말대로 스파르토이들의 능력치 합계는 막 흡혈귀가 된 시절의 블랑과 비슷했다.

"그런데 박쥐들에게는 피를 나눠주지 않나? 신참인 스파르토이에게 먼저 주면 토라지는 것 아닌가?"

"어, 그래?"

망토 안에 있는 박쥐들을 보자 「뭐가?」라고 되묻듯 초롱초롱한 눈으로 올려다봤다. 전혀 기분이 상한 것처럼 보이지 않았다.

그렇지만 백작의 말에도 일리가 있었다. 지금까지 힘써준 박쥐들보다 스켈레톤에게 먼저 피를 줘서 전생시킨 것이 왠지 미안했다.

"그래도 LP를 제법 빼앗기던데……."

"정 부족하면 내가 힘을 빌려주마. 걱정하지 말고 줘 보거라. 나도 관심이 동하는구나."

"좋았어, 그럼……."

블랑은 조금 전에 했던 것처럼 자기 손가락 살을 이빨로 찢어 박쥐들에게 한 방울씩 먹여 줬다. 모든 박쥐에게 피를 나눠 준 뒤, 알현실 중앙에 살며시 내려놓고 뒤로 물러나서 변화를 지켜봤다.

"윽."

이번에도 LP를 빼앗기는 감각이 밀려들었다. 미리 각오했던 터라 무릎을 꿇는 추태는 보이지 않았지만, LP 감소량은 아까와 같은 수준이었다.

《권속이 전생 조건을 만족했습니다. 전생을 시작합니다.》

검은 연기가 박쥐들을 한꺼번에 감쌌다. 스켈레톤이 태어날 때와 달리 소리는 들리지 않지만, 연기는 점점 크기가 불어났다.

조금 기다리자 박쥐가 아니라 사람이 몇 명 들어가고도 남을 규모가 되어 버렸다.

"안내 메시지가 있었으니까 전생 자체는 성공했을 텐데……. 너무 크지 않나……?"

"가만히 지켜봐라. 안개가 걷힌다."

아, 이거 연기가 아니라 안개였구나, 라고 생각하는 사이에 백작의 말처럼 안개가 걷혔다.

그리고 안개가 사라진 곳에 앉아 있는 것은 박쥐가 아니었다.

사람이었다. 그것도 세 명.

"누구세요?! 그리고 세 명밖에 없는데요?!"

"허, 재미있군……. 박쥐 세 마리가 하나의 모르몬으로 전생한 모양이다. 박쥐 하나로는 그릇을 채울 수 없었나 보군."

"모르? 몬?"

"그래. 둔갑이 특기인 흡혈귀의 일종이지."

"흡혈귀!"

앉아 있는 것은 인간치고는 낯빛이 창백한 미소녀 세 명이었다.

"저기요, 백작님……"

"흐하하. 손이 많이 가는 녀석이로고. 기다려라, 옷을 들고 오게 하겠다."

"고맙습다!"

백작이 그의 종자인 좀비에게 지시해 옷을 대령시켰다.

하지만 옷을 줘도 입는 법을 모르는지, 모르몬 세 명은 옷을 들고 펼치며 고개를 갸웃거렸다. 하는 수 없이 블랑은 한 사람씩 손수 옷을 입혀 줬다. 그리고 일으켜 세우려고 했지만, 이내 주저앉아 버렸다.

"조금 전까지 박쥐지 않았더냐. 두 다리로 서는 법이 낯설 것이다. 얼마간은 걷거나 손을 쓰는 법을 익혀야겠지. 요컨대 운동 연습이다."

"거기서부터 해야 하나……."

"아—우…… 우이아…… 엥."

"아니, 괜찮아. 내가 책임지고 혼자서 뭐든 할 수 있게 해 줄게."

"권속이라서 의사소통은 되나 보지만, 전혀 말을 하지 못하는군. 지금 그게 첫 발성일 거다."

듣고 보니 그랬다. 박쥐가 말을 할 리 없으니까.

다만, 블랑과 백작이 하는 말은 항상 듣고 있고, 권속에게는 주군의 의지가 전해지기 때문에 의사소통은 가능했다. 이족보행과 마찬가지로 아마 근육과 신경이 최적화되지 않았을 뿐이리라.

다행히 재활이라면 익숙했다.

아프거나 잘못되지는 않은 모양이니까 걸음마도 말문도 금방 뗄 것이다.

◆◆◆

블랑은 그로부터 얼마 동안 권속들에게 걷기 훈련과 발성 연습을 시키며 지냈다. 가끔은 스파르토이들을 데리고 지하호나 그 앞으로 나가서 경험치를 벌었다.

백작의 제안으로 경험치를 써서 모르몬들에게 『몸놀림』과 『민첩』을 가르쳤더니 움직임이 극적으로 좋아졌다.

하지만 모르몬들을 리저드맨과 싸우게 해도 경험치는 전혀 얻을 수 없었다. 생각해 보면 모르몬에게는 박쥐 세 마리의 경험치가 축적됐다. 원래 박쥐 한 마리가 블랑과 맞먹는 경험치를 가졌다. 즉,

모르몬 한 명이 블랑 세 명만큼 강하다는 뜻이었다.

"나보다 훨씬 강한데, 설마 하극상 시스템은 없겠지…… 없는 거 맞지?"

"『사역』으로 속박된 자에게는 불가능하다. 역모는 꿈도 꾸지 못할 테지."

"휴우. 그렇담 다행이네요."

"그보다 전에도 말했지만, 모르몬은 둔갑이 특기인 종족이다. 시험해 보거라."

상태창을 살펴보니까 『변신』이라는 스킬을 배우고 있었다. 스킬 트리도 꽤 개방된 상태였다.

"너희, 『변신』이라는 스킬로 뭐로 변할 수 있어? 잠깐 시험해 봐."

그러자 세 명은 동시에 고개를 끄덕이고 검은 연기 혹은 안개에 휩싸였다. 몇 초 후, 안개가 걷히자 그곳에 세 명의 블랑이 서 있었다.

"우와! 이거 나야?! 너무 신기해!"

다시 스킬을 확인해 보자 『변신』 트리 중에 『개체 변화』라는 스킬이 있었다. 이 스킬은 피를 빤 적 있는 대상의 모습을 모방할 수 있다고 한다.

다음으로 세 사람이 『변신』한 것은 박쥐였다. 한 명이 박쥐 세 마리로 변했다.

"이거 어디서 본 적이…… 앗, 전생 전 박쥐들이다! 벌써 그리워……. 아, 이 상태에서 한 마리가 죽으면 어떻게 돼?"

"아마 원래대로 돌아왔을 때 생명력 3분의 1을 잃지 않겠느냐. 한 번에 여러 생물로 변신할 경우, 한 마리라도 살아 있으면 본래 모습을 찾을 수 있다. 『변신』을 풀고 쉬면 회복할 테지."

"선배님, 모르는 게 없으시네요!"

"흐하하! 내가 몇 년이나 흡혈귀로 지냈는지 아느냐! 백작위는 아무나 얻는 게 아니다!"

"아, 깜빡했었는데 이름을 지어줘야지. 그리고 스파르토이들도."

블랑은 그다지 이름을 잘 짓는 편이 아니었다. 그건 본인의 이름만 봐도 알 수 있었다.

"그럼 모르몬부터. 음, 너는 아잘레아. 너는 카마인. 너는 마젠타야. 스파르토이인 너는 버밀리온, 너는 크림슨, 너는 스칼렛이야."

전부 적색 계통 이름으로 통일해 봤다. 블랑은 자기치고는 센스가 좋다고 생각했다. 게다가 자기 이름도 색에서 따왔으니까 이건 이거대로 통일감이 있었다.

"이제 제법 전력이 늘었군. 슬슬 나라……까지는 어렵더라도 도시 하나쯤은 함락해 보는 게 어떠냐?"

그러고 보니 그게 본래 목적이었다.

그런 상황에 대규모 이벤트 공지가 발표됐다. 제2회라고 적혀 있지만, 1회에 참가하지 않은 블랑에게는 대규모 이벤트가 뭔지 그다지 와닿지 않았다.

"좋아~! 이번에야말로 참가한다~!"

경험치 벌이와 권속 증강을 반복하는 사이, 어느샌가 스파르토이 약 서른 마리가 블랑의 산하에 들어왔다.

참고로 모르몬은 그 세 명에서 더 늘어나지 않았지만, 대신 백작이 블랑처럼 어디선가 박쥐를『사역』해 왔다.

지금 백작 곁에는 언제나 아름다운 미모의 집사가 대기하고 있었다. 백작의 박쥐에서 전생한 모르몬이었다.

이 집사가 굉장히 유능해서, 블랑보다 훨씬 뛰어난 아이일 아잘레아 자매가 무능해 보일 정도였다.

아잘레아 자매도 블랑을 시중들려고 여러모로 노력했지만, 대부분은 집사가 먼저 처리해 버려서 뒷북치는 결과로 끝났다.

심지어 집사는 원래 백작의 권속이었다. 블랑을 시중드는 것은 이미 백작에게 할 일을 전부 마쳤다는 뜻. 그리고 일을 마친 뒤에 꼭 이렇게 말했다.

"세 분이나 계시건만."

그때마다 아잘레아 자매는 이를 갈 기세로 속상해했고, 멋대로 블랑의 침대에 엎드려 누워 베개를 적셨다.

"선배! 도시를 칠 거니까 적당한 곳을 알려 주세요!"

그러자 백작은 조각 같은 턱에 손가락을 올리고 웬일로 고민하는 모습을 보였다.

"왜요? 안 돼요?"

"안 될 것은 없다만……. 네놈도 알아차렸—는지는 모르겠지만, 이 성은 아주 높은 곳, 고지에 있다. 침공하려면 하계로 가야 할 터인데 너의 스파르토이들을 하계로 끌고 갈 방법이 마땅치 않군."

"외람되오나, 제가 한 말씀 올려도 되겠습니까?"

백작 옆에 대기하는 집사가 고개를 숙이며 말했다.

"뭐지? 말해 봐라."

"감사합니다. 블랑 님의 힘이 있다면 지하 수맥의 출구를 마법으로 뚫어 버릴 수도 있으리라 짐작하는데, 어떠하신지요?"

그야 블랑의 능력치라면 암벽 하나를 뚫는 것은 일도 아니다. 하지만 너무 큰 충격을 줘서 동굴이 무너지기라도 하면 귀찮아진다.

"나쁘지는 않군……. 허나 위험도 따른다. 그 제안을 따른다면 권속인 스파르토이의 손톱으로 동굴을 파는 편이 나을 테지."

그렇다. 스파르토이는 제법 상위 언데드였다.

블랑은 스파르토이들에게 명령해 지하수맥이 흐르는 동굴 끝, 물이 밖으로 나가는 출구를 손으로 파서 넓히기로 마음먹었다.

"거기서 황야로 나가면 도시가 있어요?"

"강을 따라 조금 더 가면 보일 거다. 이 황야에는 마물의 영역이라고 불리는, 인간들이 두려워하는 영역은 없다. 그래서 그 도시에는 성벽도 없지. 공격하기 쉽고, 방어하기 어려운 거점이라고 할 수 있다."

"와! 그거 좋네요! 근처에 마물의 영역이 없다는 건 마물과 싸우는 게 업인 플레, 크흠, 용병도 적을 테고요. 튜토리얼로 안성맞춤이겠어요!"

"튜…… 뭐라고? 네놈은 이따금 이해할 수 없는 말을 쓰는군……. 어쨌든 좋다. 그곳이라면 스파르토이 몇 마리만으로도 제압되겠지."

"토끼를 잡을 때도 최선을 다해야죠! 그래도 그만큼 전력 차이가 나면 제가 죽을 염려는 없겠네요!"

"외람되오나, 그런 말씀은 삼가시는 편이……."

집사에게 주의받았다. 게임 NPC도 설레발치면 부정 탄다는 개념을 아는 것일까? 딱히 그럴 의도로 꺼낸 말은 아니지만.

◆◆◆

이벤트가 시작되기 전에 지하수맥 출구 확장 공사는 무사히 끝났다.

"좋아~! 다 같이 외출할까!"

"기다려라. 만약을 위해서 외투를 입고 가도록 해라. 해가 뜨면 귀찮아진다. 네놈은 아직 데이 워커에 도달하지 못했지? 매일 낮마다 지붕 아래에서 쉴 수 있다는 보장은 없다. 특히 네놈은 계획성이 없으니까 황야 한복판에서 빼도 박도 못하는 꼴이 머릿속에 저절로 그려져."

블랑은 백작의 신뢰도에 고마워서 눈물이 날 지경이었다.

하지만 외투까지 받았으니까 이제는 만반의 준비가 끝났다.

"그럼 다녀올게요! 이벤트는 일주— 열흘간이니까, 첫 도시를 함락한 뒤에는 가도를 따라가면서 열흘 안에 최대한 많은 인간 도시를 박살 낼게요!"

"그래. 햇빛에는 조심해라."

"무슨 차 조심하라는 것도 아니고."

이날 밤, 블랑은 해가 저물자마자 의기양양하게 출진했다. 인간 도시를 향하여.

"그러고 보니 인류종과 만나는 건 처음 아니야? 첫 미지와의 조우

블랑
드 하빌랜드 백작

가 살의에 찬 커뮤니케이션이라니, 나도 제법 마물다워졌어!"

옆에 있는 모르몬들은 씁쓸하게 웃었다. 백작과 집사가 없으면 무능 랭킹은 블랑이 압도적 1위고 모르몬들은 최하위이기 때문에 이럴 때는 자못 차분해 보였다.

스파르토이들이 개통한 출구로 나와 강을 따라서 진군했다.

스파르토이는 지치지 않아서 쉴 필요도 없었다. 어디 그뿐인가. 식사도 필요 없거니와 배설도 하지 않는다. 방한구도 필요 없다. 장비도 최소한, 즉, 전원 알몸이었다. 그래서 진군 속도는 굉장히 빨랐다.

그 덕분에 얼마 가지 않아서 멀리 도시가 보였다.

도시는 조용했고 불빛은 거의 보이지 않았다. 연료를 낭비하지 않기 위해서 어두워지면 일찍 잠드는 습관이 생활 양식으로 자리 잡았을 것이다.

하지만 아무 생각 없이 태평하게 다가간 탓일까, 망루로 보이는 목조 탑 끝부분에서 약한 불빛이 분주하게 움직이기 시작했다. 곧 종소리가 울려 퍼지고, 도시 안의 불빛도 블랑이 있는 방향으로 모여들었다.

들켰나 보다.

"뭐, 빨간 해골 군단이 다가오면 모를 수가 없지……."

"우리는 몰라도 스파르토이들은 강 속에 숨어 오는 편이 낫지 않았을까요? 원본이 리저드맨이니까 불가능하지는 않을 텐데요……."

"아."

하지만 이제 와서 말한들 무엇하리. 발언한 카마인도 지금 생각난 눈치니까 블랑만의 책임은 아니었다. 그 유능 집사였다면 도시에 접근하기 전에 「외람되오나」라며 충고했을 것이 틀림없다.

"그 집사는 지금 상관없잖아요!"

"아무 말도 안 했잖아, 아직!"

권속과는 말을 나누지 않고도 다소 의사소통이 가능했다.

"들켰다면 어쩔 수 없지. 얘들아! 해치워 버리렴[#2]!"

이것도 블랑이 해 보고 싶었던 말 중 하나였다. 평범하게 생활하면서 이런 대사를 당당히 말할 상황은 거의 없다. 대단히 상쾌한 기분이었다.

블랑의 호령에 맞춰 스파르토이들이 도시로 달려갔다.

블랑과 모르몬들은 전투를 스파르토이에게 떠넘기고 관전 모드에 들어갔다.

"오오. 경험치가 제법 벌려. 척 봐도 약한 인간들뿐인데 왜지? 리저드맨보다 많이 주지 않아? 보너스 스테이지?"

블랑의 그 생각은 크게 틀리지 않았다.

공지에도 나와 있지만, 이 이벤트 기간에는 경험치 보너스가 들어오기 때문이었다.

이번 이벤트의 공방전은 마물종 플레이어에게 보너스 이벤트라고 해도 과언이 아니었다. 물론 그만한 실력이 뒷받침될 때의 이야기지만.

저번 배틀 로열에 마물종 플레이어는 거의 참가하지 않았다.

서비스를 시작하고 얼마 되지 않은 시기에 열린 탓이었다.

마물종 플레이어에게 초반은 굉장히 넘기 힘든 벽이었다.

#2 해치워 버리렴 만화 「얏타맨」의 악역 도론죠를 대표하는 대사.

주위에 적밖에 없는 상황이 일상다반사고, 도시의 여관과 달리 안전 구역에 간판이 서 있지도 않았다. 운 좋게 안전 구역을 찾아서 그곳을 거점으로 경험치를 벌어도 소재를 팔아서 장비를 사는 강화가 불가능하다.

그러한 불리함을 배려해서 초기 경험치 보너스가 주어지지만, 그것을 감안해도 초반에 효율적으로 성장한 인류종 플레이어에게 이기기는 어렵다.

갑작스레 이벤트 내용이 변경된 탓에 미흡한 부분도 있었겠지만, 마물종을 고른 플레이어들은 적잖게 불만을 느꼈다.

그런 불만을 해소할 목적인지는 모르겠지만, 이번에는 모든 플레이어가 참가할 수 있는 이벤트가 기획되었으니, 그것이 이 공방전이었다.

마물 플레이어라면 NPC인 평범한 몬스터에 섞여 도시에 침입하여 적당한 주민 NPC를 죽이기만 해도 제법 큰 경험치가 들어온다. 그야말로 꿀이 흐르는 사냥터다.

초반에 경험치를 조금 번 플레이어라면 도시 경비병 수준의 병사는 어렵지 않게 잡을 수 있다. 게다가 이들을 해치우면 장비도 손에 들어오기 때문에 적극적으로 노리는 플레이어도 많았다.

하지만 섣불리 성벽이 있는 도시를 습격하면 무장해서 몰려다니는 방어측 플레이어가 나올 가능성이 있었다. 그들은 대개 도시 경비병보다 훨씬 강했다.

어느 도시라면 그런 위험 요소가 적을까? 어떻게 해야 최대한 효율적으로 사냥할까? 그런 판단력이 중요했다.

하지만 블랑이 습격한 도시는 그런 걱정을 할 필요가 없었다.
성벽이 없어서 공성전을 안 해도 된다.
플레이어도 거의 없어서 크게 반격당할 일도 없다.
그런 가운데, 최대 위협인 경비병은 보다시피 스파르토이의 맹공 앞에서 풍전등화였다.
더군다나 이곳에는 라이벌인 다른 마물도 없었다.
정말로 블랑의 말마따나, 이곳은 보너스 스테이지였다.

"주인님, 경비병은 대강 정리된 것 같아요."
"그럼 다음은 집을 하나하나 수색해서 숨어 있는 주민 여러분을 죽이자! 『사령술』로 스켈레톤을 늘리고 싶으니까 어디 넓은 곳이 있으면 거기로 시체를 모으라고 전해줘."
옆에 대기하던 스파르토이 지휘관, 버밀리온이 이빨을 딸깍딸깍 울려 근처에 있던 부하를 불렀다. 다가온 스파르토이는 블랑의 의지를 전해 받고 전령으로서 도시로 달려갔다.
"무전처럼 떨어져 있어도 지시를 내릴 수 있는 스킬이 있으면 편할 텐데……."
"무슨 꿈같은 이야기를……. 그런 게 있으면 전령도 편지도 전서구도 다 사라질 거예요."
"그럴 거 같더라~. 그 정도 문명 수준인가……. 이 도시에서 스켈레톤을 늘리면 전속 전령이나 만들까."
블랑이 모르몬들과 잡담을 나누는 사이, 스파르토이 전령이 임무를 완수했는지 조금 전까지 산발적으로 들리던 비명이 다시 퍼지기 시작했다.

민가에 들이닥쳐 학살을 시작했으리라.

블랑의 명령대로 모든 주민을 시체로 만들어 도시 중앙 부근에 있는 광장에 모으는 듯했다.

스파르토이들이 일반 주민 소탕에 들어갔다면 이미 큰 위험은 없을 것이다.

블랑은 수행원인 모르몬들과 버밀리온 부대를 이끌고 도시 안으로 발을 들였다.

"그러고 보니 광장은 어디에 있어?"

"모르는데 가고 계셨어요?!"

"그럼 마젠타는 알아?"

"……아잘레아? 대답해 드려."

"……카마인. 너한테 맡길게."

"어흠. 스칼렛, 앞장서."

"얘네 도움이 안 되네."

스칼렛을 선두에 세우고 걷다 보니 차츰 광장이 보였다.

광장에는 일을 마친 스파르토이들이 모여 있고, 그 중심에는 주민의 시체가 산처럼 쌓여 있었다.

"우와. 진풍경이네. 여기 쌓인 주민은 전부 죽은 지 한 시간도 안 지났지? 아니면 곧 한 시간을 넘기려나? 서둘러야겠네. 우선 『안개』."

스킬 『안개』는 흡혈귀 종족 스킬 『흡혈 마법』 중 하나였다.

그 후 개방된 『죽음의 안개』로 강화되어 안개 범위 안에서 『사령』

계열 스킬을 발동하면 성공률과 효과에 보너스가 붙었다.

이어서 블랑은 스킬『사령』을 발동했다.

이것도 백작에게 들은 이야기인데, 한 시간 안에 죽은 자는 육체에 혼이 남아 있다고 한다. 그 상태에서『사령』을 발동하면 혼이 육체에 갇혀 새로운 언데드 마물이 탄생한다.

본래대로라면 혼이 남은 시체는 그 혼이 저항하기 때문에『사령』으로 언데드가 될 확률이 높지 않다. 하지만 블랑은『사령』트리의『혼박』과『죽음의 안개』로 성공률을 높였다. 이 도시에 있던 NPC 정도라면 확실하게 언데드로 변할 것이다.

"좋아, 전부 성공했나? 그래도 실수했네. 대충대충 넘겼더니 전부 좀비가 돼버렸잖아. 스켈레톤이 좋았는데, 이거 어떡하지? 좀비는 걸음이 느려서 별론데."

"이 도시에 그대로 두면 되지 않을까요? 굳이 지금 데리고 갈 필요는 없잖아요."

"그것도 그러네. 그럼 이대로 도시에 두자. 낮에는 집에 들어가라고 말해 두면 쓸데없이 죽지도 않겠지. 얘들아, 우리는 이제 가지만, 인간이 도시에 들어오면 죽여야 한다?"

블랑은 부하를 데리고 도시를 나와 가도를 따라갔다.

도중에 먼 가도 위로 사람이 보였다. 하지만 그는 블랑 군단을 보자마자 어딘가로 사라졌고, 더는 모습을 드러내지 않았다.

이윽고 동쪽 하늘이 밝아오며 밤의 끝을 고했다.

"이크, 날이 밝겠다. 외투 입어야지."

“……설마 백작님이 우려하신 대로 될 줄이야. 이걸 어떻게 말씀드려야 할지…….”

“나도 아니까 조용히 해!”

그러면서 걷는 사이 곧 도시가 눈에 들어왔다.

“으아, 타이밍이 안 좋아. 이 시간에 전투라……. 어떻게 할까.”

“기다려 주세요. 저 도시는…… 이미 전투태세에 들어간 것처럼 보여요. 우리를 경계하는 게 아닐지요.”

“정말?!”

“어쩌면 아까 본 사람이 이 도시로 오지 않았을까요?”

“아…….”

이런 황야에 사람이 있다면 들렀거나 들릴 도시가 있다는 뜻이다.

하지만 사람을 본 곳에서 가장 가까운 도시가 저곳이라면 이렇게 되리라고 충분히 예상할 수 있었다. 정말로 눈치가 좋으면 그 시점에서 경고해 줬으면 좋으련만.

역시.

“그 집사는 상관없잖아요!”

“아직 생각도 안 했어!”

“그보다도 어떻게 하시겠습니까?”

카마인은 집사에게 과민 반응하는 경향이 있지만, 아잘레아는 반응하면서도 비교적 냉정할 때가 많았다. 마젠타는 어떻게 생각하는지 모르겠지만, 적어도 블랑의 방에서 토라져 잘 때는 다른 두 명과 함께 있었다.

“음, 이제 아침이란 말이지. 아까만큼 잘 싸울 자신이 없어…….”

"그 도시를 섬멸하고 얻은 경험치로 주인님을 강화하는 건 어떠신가요? 햇빛에 대한 내성이나 대책만 생긴다면 저 정도 도시는 위협이 되지 못할 테죠."

"아하. 좋은데, 마젠타? 그 아이디어 채택!"

"그럼 『흡혈 마법』 스킬을 더 강화하는 편이 어떠신가요? 『안개』는 상당히 유용했어요."

"아…… 범위가 넓고 안에 들어가면 언데드 보너스도 있었지. 그렇구나, 우리는 언데드밖에 없으니까 그거 괜찮겠다."

트리를 이리저리 확인하자 지금 배울 수 있는 스킬로 『마의 안개』와 『무산화(霧散化)』라는 것이 있었다.

『마의 안개』는 『안개』에 자신이 사용하는 공격 마법의 위력 상승 효과를 추가하는 스킬이다. 『죽음의 안개』 공격 마법 버전이라고 볼 수 있겠다.

『무산화』는 하루에 한 번만 자기 몸을 안개로 바꿀 수 있는 스킬이다. 사용한 순간부터 쿨타임이 돌기 시작하고 게임 시간으로 24시간이 지날 때까지 재사용은 불가능하다. 발동 중에는 육체가 완전히 안개 상태로 변해 물리 대미지를 받지 않게 된다.

하지만 이 상태에서는 불, 번개 계열의 대미지를 크게 받으며, 바람 스킬의 이동 방해에 저항할 수 없다는 단점도 있다.

효과는 해제할 때까지 유효하지만, 안개 상태에서는 공격 판정이 있는 스킬을 사용할 수 없고 물리 공격도 불가능해서 전황에 따른 유연한 사고가 요구된다.

"물리 공격용 긴급 회피 수단이라고 생각하면 엄청 뛰어난 성능인가? 그 공격이 번개 슬래시 같은 공격이면 즉사겠지만."

우선 이 두 스킬은 배우기로 했다.

"음, 다음 스킬이 안 나오네……."

"다른 유용한 스킬이 있을지도 모르고, 다른 스킬을 배우면 개방되는 스킬이 있을지도 몰라요."

"그렇구……나…… 아, 『어둠 마법』이란 게 늘었어!"

블랑은 요즘 경험치 벌이와 권속 강화에만 몰두하느라 스킬 습득창을 거의 들여다보지 않았다. 그래서 언제 해금된 스킬인지는 알 수 없었다.

"뭐가 전제 조건이었을까? 뭐, 아무렴 어때. 여기에는 아마 『빛 내성』도 있을 것 같아."

『어둠 마법』 스킬을 네 가지 정도 배운 블랑은 염원하던 『빛 내성』을 손에 넣었다.

"왠지 보조용 효과가 많네? 『어둠의 장막』, 주위가 어두워진다? 이건 어디에 쓰는 스킬이지……."

"낮에 쓰면 햇빛을 어느 정도 차단할 수 있겠네요."

"아, 그렇구나. 그리고 『안개』와 함께 쓰면 언제든지 유리한 환경을 만들 수 있으려나?"

이만하면 햇빛 아래에서 싸울 준비는 마쳤다고 봐도 될 것이다.

이미 멀리 지평선으로 햇살이 비치고, 상쾌한 바람이 주변을 감싸고 있었다.

하지만 『빛 내성』을 얻은 블랑에게는 타격이 없었다. 살짝 몸에 힘이 들어가지 않는 느낌이지만, 현시점에서는 달리 완화할 방법이 보이지 않았다.

스파르토이들을 보자 그들은 『빛 내성』이 없는데도 햇빛에 대미지를 받는 것 같지 않았다. 격이 높아서 약점을 견딜 수 있는 거라면, 블랑도 자신을 더 강화하다 보면 햇빛에 완전한 내성이 생길지도 모른다.

"백작님이 말한 데이 뭔가에 가까워졌나?"

"데이 워커예요. 낮에도 활보할 수 있는 흡혈귀를 뜻해요."

아무튼 이제 햇빛 아래에서도 행동한다는 선택지가 생겼다.

하지만 동료가 전부 밤보다 능력이 떨어진다는 점에는 변함이 없었다.

"뭐, 일단은 생각해 보자. 방금은 스파르토이들만으로 함락했지만, 해가 뜨고 경계까지 하는 마당에 똑같이 풀릴 리는 없겠지."

그렇다고 저들이 밤이 될 때까지 기다려주지도 않을 것이다.

"좋아, 조금 더 접근해서 방금 배운 『어둠의 장막』이나 『마의 안개』를 발동하고 마법을 마구 갈기자! 그리고 전선이 무너지면 스파르토이들이 돌격하는 거야!"

"접근할 때 주인님께서 다치지 않게 주의해야겠지만, 현재 상황에서는 좋은 작전이라고 생각합니다."

"눈에 보이는 범위에서는 원거리로 공격할 기미도 없고요."

"마법이 날아온다면 저희가 상쇄할 수 있으니 부디 마음 놓으시길. 화살을 가진 병사는 보이지 않네요."

블랑 군단이 다가가도 도시 방어 부대는 눈에 띄는 움직임을 보이지 않았다.

도시에서는 거의 붉은 스켈레톤 집단으로만 보일 테니까, 서로 접근하지 않으면 싸울 수 없다고 판단했을지도 모른다.

그런데 웬걸. 이들은 스켈레톤만으로 구성된 집단이 아니다.

"여기면 닿겠다. 『안개』, 『어둠의 장막』."

소리도 없이 블랑에게서 안개와 어둠이 퍼져 나갔다. 어둠이라고 해 봤자 희미한 어둠에 불과하지만, 아직 해가 완전히 뜨지 않았고 안개까지 퍼진 탓에 『어둠의 장막』 안에선 가시거리가 극도로 제한됐다.

"이거 굉장하지 않아? 밤에 쓰면 하나도 안 보이—겠지만, 밤을 어둡게 해 봤자 무슨 의미가 있겠어……."

"스스로 답을 찾으셨네요."

하지만 적어도 현재는 유용한 스킬이었다.

갑자기 안개가 끼자 수비대 사이로 어렴풋이 당혹감이 퍼졌다.

"그래도 이미 늦었어. 『헬 플레임』."

블랑이 마법을 발동하자 마치 안개가 불타는 것처럼 불이 퍼져 도시 근처에 펼쳐진 밭을 핥았다.

"대단해! 이 안개, 꼭 가연성 가스 같아! 그리고 저 밭? 덕분에 불길도 쉽게 번지고."

"저건 아마 보리겠네요. 이 일대의 기후와 생육 상황을 보면 틀림없을 거예요."

"저 농지가 이 도시의 생명선이었나 봐요."

보리밭이 불타자 도시 수비대가 우왕좌왕했다. 지휘관으로 보이는 남성이 뭐라고 고함치지만, 그 남성에게 따지고 드는 병사도 보였다.

"좋았어~! 돌격이다~!"

블랑의 호령을 받고 스파르토이들은 일제히 도시로 달려갔다.

"여기라면 도시 끝부분에는 마법이 닿겠어요. 엄호할게요."

아잘레아는 그렇게 말하며 마법을 발동했다. 가슴 앞에 얼음덩어리가 모여 순식간에 얼음 화살이 만들어졌다. 『아이스 불릿』이었다.

얼음 화살은 스파르토이들 사이를 일직선으로 빠져나가 수비대 전선에 있던 병사의 발치에 꽂혔다.

"……안 닿네요."

"……일부러 한 거예요. 착탄점을 측정하려고."

카마인과 마젠타는 그것을 보고 도시 쪽으로 몇 걸음 더 걸어갔고, 똑같이 『아이스 불릿』을 쐈다.

이번에는 병사에게 직격해 병사 둘이 쓰러졌다.

눈앞에서 사망자가 나오자 수비대의 혼란은 극에 달한 듯했다. 도시 안으로 도망가려는 자도 있었다.

이 일대는 마물의 영역도 멀고 주위에 야생 동물이나 비슷한 수준의 소형 마물밖에 없었다. 도시 경비병도 목숨을 걸어야 하는 사태는 지금까지 겪지 못했을 것이다.

도시 안으로 도망쳐도 죽는 순서가 바뀔 뿐이고 제삿날이 바뀌지는 않는다. 모르몬들은 그들을 무시하고 최전열에 선, 전의를 잃지 않은 병사들을 순서대로 마법으로 저격했다.

그러는 사이에 스파르토이들이 수비대와 충돌할 거리까지 도달했다. 난전을 예상하고 마법 저격은 거기서 중단했다.

수비대에 돌격한 스파르토이는 무자비하게 병사들을 시체로 만들어 갔다.

"예상보다 인간들이 너무 약한걸요. 우리도 밤보다는 약해졌을 테지만, 일반적인 인간보다는 훨씬 강해요."

카마인의 말을 듣고 블랑은 생각에 빠졌다.

"으음, 다음부터는 그냥 스파르토이를 돌격시키고 안 되겠다 싶으면 『안개』로 엄호할까? 그래도 안 되면 다 같이 마법을 쏘거나."

"그런 방식으로 싸우고 싶으시다면, 우선 스파르토이를 돌격시키고 결과가 좋든 나쁘든 충돌의 여파가 회복되기 전에 마법을 퍼부어 와해시키는 방안이 좋을 듯합니다."

"주인님이 말씀하신 전법은 단순한 축차 투입이지만, 아잘레아 말대로 전략적 의미를 이해하고 적절한 순간에 공격한다면 그건 파상 공세가 되죠."

"그렇구나……. 그런데 너희 정말로 내 아이 맞아? 머리가 너무 좋지 않아? 수치상 INT는 내가 더 높을 텐데."

블랑이 부루퉁하게 받아치자 모르몬들은 기쁜 듯이 코를 실룩거렸다.

무엇이 그리도 심금을 울렸는지 모르겠지만, 기분이 좋은가 보다.

"아무튼 잘 풀릴 것 같아서 다행이야. 여기도 제압하면 아까 그 도시처럼— 만들면 좀비는 태어나자마자 죽겠구나. 밤까지 기다렸다가 『사령』으로 좀비를 만들고, 집 안에 넣어 두자. 혼이 빠진 약한 언데드가 될지도 모르지만."

"자! 이제 다음 도시로 갈까!"

해도 떨어져 주민들을 좀비로 바꾼 블랑 일행은 바로 다음 도시를 향해 이동했다.

"그건 좋지만, 이 도시에서 북서쪽과 남서쪽으로 가도가 나뉘어요. 어느 쪽으로 가실래요?"

"어…… 방금 도시에서 도망친 사람 없었나? 본 사람 없어?"

만약 있다면 그자가 도망친 곳에도 도시나 마을이 있을 것이다.

"잠시 기다려 주세요."

카마인이 스파르토이들에게 물으러 갔다.

"몇 명이 말을 타고 북서쪽으로 도망갔다고 해요."

"북서라……."

도시가 몬스터에게 습격당하는 상황에서 향한 곳이라면 목적이 피난이든 구원 요청이든, 이 도시보다 군사력이 우수하기 때문이리라.

"극단적으로 이 도시보다 강한 게 아니라면 아마 괜찮겠지만……."

"너무 큰 도시라면 질보다 단순한 물량에 압살당할 수도 있어요. 우리는 기껏해야 30여 명밖에 없으니까요."

아잘레아 말이 옳다. 여기서는 잘 생각해야 한다.

"어디까지나 추측일 뿐이지만, 단순히 가장 가까운 도시가 북서쪽에 있을 가능성도 있지 않나요?"

마젠타의 의견도 일리가 있었다. 한시라도 빨리 구원을 요청할 목적이라면 무엇보다 거리가 중요할 것이다.

"음……. 나는 이렇게 머리 굴리는 거 자신 없는데……. 어느 쪽이 좋은지 판단이 안 서……."

"하나 확실한 것은 북서쪽 도시에는 이미 우리의 정보가 전해졌다는 사실이에요."

"게다가 해가 저물 때까지 이 도시에서 기다려도 증원이 오지 않았어요. 북서쪽 도시는 이 도시를 돕지 않고 우리를 받아칠 준비에 들어갔다고 보는 편이 타당하겠죠."

정보가 알려졌느냐 아니냐. 이 차이는 굉장히 크다.

"……좋아, 남서쪽으로 가자. 멀지도 모르니까 조금 서둘러서. 그런데 뜀걸음으로 행군이 가능해? 지치지 않는다고 했지?"

"행군이라는 말이 맞을까요? 상식적으로 피로를 무시하고 뜀걸음으로 이동하는 군대는 없을 텐데요……."

"상식적으로 따지자면 스켈레톤 군대도 아마 없을걸?"

"그럼 괜찮을까……."

해 보기로 했다.

수십 분 후, 블랑은 네임드 스파르토이인 스칼렛, 버밀리온, 크림슨이 운동회 기마전처럼 받쳐주는 곳에 탄 채 축 늘어져 있었다.

"……언데드는 지칠 줄 모른다며……."

"지치지 않는 건 스켈레톤처럼 살아 있는 근육이 없는 종족뿐이에요. 언데드에도 여러 종류가 있으니까요. 예를 들면 마법 생물이라는 대분류 중에서도 골렘 계열은 피로를 느끼지 않지만, 호문쿨루스는 피로는 느껴요."

"마법? 생물?"

"마법적인 능력으로 태어난 생물을 뜻해요."

"마젠타는 모르는 게 없구나……."

"왜 없겠어요. 저도 책으로 본 것만 알아요."

다른 둘은 대화에 끼지 않았다. 박쥐가 되어 다른 스파르토이의 머리에 매달려 있기 때문이었다. 마젠타도 말을 할 때만 인간형으로 변신했다.

뒤를 돌아보니 스파르토이 서른 마리가 줄지어 뒤따르고 있었다.

"……이런 걸 줄줄이 소시지라고 하나. 마라톤 대회를 막 시작했을 때 풍경 같아. 해 본 적은 없지만."

"그런데 주인님, 이렇게 흙먼지를 내면서 다가가면 아무리 밤이라도 들킬 거예요."

"가까워지면 걸어서…… 아니, 빠른 걸음으로 갈까? 근데 너희 있잖아, 변신해서 먼저 정찰하고 올 순 없어? 그렇게 해 주면 조금 더 안전하게 갈 수 있을 텐데."

"……그거 좋은, 크흠, 이제야 눈치채셨군요? 그럼 제가 다녀올게요."

"다 들렸어! 바보야?!"

그 말을 들은 체 만 체 마젠타는 늑대로 변신해서 달려갔다.

"……유능한 건지 무능한 건지 모르겠어."

그로부터 두 시간쯤 달렸을까.

늑대로 변신한 마젠타가 돌아왔다.

"주인님, 이 앞에……."

"응. 도시라도 있어?"

"아뇨. 도시—였던 것의 잔해라고 해야 할까요. 철저하게 파괴된 건물과 흙으로 뒤덮여 있었어요."

"뭐야, 폐허? 그래서 도망친 사람들이 이쪽으로 오지 않은 건가?"

"……폐허처럼도 보이지 않아요. 흙이 묻은 건물 잔해는 아직 풍화되지 않았고, 흙에도 잡초가 자라지 않았어요. 방금 누가 파괴한 것처럼."

"오호!"

그렇다면 그 도시는 마물에게 습격당했다고 보는 것이 자연스러웠다.

다른 세력이 선수를 쳐서 아쉬운 마음도 있지만, 공식 이벤트가 시작된 지 겨우 이틀째 밤에 NPC 마물 세력이 도시 하나를 완전히 파괴했다고 보기는 어려웠다.

범인은 블랑과 같은 마물 플레이어일 것이다.

"어쩌면 친구가 될 수 있을지도 몰라! 어떻게 생각해?"

"……플레이어, 라는 건 주인님의 동향분들……이라고 생각하면 될까요?"

"응, 맞아. 그 도시를 파괴한 사람이 플레이어라면 아마 나와 비슷한 성향이 아닐까? 그럼 친구가 될 수 있을 것 같지 않아?"

"……만약 그렇다고 해도 도시 하나를 이틀도 걸리지 않고 공터로 만드는 존재예요. 범상치 않은 힘을 가졌을 테죠. 모쪼록 신중하게 생각하시길……."

"에이, 괜찮겠지, 뭘. 마물 쪽 플레이어라……. 기대되네."

그렇게 잠시 달려가자 곧 마젠타가 말한 잔해 더미 언덕이 보였다.

그 도시는 원래 야트막한 언덕에 있었는지, 마치 전체가 건물 잔해와 흙으로 쌓은 작은 산 같았다.

"와아……. 이건…… 무지막지하네……."

마냥 낙관적으로 생각하던 블랑도 그 광경을 목도하자 간담이 서늘해졌다.

이런 힘을 가진 존재가 있다니, 상상도 되지 않았다.

"……저번 도시에서 도망친 사람이 여기로 오지 않은 이유는 뭘까."

"이 상황을 알았을 가능성도 없지는 않지만, 단순히 거리의 문제라고 생각해요. 아마 그 도시의 북서쪽에는 멀지 않은 곳에 도시가 있었겠죠."

"아하……. 저렇게 쑥대밭이 됐으면 이미 사람은 없겠지만, 일단 신중하게—."

"주인님!"

급히 아잘레아가 팔을 잡아당겨 블랑이 기마 위에서 떨어졌다.

"아야……. 뭐 하는—."

땅에 엎어진 블랑의 눈앞에 가벼운 소리를 내며 화살이 꽂혔다. 아무래도 블랑을 노리고 누군가가 화살을 쐈고, 그것을 막아 주려고 한 모양이었다.

"으어어……. 고, 고마워, 아잘레아……."

"아직 일어나지 마세요……. 이곳을 노리는 집단이 있어요."

스파르토이들의 다리 사이로 올려다보자 멀리 경장갑을 입은 집단이 보였다. 도적일까?

"……아뇨. 그렇다기에는 실력이 예사롭지 않아요. 잊으셨을지도 모르지만, 지금은 밤입니다. 달빛에만 의지해 저기서 이곳을 노리는 건 보통 실력이 아니에요."

하지만 그 대단한 실력에 비하면 이상하게 복장이 꾀죄죄했다. 마치 저 잔해에서 파낸 갑옷이라도 입은 것 같았다. 그리고 잊으셨을지도 모르지만, 은 사람을 너무 무시하는 발언이 아닌가. 아무리 블랑이라도 지금이 밤인지 아닌지는 보면 안다.

경장갑 집단은 대열을 이루고 천천히 블랑에게 다가왔다.

"네놈들은 누구냐! 재앙의 수하인가!"

아마 그 집단의 두목일 것으로 보이는, 좋은 옷을 차려입은 남자가 소리쳤다. 좋은 옷이라고는 하나, 구겨지고 꾀죄죄한 것은 다른 이들과 마찬가지지만.

"……재앙이 뭐지?"

"……정황상 이 도시를 파괴한 자가 아닐까요?"

"그렇다면 말도 안 되는 누명이네요……."

"으음……."

하지만 애초에 블랑이 이곳으로 온 이유도 도시를 찾아 멸망시키기 위함이었다. 불똥이 튀었다고 불평할 처지도 아니었다.

"……도시는 물 건너갔어도, 사냥감을 남겨줬다고 생각하면……."

"누가 사냥감이 될지 모르겠는데요……."

"엥? 그렇게 위험해?"

"방금 활 실력과 동등한 근접 전투 기술이 있다면, 스파르토이 서른 마리로는 조금 버겁지 않을지……."

행색이 초라해서 지금까지 만난 수비대와 별반 다르지 않으리라고 생각했는데, 아무래도 적은 복장에 비해 레벨이 높은 모양이었다.

“그렇지만 도망치려고 하면 화살의 표적이 될 테니까 퇴각도 어렵겠어요…….”

“싸울 수밖에 없다면 빨리 시작하는 편이 나으려나…….”

전투를 피할 수 없다면 선수를 치면 게 유리하다.

“그럼 해볼까. 『안개』.”

어둠 속에서 소리도 없이 블랑의 마수가 퍼져 나갔다. 이내 상대 집단이 웅성거렸다. 안개 자체는 감지할 수 없어도 안개에 휩싸이기 전에 눈치챌 만큼 감은 좋았다. 확실히 작은 도시의 경비병과는 수준이 다르다.

“네 이놈! 어디서 사특한 수작을! 전원, 각별히 주의하라! 공격을 허가한다!”

“스파르토이들! 받아쳐! 안개에서 나가지 않게 조심해!”

그러면서 블랑은 마법을 준비했다. 닿을락 말락 한 거리지만, 저쪽에서 다가와 주므로 곧 사정권 안으로 들어왔다.

“『헬 플레임』!”

““““『헬 플레임』.””””

블랑의 마법 발동을 신호탄으로 아잘레아 자매도 동시에 마법을 쐈다.

『헬 플레임』 네 발의 파괴력이 휘몰아치며 적 집단에게 대미지를 흩뿌렸다. 하지만 쓰러진 자는 많지 않았다. 대부분은 움츠러들었을 뿐, 금방 자세를 고치고 다시 달려왔다.

“뭐야! 이게 안 통해?! 저거 위험한 녀석들이잖아!”

“제가 말씀드렸잖아요!”

그리고 금방 스파르토이들이 적과 접촉해 근접 전투가 시작됐다.

적은 마법으로 꽤 피해를 받았는지 공격이 명중하면 쉽게 자세가 무너졌고 그대로 해치울 수 있었다. 마법이 전혀 효과가 없진 않았나 보다.

하지만 그 마무리 공격이 좀처럼 맞지 않았다.

"……무기의 길이 차이네요. 이럴 줄 알았으면 도시 경비병들의 무기를 챙길 걸 그랬어요."

적은 검으로 무장했지만, 스파르토이들의 주된 무기는 주먹이나 손톱이었다. 압도적으로 리치가 부족했다.

하지만 이런 적이 있을 줄 누가 알았겠는가. 스파르토이의 손톱보다 무딘 조악한 칼은 짐이 될 뿐이라고 생각해서 전부 버리고 왔다.

"그런데 도시가 저 지경이 됐는데도 이런 병력이 있다면, 여기는 내가 와도 될 지역이 아니라는 뜻인가…… 난이도 측면에서."

이미 스파르토이는 얼마 남지 않았다. 크림슨처럼 특별히 강력한 개체를 제외하면 손에 꼽을 숫자였다. 적도 많이 줄었지만, 곧 머릿수가 역전된다. 수적 우세를 믿고 전선을 유지했는데 수가 역전되면 전황은 더 빠른 속도로 악화될 것이다. 어쩌면 이미 쌍방의 수가 얼마 남지 않아서 그대로 결판이 날지도 모른다.

"아 참! 『공포』!"

『정신 마법』이 있었다고 떠올리고 이판사판으로 발동해 봤다. 하지만 적에게 변화는 없었다. 저항한 것 같았다.

"……우리는 몰라도 저들은 저만큼 인원을 잃으면 전멸이나 다름없을 텐데 아무런 망설임도 없이 공격해 오네요. 이상하리만큼 사기가 높아요. 죽음을 두려워하지 않는 걸까요?"

"……왜 우리는 몰라도, 야?"

"주인님의 권속인 스파르토이들은 여기서 죽어도 전에 휴식한 도시에서 부활하니까요."

"아, 그랬지. 그럼 저쪽도 그런 거 아냐?"

"그건— 그러네요. 저 우두머리는 인류의 지배 계급이란 말이군요."

그렇게 말하는 사이, 스파르토이는 강력한 세 마리밖에 남지 않았다.

그때, 그들이 견제하지 못한 적 하나가 옆으로 빠져나와 블랑에게로 돌격했다.

"아차!『선더볼트』!"

퍼뜩 블랑이 쏜 마법이 명중해 한순간 멈췄으나, 그는 개의치 않고 다시 달렸다. 다만, 대미지는 상당히 축적된 것 같았다. 한 번만 더 맞히면 끝나리라.

"『아이스 불릿』!"

"『플레어 애로』!"

카마인의 마법은 빗나갔다. 하지만 적은 마법을 피하느라 잔해에 발이 걸려 고꾸라졌다. 그때를 놓치지 않고 어느샌가 늑대로 변신한 마젠타가 달려가서 그 목을 찢었다.

"나이스! 그래도 위험했어. 이 이상은—."

"주인님!"

아잘레아의 목소리를 듣고 앞을 돌아보자, 적의 두목이 화살을 쏘고 있었다.

'아저씨, 활도 쏴?! 그보다 화살이 남아 있었어?!'

화살이 발사되는 순간이 슬로모션처럼 보였다.

'아, 이거 끝났네—.'

맞을 궤도다.

블랑은 무심결에 눈을 감고 그리운 시스템 메시지가 나오기를 기다렸다.

하지만 귀에 울린 것은 무감정한 메시지가 아닌, 굉음이었다.

"어……?"

제6장 힐루스 왕국 멸망

"—그렇게 된 거예요!"

블랑은 자신의 모험담을 그런 식으로 마무리했다.

상당히 엉뚱한 체험이었다. 솔직히 재미있게 들었다.

그리고 동시에 안심하기도 했다. 이런 특수한 경위로 『사역』을 얻었다면 다른 플레이어들에게 비슷한 일이 일어나리라고 생각하기는 어렵다.

"그래, 흡혈귀……. 흡혈귀는 권속을 자기 피로 전생시키나."

소비량은 꽤 크다고 말했지만, 가만히 있어도 회복하는 LP나 MP가 자원이라면 효율이 좋은 편이었다. 자기 권속에게만 사용할 수 있고 언데드나 그와 유사한 종족에게만 통한다는 약점, 이라기보다는 제한 사항이 있지만.

레아의 『사역』과는 꽤 차이가 있으나, 정말로 흡혈귀다운 능력이었다.

"그래서 레아 씨는 무슨 종족이에요? 척 보기에도 처음부터 고를 수 있는 종족은 아닌데."

이 대답은 신중하게 해야 한다.

블랑이 입이 무거운 플레이어인지는 모르겠지만, 적어도 숨기는 편이 현명한 정보를 레아에게 술술 불어 버리는 경솔한 플레이어라는 것은 확실했다.

솔직하게 말하면 위험 부담이 크다.

하지만 만약 앞으로 우호적인 관계를 맺을 경우, 물론 어디까지나 예시에 불과하지만, 정말로 만약에 친구 등록을 하게 될 경우, 여기서 거짓말은 하는 것은 좋은 수가 아니다.

언젠가 밝혀질 것이 확실하고, 적어도 블랑은 솔직하게 말했을 것이다. 레아가 거기에 부응하지 않으면 호감도에 악영향을 미친다. 그건 바람직하지 않다.

"—나는."

네 사람은 기대에 찬 눈으로 레아를 봤다. 얼굴은 다르지만, 표정은 판박이였다.

어쩌면 권속은 아무리 INT와 MND를 올려도 본질적으로 주군을 닮는지도 모른다.

"나는, 마왕이야. 지금 종족은 말이지. 처음에는 엘프로 시작했는데—."

그리고 결국 레아도 거의 한 시간 동안 자신의 일대기를 들려줬다.

"이건 그거네요! 그 개미들이 지금 레아 씨 부하라면 제 원수를 갚아 주신 셈이네요!"

이 대륙에 다른 개미가 있는 동굴이 있는지 모르겠지만, 상황으로 미루어 아마 블랑을 공격한 개미는 스가루의 부하일 것이다.

"그런 의도는 아니었지만, 결과적으로 그렇게 됐나? 지금은 그 애들도 내 권속이니까 용서해 줘."

"그야 물론이죠! 그런데 레아 씨는 쭉 혼자서 플레이하셨어요?"

퍼덕.

원래 자신에게 없던 기관인 날개는 아무래도 제어하기 힘들었다. 하지만 이번에는 그 외의 부분은 미동도 하지 않았을 것이다. 레아도 성장했다.

"……그래. 뭐, 그다지 일반적이지 않은 플레이 스타일이기도 하고, 아니, 그래도 이야기는 제법 나눠, 다른 플레이어랑."

말을 나눈 상대는 결과적으로 다 죽였지만.

"그렇구나! 저도 그다지 일반적인 플레이는 아니라고 생각했거든요. 마음이 맞네요! 안 맞나요?"

이건 좋은 흐름이 아닐까.

"그러게. 블랑…… 씨와는 친하게 지낼 수 있겠어."

"이름만 부르셔도 돼요! 취, 친구 등록 하디 않으실래여!"

"여기."

레아는 말이 떨어지기 무섭게 친구 카드를 내밀었다.

상대가 플레이어가 아니었을 뿐, 레아의 친구 등록 횟수는 타의 추종을 불허했다. 일련의 동작은 이제 무의식중에도 할 수 있을 만큼 숙련됐다.

"감사합니다! ……근데 이거 뭐예요?"

"……아, 친구 등록 방법을 모르는구나. 이걸 인벤토리에 넣으면 친구로 등록돼. 서로 교환하면 서로 친구가 되는 거야."

참고로 일방적 친구 등록과 상호 친구 등록은 딱히 기능상 차이는 없다.

"아하, 그렇군요. 그럼 제 것도…… 이거 어디에 있어요?"

인벤토리에서 꺼내는 법을 가르쳐주고 레아와 블랑은 무사히 상호 친구가 되었다.

"첫 친구예요!"

"나도…… 플레이어 친구는 처음이야. 그리고 존댓말은 안 써도 돼. 이름도 그냥 불러."

"그럼 잘 지내자, 레아!"

퍼덕.

친구 등록까지 무사히 끝마치고, 서로의 처지도 이해했다. 이제는 현재 상황에 관해 상담하기로 했다.

"지금 나는 마왕이라는 종족인데 인류가 나를 처치하려고 해. 나를 『재앙』이라고 생각하나 봐. 아차, 재앙이 뭐냐면—."

레아는 재앙에 관해서 해설했다. 아직 SNS에서 자세하게 조사하지 않았기 때문에 추측이 섞였지만, 대략적인 내용은 틀리지 않았다.

"—그러니까 SNS에서 효율적으로 인류 쪽 행동을 파악하려면 나는 이벤트 보스 NPC를 연기해야 해."

"플레이어라고 들키면 인류 쪽 플레이어가 SNS에서 공개적으로 작전 회의를 안 하겠구나! 오호라……. 그나저나 재앙이 레아였어?"

"그래서 말인데, 만약 괜찮다면, 블랑……도 NPC 보스로 롤플레잉을 해주면 어떨까 싶어서."

"오오! 그거 좋네! 여간부! 마왕의 오른팔 미인 흡혈귀! 미쳤다! 뽕이 있어!"

"뽕……? 뭐, 마음에 든다면 다행이야. 그럼 만약 다른 플레이어와 만날 기회가 있으면 그렇게 부탁해도 될까?"

"오케이~! 캬, 이거 뭔가 멋있는 대사라도 생각해 둬야겠네."

"사실 플레이어들과 대화할 기회가 생겨도 말수는 적은 편이 낫지만. 아무래도 나는 우쭐해지면 쓸데없는 말을 하는 경향이 있어서."

현재 상황을 고려하면 최고의 협력자를 얻었다고 할 수 있겠다. 다음에 플레이어 집단과 전투가 발생하면 꼭 불러서 함께 싸워 보고 싶다.

"그래서 결국 블랑……은 어떡할래? 저번 도시의 북서쪽으로 가 볼 거야?"

"이 도시 앞은 왕도랬지? 거기를 레아가 정리했다면 나는 다른 쪽으로 갈까? 이 나라를 정리하려면 나눠는 편이 빠르지 않아?"

조금, 아주 조금 쓸쓸한 기분이 안 드는 것도 아니지만, 확실히 그게 더 효율적이었다. 전투력이 살짝 부족해 보이지만, 그것만은 레아가 어떻게 해줄 수 없었다.

"그럼 이걸 줄게."

인벤토리에서 전에 보수로 받은 지도를 꺼내 블랑에게 건넸다.

"어? 지도? 이 게임에 지도가 있었어? 백작님 도서관에도 없었는데!"

"정확히 말하면 지도는 있었는데 너무 낡아서 도움이 안 됐을 뿐이죠."

모르몬 중 한 명이 보충했다. 레아는 그녀들을 구분할 수 없어서 이름을 모르겠다.

"아는 사람한테 얻었어. 비슷한 지도가 더 있으니까 그건 블

랑……한테 줄게. 그게 있으면 침략할 곳을 정할 때 조금은 도움이 되겠지?"

"……괜찮으신가요? 목숨을 구해주신 것으로도 모자라 이런 귀한 물건까지……."

"괜찮아, 블랑……은 친, 협력자니까. 아, 그리고."

요로이자카 씨의 허리에 찬 켄자키 이치로를 칼집과 함께 벗겨 블랑에게 건넸다.

"이 검도 가지고 가. 이렇게 보여도 마물이야. 장비하고 휘두를 수 없어도 알아서 적을 공격해 줘. 다음 도시를 함락하거든 채팅으로 연락해 주면 고맙겠어."

"그야 물론이지! 그럼 갈게!"

레아도 블랑도 자세를 바로 했다. 계속 이야기를 나눠도 괜찮지만, 그건 굳이 지금이 아니어도 가능하다.

"그래, 열심히 해. 건투를 빌게."

"레아도! 또 봐~!"

모르몬들은 박쥐로 변신하고 블랑은 붉은 스켈레톤— 스파르토이 세 마리에 올라타서 떠났다.

레아는 그 뭐라고 표현하기 힘든 해괴한 행렬이 더 보이지 않을 때까지 바라봤다.

◆◆◆

【경축】재앙 퇴치 성공!!!!【이벤트 보스 격파】

001: 강하고 안 벗겨짐

이벤트 보스 격파 기념 스레드입니다. 참가자는 기쁨을, 불참자는 질투를 표현해주세요.

002: 아마틴

스레드 작성 감사.

003: 익명의 엘프 씨

수고! 그래도 어떻게 해치운 줄 알았어? 스레드 없으면 내가 만들려고 했는데 설마 죽은 사람이 먼저 세울 줄은 몰랐어.

004: 강하고 안 벗겨짐

모를 수가 없지. 스킬 화면 보는데 갑자기 경험치가 파바박 들어오잖아.

005: 아마틴

경험치 장난 아니더라. 리더한테 고마워해야지.

006: 몽키 다이브 사스케

〉〉005 그리고 길도.

그 녀석이 그 스레드 안 봤으면 아마 안 모였어.

007: 강하고 안 벗겨짐

익명의 엘프 씨는 살아남았어? 후열이었잖아.

보스 보상 같은 드롭 아이템은 있었어?

008: 익명의 엘프 씨

살았어.

아이템은 드롭했지만, 온 도시에 같은 아이템이 뿌려져 있었어. 제법 고랭크 아이템이라고 생각하는데, 엄청 많았으니까 별로 비싼 템은 아닐지도?

009: 아마틴

뭐, 아이템은 그저 그랬지.

경험치 손실이 없는 이벤트니까 아마 경험치가 메인 보상인 보스였겠지.

010: 오린키

그러게.

환금해도 크게 돈이 되지 않을 테니까 나는 리더가 다 가져도 별로 불만 없어.

011: 몽키 다이브 사스케

아니, 그러면 웨인이 부담스러워하잖아.

이런 건 명목상이라도 나누는 게 맞아.

012: 컨트리팝
사스케는 오늘 처음 만났는데, 그거더라.

013: 아마틴
그거지.

014: 몽키 다이브 사스케
그게 뭔데.

015: 그 손이 따뜻해
사스케 씨는 생긴 거랑 다르게 배려심이 좋네요.

016: 컨트리팝
아이고.

017: 몽키 다이브 사스케
뭔 배려야.
그런 거 아냐.

018: 아라후부키
미안한데, 이 스레드 제목 진짜임 낚시임?
이벤트 보스가 뭔 소리야?

019: 아마틴
>>018 얼마 전에 이벤트 보스 확정, 힐루스 왕국 왕도로 집합인가 뭔가 하는 스레드 있었잖아. 그거 뒤풀이 같은 거야.

020: 아라후부키
잉? 뭐? 이벤트 보스? 진짜? 잡음? 벌써?

021: 안맑은된장국
또또또 상위권이 독식하네.

022: 강하고 안 벗겨짐
이번에는 장소도 타이밍도 너무 악랄했지.
운영진한테 가서 따져 봐.
⋮
⋮
052: 길가메시
말이 안 되는데, 저거.

053: 웨인
다들 미안.

054: 멘타이리스트
재앙이 파워 업해서 돌아옴.

055: 익명의 엘프 씨
>>054 어? 무슨 소리야?

056: 멘타이리스트
말 그대로 재앙이 파워 업해서 돌아옴.
웨인이 방금 이벤트 전투는 사실 퇴치 이벤트가 아니라 각성 이벤트 아니냐고 하더라. 우리가 보스 각성제였던 거임.

057: 길가메시
아마 맞을 거야. 확정된 사실만 말해도
· 정체불명의 원거리 물리 공격 추가
· 뭔지 모를 범위 버프 같은 능력 추가
· 무언(발동어 생략)으로 마법 쏨
· 마법 명중률 업(거의 회피 불가)
· 날개가 세 배로 늘어남
· 눈이 빛남

058: 웨인
>>057 뒤쪽은 무슨 장난감 광고 같지만, 대충 맞아.
2단 변신이 아니라 3단 변신이었나 봐.
말없이 마법을 쏘는 게 너무 악랄해. 예비 동작 없이 즉사 공격이 날아오는 급이야.
대책도 못 세워.

059: 멘타이리스트
마지막에는 그 기사들에게 썼던 쪼끄만 블랙홀 같은 마법이었을 거야.
실력 차이가 너무 나서 마지막에는 저항할 의욕마저 잃었어.

060: 강하고 안 벗겨짐
그런 마법이 있어?!
돌겠네…….

061: 아마틴
이벤트는 아직 일주일 가까이 남았으니까…….
이틀째에 보스를 잡고 종료되지는 않을 거라고 생각했지만
새로운 보스를 광고하는 이벤트였나.

062: 몽키 다이브 사스케
너무하네. 아이템도 제법 썼는데 이건 아니지.

063: 멘타이리스트
혼박석은 확실히 아깝지만, 경험치를 생각하면 남는 장사였다고 생각해.

064: 몽키 다이브 사스케
내 오징어 먹물탄은 어쩌고?

065: 강하고 안 벗겨짐
그게 더 싸잖아ㅋ

066: 웨인
그리고 미안. 보스가 드롭한 금속을 회수하기 전에 죽었어.
왕도도 이제 끝장이야.
두 번째 죽었을 때 왕성 리스폰이 막혀 있었어.

067: 멘타이리스트
왕도는…… 포기하는 수밖에.
그래도 도망치면서 왕도 안에 떨어진 금속을 몇 개 주워 뒀어.

068: 길가메시
정말로?! 잘 챙겼어!
……그보다 너 어디 있어, 멘타이?

069: 멘타이리스트
웰스야. 키아로라는 도시. 원래 거점으로 쓰던 곳.
웨인은?

070: 웨인
……여기가 어디지.
모르는 곳이야…….

설마…….

071: 컨트리팝
리더 혹시 랜덤 리스폰?
(한나절 만에 세 번째)

072: 익명의 엘프 씨
와…….
이 정도면 저주받은 거 아니야?

◆◆◆

게임 내 설정 정리 스레드 Part5

053: 모리에티 교수
정리하면 재앙은 전 세계에 여섯 개체 있다.
진조 흡혈귀, 대악마, 대천사, 벌레의 왕, 어인의 왕, 황금용.
이러면 됐나?

054: 하우스트
거기에 추가로 언데드 천사. 이번 이벤트에 나온 보스.
이미 잡혔지만, 기록은 남겨 둬야지.

055: 쿠라아쿠

아냐. 그 언데드 천사 말인데, 파워 업해서 부활했다고 해.

그래서 힐루스 왕도에 남아 있던 플레이어 세 명을 죽이고 왕도를 점령했다고 들었어.

056: 하우스트

뭐?

힐루스 멸망했어?

057: 쿠라아쿠

그런 셈이지.

058: 모리에티 교수

그럼 NPC들이 어떻게 부르는지 알 수 없지만, 잠정적으로 이 스레드에서 쓸 명칭을 정해 두지.

059: 성리건

한결같네, 당신ㅋ

060: 유스티스

언데드 천사라면 사(死)천사 어때?

061: 모리에티 교수
대천사와 겹치는군.

062: 성리건
하늘을 난다고 하니까 그 특징을 살려서 천공왕.

063: 모리에티 교수
천공성과 겹치고 언데드라는 특징을 못 살리는군.

064: 하우스트
내려오는 죽음
같은 건 어때.

065: 유스티스
시 짓냐.

066: 모리에티 교수
나쁘지는 않지만, 그건 좀 부르기 부끄러워서…….

067: 성리건
콘셉트 무너졌다.

068: 마쿠라렌

미안한데 질문 좀. 재앙은 위에 나온 여섯 개체가 전부야?

069: 하우스트

일곱 개체지만, 지금까지는 여섯 개체였지.

어느 나라에서든 그렇게 말해.

070: 마쿠라렌

내가 지금 있는 산골 마을에는 산꼭대기에 드래곤이 산다는 전설이 있어.

안 보인 지 오래됐지만, 옛날에는 피해가 꽤 막심했대.

071: 모리에티 교수

북극의 드래곤과는 다른 건가?

드래곤이 더 있었나.

072: 쿠라아쿠

무슨 마을이야?

073: 마쿠라렌

페아레의 루트라는 마을이야.

074: 성리건

거기가 어딘데.

075: 하우스트

그보다 제7 재앙의 호칭은? 내 의견대로 할까?

076: 모리에티 교수

그래. 그거로 하지.

임시 명칭은 「제7 재앙」이다.

◆◆◆

라콜린느에서 블랑과 헤어진 레아는 스가루에게 이곳으로 보병과 공병 개미를 공수하라고 명령했다. 이번에는 지하도 샅샅이 수색해서 놓친 게 없는지 확인하기 위해서였다. 그리해야 겨우 라콜린느 멸망이 완료된다.

그 후 『술자 소환』을 이용해 왕도로 돌아가서 마침내 SNS를 조사했다.

"……파악된 재앙은 나를 빼고 여섯 개체인가."

주로 나라마다 전해지는 전승에서 얻은 정보라서 얼마나 믿어도 될지 모르겠지만, 딱히 몇 개체나 있든 상관은 없었다.

레아가 확인하고 싶은 것은 어디까지나 플레이어와 NPC 사이의 공통 인식이지 진실이 아니기 때문이었다. 플레이어와 플레이어에게 지식을 주는 NPC가 새로 태어난 마왕이 일곱 번째라고 인식한다면 레아가 그렇게 행동해도 아무런 의심을 사지 않을 것이다.

"하지만 역시 NPC가 파악한 재앙의 수는 정확하지 않을 수도 있겠어."

진실이 뭐든 힐루스 왕국 수뇌부가 정령왕을 자신들과 가까운 존재라고 생각하는 점으로 미루어 정령왕은 인류에게 위협이 되는 세력으로 판정되지 않을 가능성이 있었다.

그렇다면 정령왕이 태어날 경우 「특정 재해 생물」이라는 안내는 나올까?

"그 판정— 설정을 정한 사람은 아마 개발자일 테니까 NPC가 어떻게 생각하든 상관없겠지……. 어떻게든 그 신탁이란 게 들리는 스킬을 얻을 수 없을까."

신탁이라고 불릴 정도니까 스킬 보유자를 찾는다면 종교 관계자일까. 아무 관심이 없어서 신전이든 교회든 안중에도 두지 않았었다. 아마 지금은 왕도 어딘가에서 언데드로 되살아났겠지만, 신탁 계열 스킬은 이미 잃었으리라. 언데드로 변하면 생전의 스킬은 전혀 계승되지 않는다.

"실수했네……. 앞으로 만약 종교 관계자 같은 사람이 보이면 죽이지 말고 지배해 봐야겠어."

이 나라의 다른 도시에 아직 신탁을 받는 NPC가 남아 있을지는 미지수였다. 힐루스 국내에서 NPC에게 재앙에 관한 이야기를 들었다는 플레이어도 적었다.

다른 나라에서는 가두 설교에서도 언급될 정도라고 하는데, 자국에 발생한 재앙이라서 힐루스가 정보를 규제했는지도 모른다.

"타국과 실시간으로 정보를 교환할 수 없는 세계니까. ……하지만 앞으로도 그러리라는 보장은 없어. 만약 플레이어가 기사가 되거나 나라 중추에 들어가는 경우가 있으면 그 나라의 정보 수집 능력은 차원이 달라질 거야."

그런 롤플레이를 한다면 본인은 SNS에 정보를 공유하지 않을 것이다. 레아처럼 그저 정보를 받아먹을 뿐.

"앞으로는 그 가능성도 고려해야지. 그런 특이한 플레이어가 정령왕 아티팩트를 사용하면 또 질 수도 있어."

어쩌면 SNS를 이용해 정보를 조작할 가능성까지 있다.

"이 정보는 치, 친구와 공유해 둬야겠어. 바로 친구 채팅을……. 아냐, 만약 전투 중이면 민폐 아닐까. 국외로 나간 뒤에 해도 되겠지……. 그래도 빨리 말하는 편이 나을지도 모르는데……."

결국 이날은 친구 채팅을 보내지 못했다.

◆◆◆

왕도를 폐허형 영역으로 만들고 싶다는 당초 목적은 달성했다. 앞으로의 행동 방침을 자세하게 정하려면 새로운 계획을 세워야 한다.

"우선 큰 목표부터. 이건 물론 대륙 제패로 해야겠지? 지크를 권속으로 삼았을 때 나는, 남은 5개국을 멸망시키겠다는 약속을 지키려면 필연적으로 그렇게 돼. 인류 쪽 플레이어 모두와 적대하겠지만, 이건 블랑, 같은 애가 더 있을 테니까 협력하면 대항하지 못할 것도 없어."

하지만 레아 본인이 재앙이라고 불리는 레이드 보스라는 사실을 비롯해 공공연히 드러내고 싶지 않은 정보는 많이 있었다. 이해가 일치한다고 안이하게 협력자를 늘리면 위험하다.

"대륙 제패를 위한 중간 목표로 일단 힐루스 왕국의 전토를 장악하자. 이 장악의 정의는 곰곰이 생각해 봐야겠어……. 모든 도시와 마을을 침략하기에는 수가 너무 많아. 평범한 전쟁이라면 수도를 함락했으니까 수뇌부에게 항복 선언을 받아내고 우리에게 유리한 종전 협정을 강요……하겠지만, 교섭의 여지가 없었지."

정령왕의 유산이란 것이 국가보다 중요하다는 뜻이리라. 다른 재앙에게 대항하기 위한 필수 불가결한 요소를 적에게 빼앗기면 어차피 미래가 없기 때문일까.

하지만 지금 생각해도 알 수 없는 일이었다.

중요한 것은 앞으로 남은 국내 도시를 어떻게 하느냐다.

"우선 함락한 도시 중앙에 세계수 단말을 심고 개미와 트렌트를 풀어서 녹음 가득한 폐허로 만들 수 없을지 시험해 보자. 개미와 트렌트의 낙원 도시가 실현 가능하다면 도시를 하나씩 돌면서 인류를 개미로, 건물을 트렌트로 바꿔 나가는 거야. 그러다 보면 자연스럽게 제압도 완료되겠지."

그러려면 우선 해결해야 할 문제가 하나 있었다.

스가루의 전생이었다.

스가루를 전생시켜야 한다고 생각하는 데는 물론 이유가 있었다.

퀸 베스파이드가 낳을 수 있는 권속의 수가 최대치에 달했기 때문이었다.

지금까지 개미가 몇 마리나 되는지 정확히 파악하지는 못했으나, 리베 대삼림과 옆 초원의 지하에서 활동하기에는 불편함이 없었다.

하지만 앞으로 세를 계속 넓혀 나가려면 그 수가 턱없이 부족해진다.

트렌트도 일정 범위에서 증식하는 수, 생존 밀도가 제한되니까 이것도 비슷한 이유로 여겨진다.

그렇다면 필요한 것은 새로운 여왕개미다.

스가루가 낳는 알은 낳은 시점에서 어떤 개미가 나올지 정해져 있다.

그럼 다음 여왕이 태어나려면 알이 태어난 순간부터 그렇게 정해져 있다고 보는 것이 타당하다.

즉, 현재 스킬 트리에 다음 세대 여왕의 알을 낳는 스킬이 없다면, 어떤 브레이크스루가 일어나지 않는 한 여왕급 개미는 낳을 수 없다.

예를 들어 세계수의 『포기 나누기』로는 세계수 자체를 늘릴 수 없었다. 같은 이유로 스가루가 동격인 퀸을 낳지 못하게 제한됐을 가능성은 충분히 있다.

고로, 스가루를 상위 단계로 전생시킬 그 브레이크스루를 노려볼 생각이었다.

"이벤트 습득 경험치 증가 덕분에 방금 써 버린 양은 왕도 주민으로 보충된 것 같아. 지금은 사망 페널티로 손실이 발생하지 않으니까 어제 낮에 플레이어를 죽인 분량도 가산됐어. 운이 좋아, 운이 좋은 거야, 하하하."

괜찮다. 레아는 침착하다.

“이거라면 스가루를 전생시켜도 부족하지 않겠지. 위험에 대비한 저금은…… 내일부터 모으자.”

하지만 이렇게 쓰면 쓸수록, 쓴 양에 비례해서 남겨야 할 양도 늘어난다.

“……내가 죽으면 전부 끝이지만, 반대로 죽지 않으면 아무 문제도 없어.”

애초에 죽을 위험성을 줄이기 위해서라도 더 투자해야 한다.

스가루를 목표로 자신을『소환』해 여왕방으로 돌아갔다.

여왕방에서는 새끼 늑대들이 저들끼리 놀고 있었다.

그러고 보니 디아스에게 맡겨놨는데 디아스가 왕도로 와 버려서 걱정했었다. 그동안 스가루가 돌봐 주고 있었나 보다.

잊기 전에 디아스를『소환』하자 디아스는 새끼 늑대들을 졸졸 끌며 벽 쪽 정위치로 이동했다.

“어제는 갑자기 죽어서 미안해. 그리고 숲을 복구하느라 수고했어.”

〈황송합니다. ……디아스 공은 더욱 근사해지셨군요.〉

“하하하. 이래 봬도 젊을 적에는—.”

역시 살짝 귀찮은 성격이 되어 버렸다.

언데드에서 인간에 가까워지면서 인간미가 생겼거나 본래 성격이 되살아났나 보다. 이 정도라면 허용 범위지만.

“스가루도 금방 멋있어질 거야, 아마.”

레아는 바로 인벤토리에서 현자의 돌 그레이트를 꺼냈다.

현자의 돌은 모두 왕도에 두고 왔지만, 그레이트는 모두 자신이 관리했다. 일반 전생과 한 단계를 건너뛰는 전생은 얻을 수 있는 정보량이 현격히 다르기 때문이었다.

"자, 전생할 시간이야. 이리 와, 스가루."

현자의 돌 그레이트를 스가루에게 건넸다.

스가루의 손에서 달걀 모양 병이 빛으로 변해 사라지고 스가루의 몸으로 녹아들었다.

《권속이 전생 조건을 만족했습니다.》

《「퀸 인섹트」로 전생하도록 허가하시겠습니까?》

《당신의 경험치 3,000포인트를 사용해서 「퀸 아스라파다」로 전생하도록 허가하시겠습니까?》

3천. 얼마 전 일이지만, 그리운 숫자이기도 했다.

마왕 혹은 정령왕으로 전생할 때 요구하던 수치다.

바꿔 말하면 지금부터 스가루는 레아와 동급의 존재로 거듭난다는 뜻이다.

불사자의 왕이 요구한 경험치가 1천으로 적은 편이었으니까, 같은 재앙급 마물이라도 잠재 능력에 차이가 있을 듯했다.

"3천을 지불하고 퀸 아스라파다로 전생을 허가할게. 그래도 생각해 보면 세계수는 5천이나 요구했었지. 소비량만으로 생각하면 세계수가 가장 상위 존재라는 뜻이……."

《전생을 시작합니다.》

"그나저나 아스라파다가 뭐야? 아스라, 파다로 나뉘나? 아수라? 파다…… 파더? 아스라, 파다…… 아, 절지동물?"

빛이 잦아들자 전보다 한층 작아진 스가루가 보였다.

"오오? 멋있어졌잖아!"

그 실루엣은 인간에 가까웠다.

스가루의 얼굴은 가면처럼 딱딱한 피부로 덮여 있었다. 표정은 지을 수 없을 듯했다. 절지동물의 여왕이라면 외골격일 테니까 갑각이라고 불러야 할까?

그 갑각은 입 부분에서 상하로 나뉘어 위턱과 아래턱에 서로 다른 가면을 쓴 것처럼 보였다.

머리에는 머리카락이 자란 것처럼 보이지만, 굉장히 폭신폭신한 질감이며 누에나방의 머리와 비슷한 느낌도 들었다. 더듬이도 달렸다.

눈은 동그란 복안이고 가면 같은 얼굴보다 조금 안쪽으로 들어가 있었다. 이것도 인간의 눈과 유사한 위치였다.

몸도 관절마다 나뉘었지만, 역시 단단해 보이는 외골격으로 덮여 있었다. 가장 이미지가 비슷한 건 구관 인형일까?

하지만 인간에 가까운 실루엣은 그게 전부였다.

우선 팔이 세 쌍이었다. 다리도 포함하면 사지가 여덟 개. 인간과는 거리가 멀었다.

그리고 다리와 몸의 연결 부분 뒤쪽, 인간으로 비유하면 둔부에 개미나 벌 같은 배가 달려 있었다. 언뜻 보면 두꺼운 고리가 자란 것처럼도 보였다.

인간의 배 부분도 구관 인형처럼 나뉘었는데, 이건 곤충의 배자루에 해당할까? 그럼 왜 그 아래로 다리가 자랐는지 모르겠다.

팔 세 쌍과 등에 자란 날개 두 쌍은 유시체절, 곤충의 가슴 부위에 자라 있으니까 거기까지는 곤충이고 그 아래는 다른 절지동물이

융합된 형태로 봐야 할까?

《재해 생물 「벌레의 여왕」이 탄생했습니다.》

《「벌레의 여왕」은 이미 기존 세력의 지배하에 있기 때문에 규정 메시지 발신이 취소됐습니다.》

“인간에 곤충에, 이것저것 다 섞여 있네……. 뭐, 멋있으니까 상관없지만.”

〈감사합니다. 아주…… 아주 거대한 힘이 느껴집니다. 이번에 보스가 바깥세상으로 나가신 이유를 잘 알겠습니다.〉

“응? 무슨 말이야?”

〈이런 힘을 가지면, 시험해 보고 싶다는 유혹을 견디기 어렵습니다.〉

“아…….”

레아는 딱히 그런 이유로 나선 것이 아니지만, 듣고 보니 그런 마음이 없었다고 부정하기도 어려웠다.

〈디아스 공은 그런 강력한 몸을 얻으셨건만, 침착하시군요.〉

“저에게는 우선해야 할 일이 있기 때문이지요.”

“그런데 스가루는 시스템상 호칭이 특정 재해 생물이 아니라 그냥 재해 생물이야. 언데드나 마왕과 달리 특정 세력에 한정된 재해가 아니기 때문……인가? 반대로 모든 세력에 위협적인 중립적 재해라고 해석할 수도 있나.”

그 생각이 옳을 경우, 안내 메시지가 발신됐다면 모든 세력의 특정 스킬을 가진 캐릭터에게 전해졌을 가능성이 있다. 그건 단순히 적이 늘어난다는 뜻이었다.

“이제 와서 생각해도 부질없는 일이야. 그보다 새로 해금된 스킬을 볼까."

스가루의 『골라 낳기』 트리에는 특별히 새로운 스킬이 보이지 않았다.

하지만 완전히 새로운 트리, 『번식: 벌레』를 개방할 수 있게 됐다.

이 트리의 첫 스킬은 『개미의 여왕』이었고, 이름으로 보아 아마 이게 퀸을 낳는 스킬 같았다. 당장 습득했다.

하지만 이 스킬은 평범한 개미알을 낳을 때와 달리 스킬을 사용할 때 경험치를 소비했다. 트렌트의 『포기 나누기』와 같은 시스템이었다.

하지만 비용을 고려해도 새로운 여왕을 낳는 이점은 컸다. 필요 경험치를 지불하고 사용해 봤다.

〈항상 낳던 알보다 크네요. 게다가 부화하려면 시간도 조금 필요할 듯합니다.〉

평범한 개미는 이보다 훨씬 작은 알에서 나왔다. 그리고 낳으면 금방 부화했다.

그에 비해 이 알은 부화할 때까지 며칠씩 걸리지는 않더라도 몇 초 만에 나오지도 않았다.

"천천히 기다리지, 뭐. 그보다도 이쪽 트리의 다른 스킬 말인데."

『개미의 여왕』과 평행한 위치에 『거미의 여왕』과 『갑충의 여왕』도 나란히 존재했다.

"거미 중에는 사회성이 있는 종이 있었던 것 같지만, 갑충에도 여왕이 있나? 보험용 경험치가 다시 쌓이면 생각하자."

그렇게 이것저것 확인하는 사이에 알의 피막이 찢어지며 안에서 익숙한 여왕개미가 나타났다.

퀸 베스파이드였다.

"이제 전선을 확장할 방법이 생겼어. 왕도 주변은 지크의 언데드 군단이, 토레와 루르드 주변은 세계수와 트렌트들이, 에어파렌은 이대로 스가루가 지배하면 되겠지. 그럼 이 리베 숲은 가까운 도시도 없어졌으니까 현재 우리 거점 중에서도 상당히 안정된 편이야. 그러니까 앞으로 이 숲을 관리직의 교습소로 이용하고 싶어."

차후 다른 도시로 불러들여 관리를 맡기더라도 태어나자마자 그럴 능력이 있을지는 알 수 없었다. 사전에 훈련한다면 비교적 안전한 이 숲이 최적이다.

〈좋은 생각입니다. 그럼 몇 마리를 더 낳아 한 번에 교육하겠습니다.〉

퀸은 『권속 강화』를 배워야 하고, 자체 능력치가 높으면 높을수록 세력 전체가 강해지므로 경험치 투자는 필수였다.

앞으로 여왕을 늘려 나가려면 더 많은 경험치가 필요했다.

"끝이 없네……."

레아 자신도 아직 강화할 여지가 남아 있었다. 전생한 디아스와 지크도 마찬가지다. 스가루도 해금된 스킬이 더 있으리라.

"그 전에 우선 라콜린느의 기반을 확실하게 다지자. 그 도시는 왕국의 주요 가도들이 모이는 곳이야. 접근성이 뛰어난 영역이 될 테지. 그곳을 임시로 새 초보자 던전으로 만들 거야."

〈그렇다면 라콜린느 관리는 제게 맡겨 주십시오. 익숙하니까요.〉

"그럴까……. 그리고 세계수에게 씨앗을 하나 받아서 세계수의 단말이 될 엘더도 키우자. 지금은 건물 잔해만 산처럼 쌓여서 너무 살

풍경하니까. 손님이 또 찾아오도록 아름다운 자연이 있는 영역으로 만들어야지 않겠어?"

진심으로 테마파크를 만든다면 그 외에도 신경 써야 할 부분이 있었다. 숙소였다.

근처에 플레이어의 리스폰 지점이 없으면 손님을 묶어 둘 수 없다.

"하지만 그런 단점을 감안하고도 공략하고 싶은 매력이 있다면 플레이어가 알아서 방법을 찾으려나? 앞으로 공략하는 곳 옆에 항상 도시가 있으리라는 보장은 없잖아."

정 안 되면 운영진에게「공략하고 싶은 곳 근처에 로그아웃할 안전 구역이 없으면 어떻게 하나요?」라고 넌지시 질문하면 된다. 질문 내용과 답변은 공개되겠지만, 질문자의 익명성은 지켜 줄 것이다. 레아가 해도 문제없다. FAQ에 뽑혀서 실용적인 답이 제시되면 그걸 본 플레이어가 알아서 할 것이다.

"스가루, 라콜린느로 갈까? 먼저 보낸 벌과 개미들은 도착했을까?"

〈아직 당도하지 못한 것 같습니다. 도착하면『소환』으로 이동하시겠습니까?〉

"……아니, 스가루의 비행 성능도 알아보고 싶어. 좋은 기회니까 둘이서 날아가자. 디아스, 새끼들을 돌봐 줘."

"폐하, 알고 계시겠지만."

"혼자서 안 싸울게. 스가루도 있잖아."

레아는 스가루를 대동해 라콜린느에 자연공원을 건설하러 날아갔다.

◆◆◆

케리 일행은 리베 대삼림의 남쪽, 하쿠마와 긴카의 다리로도 3일을 내려가야 나오는 코네트르라는 도시에서 플레이어인 척 방어전에 참가하기로 했다. 도우려면 인간 편에 서라는 보스의 지시도 있었다.

그때. 케리가 레아에게 말한 「보스가 되어 달라」라는 부탁.

그 한마디로 모든 것이 시작됐다. 케리 일행의 인생은 보스를 만나면서 크게 변했다.

그 보스를 해친 자가 있다. 도저히 용서할 수 없다.

하지만 아무리 속이 끓어도 지금 자신들이 할 수 있는 일은 없다. 보스가 시키는 대로 이 도시를 지켜볼 수밖에 없다고 결론 내렸다.

〈그러니까 우리는 도시 방어에 가세할게. 하쿠마, 너희는 어떻게 할래?〉

〈흠…… 공방전에 낄 수도 없는 노릇이고.〉

〈보스는 너희한테는 아무 말도 안 했는데……. 원래 보스가 『소환』으로 당장 이동할 수 있도록 화산으로 간다는 계획이었잖아. 너희는 먼저 가서 화산으로 가는 길이라도 알아보는 게 낫지 않아?〉

〈그렇군. 그렇게 할까. 그럼 이쪽은 맡겨 둬라.〉

〈잘 부탁해.〉

이 도시에 머물 때 케리 일행은 숙소에 방을 잡았지만, 거대한 늑대인 하쿠마와 긴카는 그럴 수 없었다.

그들은 가도에서 벗어난 곳에 터를 잡아 둘이서 쉬고 있었다. 주변에 위협적인 마물이 없기 때문인지, 그들의 리스폰 위치는 그 임시 보금자리가 된 모양이었다.

친구 채팅을 마친 케리는 메리, 라일리, 마리온에게로 몸을 돌렸다.

"하쿠마랑 긴카는 예정대로 화산으로 갈 거야. 우리는 지시대로 이 도시를 지키자."

"알았어. 오늘 아침에는 결국 못 보고 나왔는데, 이 도시를 공격하는 건 대체 뭐야?"

도시 상황을 보아 전황은 그다지 심각해 보이지 않았다.

적어도 아직까지는 성벽 안까지 적이 침입한 것 같지 않았다.

단순히 상대측에 성벽이나 성문을 파괴할 능력이 없을 뿐일지도 모르지만.

"뭘까? 용병 조합에 가면 알 수 있겠지만, 그다지 위험하다는 느낌은 안 들어."

"그래도 적어도 외부와 교류…… 특히 상업적인 물자 교류는 막혔을 거야."

레미 말이 맞았다.

레미는 특히 에어파렌에서 가게를 운영한 경험 덕분에 그런 부분을 잘 알아차렸다.

"적이 뭐든 플레이어 덕분에 전력은 충분해. 하지만 플레이어는 이 도시의 미래에는 그다지 관심이 없어. 그러니까 물류가 막혀도 적극적으로 적의 대장을 치려고 하지 않지. 오히려 우리가 숲을 나온…… 아마 그다음 날이었나? 그때부터 열흘간은 **이벤트**라는 기간이라서 경험치 획득량이 늘어. 그래서 플레이어는 그동안 적 대장을 살려 두고 싶을 거야.”

이 도시 사람이라면 속이 탈 것이다.

“우리가 플레이어인 척하려면 똑같이 행동해야 하지? 덤벼드는 잔챙이를 적당히 죽이면서 플레이어의 실력을 파악하자.”

“그렇긴 한데……. 라일리한테는 다른 일을 맡기고 싶은데 괜찮겠어?”

“괜찮아. 뭐야?”

“플레이어들이 잔챙이와 노는 사이에 잠깐 마물의 영역으로 들어가서 대장을 확인해 주지 않을래? 이벤트 뒤든, 아니면 우리 보스의 일정이 비었을 때든, 다음 일이 정해질 때까지 정보를 전부 얻어 둬서 나쁠 건 없잖아.”

“너희도 보관고 소유자인 용병이야? 지켜 주는 건 정말 고마운데……. 좀 더 근본적으로, 애초에 언데드가 밤에 습격하지 않도록 해 줄 수는 없어……? 왕도에는 비둘기를 보냈는데 답변이 너무 늦어서…….”

다음 날, 방어 상황을 물으러 용병 조합을 찾은 케리에게 조합 접수처에 힘없이 서 있는 중년 남성이 한숨을 섞어 말했다.

어젯밤 이야기를 나눈 대로 역시 플레이어들은 적극적으로 사태를 수습할 마음이 없는 듯했다.

그때, 로비에 있던 용병 같은 남성이 말을 걸었다.

“그건 우리도 어떻게 해 주고 싶지. 그런데 우리도 다 한마음 한뜻은 아니거든. 한두 명이 언데드 본거지로 가 봤자 무슨 소용이겠어…….”

용병 남성은 분하다는 투로 말했다. 말투로 보아 그도 보관고 소유자— 플레이어 같았다.

케리는 그 남자를 살펴봤다.

이 정도 용병이 떼로 덤벼도 존경하는 보스에게 상처를 줄 수 있을 것 같지 않았다.

"그건 그래. 그런데 당신, 이름은?"

"어…… 나는 그, 길가메시야."

수상하게 뜸을 들이는 자기소개였다.

가명일까. 하지만 플레이어가 플레이어인 척하는 케리에게 가명을 쓰는 이유가 짐작되지 않았다.

케리의 미심쩍은 시선을 느꼈는지, 남자는 허둥지둥 해명했다.

"아니, 무슨 말을 하고 싶은지 알아. 그건 다른 사람이야. 내가 먼저 캐릭터를 만들어서 이름을 선점했지만, 지금은 그쪽이 더 유명해졌지. 이제 어디 가서 이름 꺼내기가 무서워."

그는 케리의 시선이 무슨 의미인지 모르는 모양이었다. 케리도 그가 하는 말을 제대로 이해하지 못했으니까 피차일반이지만.

그러고 보니 전에 보스가 이름이 겹치면 안 된다는 이야기를 한 적이 있었다.

어쩌면 플레이어는 서로 같은 이름을 쓰면 안 되는 규칙이 있는지도 모르겠다.

여기서 케리가 이름을 밝히는 것은 간단하지만, 케리라는 이름을 쓰는 플레이어가 만약 존재하면 귀찮아진다.

"나는 케리라고 불러. 이 애들은 라일리, 레미, 마리온. 전부 애칭이지만 그게 더 익숙해."

그런 설정으로 밀고 가기로 했다.

"평소에도 네 명이 같이 플레이해?"

"그……렇지. 지금부터 얘, 라일리만 볼일이 있어서 돌아가지만."

숙소 방에서 잔다, 플레이어식으로 말하면 로그아웃한다고 말하고 몰래 내보내면 된다.

라일리는 은밀한 행동이나 주변 관찰에 용이한 스킬이 많아서 남의 눈을 피해 행동하는 것쯤은 식은 죽 먹기다. 적의 대장을 조사하도록 부탁한 이유도 이 때문이었다.

"그럼 세 명인가? 괜찮으면 오늘 밤 습격이 있을 때 같이 다니지 않을래? 이 도시 방어전은 처음이지?"

웨인도 그랬지만, 이 플레이어라는 자들은 왜 이렇게 친절하게 구는 것일까.

지금까지 케리 일행에게 다가온 자들은 다들 뺏거나 죽이는 게 목적이었다. 그래서 이들처럼 언뜻 선의로 보이는 태도로 접근하면 딴생각이 있는 게 아닌가 하는 불신감만 들었다.

하지만 딴생각을 품은 것은 케리 일행도 마찬가지였다.

"그럼 고맙지. 이것저것 알고 싶은 것도 있으니까."

길가메시와는 일단 거기서 헤어졌다.

언데드가 움직이는 밤까지는 아직 시간이 남았고, 도시 주민들을 봐 두고 싶었다.

게다가 적이 밤에 활동한다면 라일리는 낮에 잠입하는 편이 나을 것이다.

“그럼 다녀올게.”

그렇게 인사하고 사람들 사이로 사라지는 라일리를 배웅한 뒤, 세 사람은 다시 거리로 나갔다.

상점가를 돌아보았으나, 물자 부족이 심각하다는 인상은 받지 못했다.

이벤트가 열린 지 이제 3일째다. 본격적으로 영향이 나올 만큼 시간이 지나지는 않았다.

“포션은…… 시세가 조금 올랐나. 앞으로도 물자가 입고되지 않으면 소재를 모아서 한탕 할 수 있겠어.”

“오늘 밤에 상황을 봐야겠지만, 방어전이 여유로우면 레미에게는 생산을 맡기는 편이 효율적일지도 몰라. 노잣돈도 무한은 아니니까.”

시세가 올랐다는 것은 소재나 생산자가 부족하다는 증거일 것이다. 즉, 마물을 두려워해 밖으로 나가지 않거나 원래 도시에 생산자가 적었거나, 둘 중 하나다.

하지만 어느 쪽이든 레미라면 돈을 벌 수 있으리라.

그리고 저녁 어스름이 내려올 무렵.

길가메시와 합류한 케리 일행은 성벽 밖으로 나가서 전투를 준비했다.

케리 일행 말고도 여러 용병과 도시 경비병이 있었다. 겉으로 봐서는 알 수 없지만, 이들 일부는 플레이어일 것이다.

“해가 저무는군……. 해가 넘어가기 시작하는 시간대부터 적이 튀어나와. 슬슬 때가 됐어."

"미안한데, 튀어나온다는 게 구체적으로 무슨 뜻이야? 땅 아래에서 기어 나와?"

"아니, 그게 아니고 저기 보이는 돌밭이나 나무가 밀집한 숲 같은 곳 있지? 저 근처에서 나타나. 봐, 왔어."

길가메시의 말대로 숲속에서 언데드 몇 마리, 스켈레톤 나이트로 보이는 마물이 기어 나와 도시로 다가왔다.

하지만 대기하던 용병들이 바로 사냥해서 시체가 되어 근처에 널브러졌다.

"……할 일이 없는데."

"지금은 그렇지. 효율충들이 스폰킬, 그러니까 적이 나오자마자 죽이니까 한가하지만, 더 어두워지면 잡는 속도가 적이 나오는 속도를 못 따라가. 그때부터는 우리도 바빠져."

길가메시의 이야기에 따르면 이 의욕 넘치는 플레이어들은 낮에는 다른 도시에 가서 사냥한다고 한다. 하루에 한 번 쓸 수 있는 전이 서비스를 이용해 2인 1조로 왕복하며 효율적으로 사냥한다나. 절반 이상은 무슨 말인지 이해하지 못했지만, 말한 내용 자체는 기억해 뒀다. 나중에 보스에게 그대로 전달하면 보스는 이해할 것이다.

당분간 견학하는데 차츰 전선에서 놓치는 언데드가 늘어났고, 케리 일행에게도 차례가 돌아왔다.

우선 레미가 활로 견제하고 마리온이 마법으로 휩쓴다. 재시전 시간이나 MP 회복을 기다리는 동안 케리와 길가메시가 접근해서 적을 해치운다.

대강 그런 루틴으로 사냥은 진행됐다.

적이 너무 약해서 방어전은 단순 작업처럼 흘러갔다.

"대충 이런 느낌이야. 날에 따라서 기복이 있지만, 경험치 보너스도 포함하면 짭짤한 이벤트야. 적이 언데드뿐이라서 돈은 거의 안 되지만."

"고마워. 잘 알았어."

총평하자면 이 도시 경비병도 플레이어도, 이 도시로 침공하는 마물도 대단한 위협은 아니었다.

케리 일행처럼 특별한 이유로 힘을 숨기지 않았다면 개미나 아다만 군단의 물량으로 압살할 수 있을 것이다.

이제는 라일리의 보고를 기다릴 뿐이었다. 보스의 견해로는 디아스 같은 존재가 대륙 전체에 흩어져 있을 가능성이 있다고 했다. 이 나라 부근에만 단장급 기사가 잠들어 있다고 생각하기는 어려우나, 혹시 모르니까 언데드들의 우두머리를 확인할 필요가 있었다.

그것만 알아내면 나머지는 이 플레이어들 사이에 섞여서 적당히 시간을 보내면 된다.

◆◆◆

라콜린느— 구 라콜린느의 녹화 운동은 순조롭게 진행됐다.

언덕 중심부에 세계수의 단말이 될 트렌트를 심고, 거기서 『종자 살포』로 수를 늘려 이미 작은 숲을 이루었다.

다만, 『종자 살포』로 늘린 트렌트는 본체와 같은 종족이지만, 단

마리온

말의 기능은 갖추지 못했다. 세계수의 단말로 활동할 수 있는 트렌트는 세계수가 직접『포기 나누기』를 한 개체뿐이었다.

단말을 통해 퍼지는『위대한 축복』으로 트렌트들은 급속도로 성장했고, 중심에 있는 단말은 이미 엘더 캄파 트렌트가 되었다.

녹화가 진행되는 구 라콜린느에서는 선행했던 개미들이 지하에 굴을 팠고, 하늘에서는 항공병이 경계를 위해서 선회했다.

"나무가 이렇게 많으면 더 입체적인 전술을 쓸 수 있겠어. 개미는 주로 땅에서 싸우고, 벌은 너무 커서 숲속에서 기동성을 발휘하지 못해. 거미나 늘려 볼까?"

〈본격적인 전투가 시작되기 전에 쓸 수 있는 수단을 확인하심이 어떠신가요.〉

참으로 좋은 의견이다.

이 순간이 잠깐의 평온이라면 지금 해 둬서 손해 볼 건 없다.

"그렇게 할게. 이 도시는 넓으니까 숲으로 키우려면 더 넓어도 돼. 되도록 다양한 마물이 있는 편이 좋으니까 이따가『갑충의 여왕』도 시험해 보자."

라콜린느 녹화 운동이 추진되는 동안에도 왕도에서는 어디선가 나타난 저항 세력이 설치는 모양이었다.

하룻밤 사이에 NPC들에게 정보가 전달됐을 가능성은 크지 않으므로, 쳐들어온 자들은 SNS를 본 플레이어일 것이다.

한 번 죽으면 끝인 용병 NPC가 아니라면 최대한 많이 와 줬으면 좋겠다.

왕도 주변에는 약한 스켈레톤을 배치하고, 왕성이 보이는 곳부터는 아다만들에게 확실하게 처리하라고 지시했다. 낮이라면 언데드가 약해지니까 쉽게 해치울 수 있겠지만, 아다만은 햇빛에 영향을 받지 않는다.

"리베 대삼림에서는 전용 수송병 개미의 도움을 받아 손님의 경험치를 계산했지. 그래도 지크에게는 그런 부하가 없어……. 왕성에서 테이밍한 메이드 좀비나 문관 좀비의 INT를 올려주자. INT나 MND 특화 좀비에 현자의 돌을 쓰면 그쪽 방면으로 전생할지도 몰라."

제법 나쁘지 않은 방법 같았다.

현재 병력은 조금 벌레에게 편중된 경향이 있으니까 언데드를 한 번 강화해도 괜찮을 것이다.

플레이어들도 언데드 천사로 인식하는 모양이니까.

"그럼 잠시 왕성으로 날아갔다가 올게. 여기는 잘 부탁해."

〈맡겨만 주십시오. 부디 조심하시기 바랍니다.〉

이날은 이런 식으로 아군을 강화하는 데 힘썼다.

레아는 배 이상 넓게 개조한 왕도의 알현실에 앉아서 내일부터 어떻게 할지를 생각했다.

왕도 방어 체계는 얼추 확립됐다.

그 방어, 나아가서는 도시형 던전 어트랙션의 관리를 맡을 문관들은 INT에 경험치를 투자하고 현자의 돌을 써서 「와이트」로 전생했다.

이때 주어진 선택지는 레버넌트라는 마물과 와이트였다. 전원 INT를 올려서 전생한 탓에 어느 쪽이 정규 루트인지는 알 수 없었다.

한편, 메이드형 좀비들은 레버넌트로 만들었다. 같은 와이트여도 상관은 없지만, 각각 전생하는 방향이 다르다면 확인해 보고 싶다는 소소한 호기심 때문이었다. 와이트들에게는 도시 관리를, 레버넌트에게는 성 관리를 맡겼다.

지금도 메이드 레버넌트가 레아에게 홍차를 내줬다.

"내일부터는 어떻게 할까……. 어느 방향 도시를 공격하지?"

왕성에 있던 왕국 지도를 바라보며 생각했다.

블랑에게 지도를 양보한 이유는 이것을 발견했기 때문이었다. 비교해 보니 운영진에게 받은 것과 거의 내용이 같았다.

참고로 원래 이런 작업은 알현실에서 하지 않는다. 굳이 지도가 놓일 사이드 테이블을 준비하거나 메이드 레버넌트에게 서빙 카트로 찻잔을 가지고 오게 했지만, 이럴 거면 처음부터 집무실에 가면 될 일이었다. 의자도 묘하게 커서 불편하고.

다만, 집무실에 가면 다시 이곳으로 돌아올 때 시간이 걸려서 메이드들에게 물건들을 옮기도록 시킨 것이었다. 단순히 합리적인 관점에서 그랬을 뿐, 절대로 길을 잃었기 때문이 아니었다.

그러는 사이 친구 채팅이 도착했다.

〈안녕~! 지금 괜찮아?〉

블랑이었다. 레아는 똑바른 자세로 앉았다.

〈그럼. 언제든지 보내도 돼. 왜 그래?〉

〈SNS 봤어! 축하해! 수고했어!〉

무슨 뜻일까. 어젯밤에 헤어진 뒤 특별히 축하받을 일도 수고한 일도 없었는데.

〈고마워? 아니, 사실 잘 모르겠는데, 무슨 이야기야?〉

〈에이, 알면서~. 힐루스 왕국을 정복한 거 아냐? SNS에 적혀 있었어. 6대국이 5대국이 됐다고.〉

하마터면 손에 든 홍차 컵을 떨어뜨릴 뻔했다.

'어떻게 된 거지……?'

분명히 힐루스 왕도는 완전히 장악했다. 국내 유수의 상업 도시도. 아울러 변경 도시도 두 곳 함락했고 내지 도시도 블랑이 두 곳 멸망시켰다.

하지만 이 나라의 왕족은 국외로 망명했고, 아직 함락되지 않은 도시는 있을 것이다.

〈그게…… 언제 일이야? 5대국이 됐다는 거.〉

〈어라, 정말 몰라? 잠깐만…… 아마 오늘, 게임 안에서는 오늘 저녁쯤인가? 자세한 내용은 SNS의 검증? 스레드를 보는 게 빠를 거야. 나는 힐루스가 멸망했다는 제목의 스레드를 봤을 뿐이니까.〉

〈그랬구나. 아무튼 정보를 줘서 고마워. 조사해 볼게. 역시 블랑……과 친구가 되길 잘했어. 이런 정보 교환은 중요하니까.〉

〈그래? 하긴 그렇지! 헤헤헤. 도움이 되었다니 영광입니다! 아, 밤이 됐으니까 도시, 어디 보자, 지도에 따르면 에른타르라는 곳을 칠 거야. 또 끝나면 연락할게!〉

〈열심히 해. 끝나지 않아도 위험하거든 연락해도 돼.〉

켄자키도 있으니까 그리 위험한 일은 없겠지만.

〈고마워~! 그럼 나중에 봐!〉

"후우……."

레아의 행동으로 힐루스 왕국이 멸망했다.

그렇다면 아무 문제도 없다.

하지만 레아는 왕족이 전원 살아서 도망갔다는 사실이 마음에 걸렸다.

게다가 어제 심야도 아니고 오늘 저녁이라는 시간도 이상했다.

"SNS라. 조사해 볼 필요가 있겠어. 힐루스 멸망에 관련된 스레드를 추적해서…… 출처를 거슬러 올라가면 첫 정보가 적힌 시간도 알아낼 수 있겠지?"

◆◆◆

【의도?】 이상 현상 보고 스레드【버그?】

563: 웨인

여기에 보고하면 되나?

나는 처음에 힐루스 왕국을 고르고 시작했는데, 거점이 파괴돼서 랜덤 리스폰 당했어.

오늘 아침까지는 왕국 내 도시 근처에서 리스폰됐는데, 지금 날아온 곳은 다른 나라 도시야.

나 말고 이 현상 겪은 사람 없어?

564: 오샹티

>>563 힐루스 왕국이면 재앙이라는 보스한테 멸망한 거 아냐?

나라가 사라졌으니까 첫 선택에서 삭제됐다는 뜻?

565: 웨인

>>564 오늘 아침까지는 왕국 내 도시로 보내줬어.

재앙이 왕도를 멸망시킨 건 어젯밤이니까 삭제된다면 그때 사라지는 게 맞지 않나.

566: 앤디

>>563 나도 힐루스의 베르데수드라는 도시에서 라이트하게 즐겼는데, 이벤트 첫날 밤에 죽은 뒤로 쭉 랜덤 리스폰으로 여행 중이야.

지금 리스폰 지점이 하나도 없으니까 시험 삼아 죽어 볼게.

567: 헤이타로

>>563 >>566 랜덤 리스폰 되는 사람 꽤 많네? 처음 봄.

568: 오버땡추

>>567 없어. 저것들이 특수한 거지. 나도 처음 봄.

⋮

⋮

590: 앤디

다녀왔다. 오래 걷느라 늦었어. 미안.

힐루스가 아니었어. 나도 처음에 힐루스를 골랐으니까 이미 힐루스 국내에 랜덤 리스폰은 사라졌다고 봐도 될 듯.

591: 오샹티
>>590 어서 오고. 그럼 힐루스 멸망은 확정?
멸망한 나라는 시스템상 더 이상 나라로 판정하지 않나.

592: 길가메시
도중에 껴서 미안.
지금 공식 사이트 보고 왔는데, 대륙 설명이 첫 6대 국가에서 5대 국가로 수정됐어.
각 국가 설명에서도 힐루스가 사라짐.

593: 멘타이리스트
정말로 멸망했구나. 웨인은 정확히 언제까지 힐루스 국내에서 부활했는지 알아?

594: 웨인
>>593 둘 다 이 스레드에 왔네? 고마워.
오늘 아침…… 아니, 점심 지나서였나? 점심을 안 먹어서 정확하지 않지만.
아무튼 정오 전후에는 힐루스 왕국 내 도시였어.

◆◆◆

레아는 스레드를 닫고 어느샌가 따뜻한 것으로 교체된 홍차를 마셨다.

문제는 적어도 오늘 점심까지는 힐루스 왕국이 존재했다는 사실이었다. 그리고 저녁 이후 공식 사이트에서조차 말소됐다.

"버그, 라고 생각하기는 어려워. 그러면 어떤 조건을 채워서 국가가 멸망했다고 판정하고 자동으로 갱신됐다고 생각해야겠지. 어차피 사이트 갱신은 AI가 할 테니까."

그렇다면 그 조건은 뭘까.

적어도 멸망한 도시의 수는 아닐 것이다. 현시점에서 왕도를 포함해 여섯 곳이 멸망했지만, SNS를 보면 플레이어가 상주하는 도시 중에서 그 외에 멸망한 도시는 없었다.

또한, 레아가 이끄는 세력이 왕도를 제압한 탓이라고 보기도 어려웠다. 어젯밤 시점에서 왕성이 레아의 수중에 떨어진 것은 확인했다. 그것이 이유라면 그 시점에서 멸망으로 판정됐을 것이다. 오늘 아침에 웨인이 리스폰했다는 증언과 모순된다.

그러면 국가가 국가로 존속할 수 없는 조건이 그 외에 있다는 뜻이다. 거기에 가장 합당한 답을 찾자면.

"왕족 도주인가……. 왕족 일행이 망명에 성공하고, 망명한 국가에서 주권을 포기했다……?"

그럴싸한 이야기다. 힐루스라는 나라의 주권을 포기한다는 요구를 받아들이고 망명을 받아들였다면 정식으로 나라가 멸망했다고 말할 수 있다.

"하지만 한나절…… 아니, 내가 왕도를 처음 공격했을 때부터 계산하면 꼬박 하루인가. 그 시간 안에 도착할 수 있는 범위, 그것도 타국 도시라면 국토의 변두리 도시일 텐데. 그런 곳에 이런 중요한 정치적 판단이 가능한 NPC가 있을까……?"

타국의 왕족에게 그런 조건을 들이밀 수 있는 건 같은 왕족 정도일 것이다.

"다른 가능성이 있다면…… 힐루스 왕족이 전부 죽었거나."

이쪽이 더 알기 쉽고 확실하다. 아마 다 같이 몰려다녔을 테니까 그곳을 습격하면 해결된다.

"하지만 그러면 대체 누가 처리했을까. 왕족 직속 근위 기사단이 붙어 있었을 테니까 왕족을 남김없이 몰살하려면 상당히 많은 전력이 필요하겠지. 지금 나조차, 가능할지 어떨지는 차치하더라도, 혼자서 덤비지는 않을 거야."

전투력은 아마 혼자서도 족하겠지만, 생각하지 못한 함정이나 도주자를 고려하면 혼자 가지 않는 편이 현명하다.

"죽었거나, 망명에 성공했거나. 뭐가 가능성이 클까."

아직은 정보가 너무 적어서 단정 지을 수 없었다.

그보다도 어느 쪽이 레아에게 불리한 사태일까. 그것을 생각하는 편이 나을지도 모른다.

"망명에 성공했을 경우. 문제는 가지고 있었을 아티팩트야. 그 망명국은 현재 2개국의 전술 병기를 갖췄다고 생각해야 해."

남은 아티팩트가 정령왕의 심장과 얼마나 차이가 나는지, 혹은 심장이 더 있지는 않은지 불명이지만, 하나만으로도 레아를 죽음으로 몰고 갈 수 있는 아이템이었다.

제한은 크지만, 공격할 때는 최대한 경계해야 한다.

하지만 여기까지는 재상이 망명했다고 밝혔을 때부터 상정했던 일이다.

"다른 하나의 가능성. 누가 왕족을 전멸시켰다면……. 그 경우 무엇이 문제일까. 우선, 그만한 힘을 지닌 존재가 있다는 사실인가. 이 왕도에서 마차……인지 아닌지 모르지만, 많은 인원이 이동할 수 있는 수단으로 하루 안에 도착 가능한 범위에, 근위병을 포함한 왕족을 몰살할 수 있는 자가 있다. 그게 사실이라면 경계가 필요해."

그런 자가 근처에 있다면 현재 왕도의 방어 능력은 충분하지 않다. 함락되지는 않을지언정 적어도 왕성 안까지 침입하는 사태는 있을 수 있다.

"거기에 더불어 그 존재가 현재 아티팩트를 가졌다는 사실이야. 그걸 기동할 수 있는 곳이 각국 왕도란 점을 고려하면 방어 수위를 더 높여야 해."

하지만 공격할 때 이용하기에는 수도 범위도 지속 시간도 한정적이었다. 아무리 강력한 효과라도 물량으로 밀어붙이면 대항할 방법은 생긴다.

소중한 보물을 지키면서 왕성까지 침입하는, 실패가 허락되지 않는 고난도 미션을 무턱대고 계획하리라고 보기도 어려웠다.

"이 경우, 아티팩트를 가진 자가 기존 국가가 아니라는 점만은 망명이 성공한 경우에 비해 유리……한가? 모르겠네. 애초에 국가에 속한 세력이 아니라면 대체 누가 그런 짓을 할 수 있지? 도적인가. 아니, 도적이 할 수 있는 짓이 아니야. 이벤트로 각지를 덮치는 마물 세력이 가장 그럴싸한가. 전투력으로만 보면 플레이어 집단일 가능성이—."

오싹, 소름이 끼쳤다.

그 아이템을 플레이어가 손에 넣으면…….

"……아니야, 아무리 그래도 그건 아니겠지. 우선 습격할 이유가 없어. 인류 쪽 플레이어들이라면 기사들이 엄중히 보호하는 집단을 보고 도우면 도왔지, 습격하지는 않을 거야."

하지만 인류 쪽 플레이어가 아니라면 불가능한 이야기도 아니었다.

"……마물 쪽 플레이어 집단인가. 그런 게 있으면 나만큼 적도 많을 테고, 갑자기 이곳으로 쳐들어오기는 힘들겠지. 경계는 해야겠지만."

지금 가진 정보로 생각할 수 있는 가능성은 이 정도일까.

총평하자면, 어느 나라가 2개국의 아티팩트를 가졌을 경우가 가장 위험하다. 나라라면 공격에도 방어에도 쓸 수 있겠지만, 나라가 아닌 세력이라면 공격에만 사용할 수 있다.

"아니, 어느 쪽이든 위험해. 사라진 아티팩트의 행방을 알 수 없다는 게 뼈아프니까. 일단 그걸 알아내야겠지. 방침은 처음과 다를 바 없어. 물론 왕도의 방어는 강화해야겠지만. 그리고 정보를 공유해야지……."

◆◆◆

왕도와 라콜린느 강화는 부하에게 맡기고, 레아는 『위장』으로 모습을 감춰 케리 일행에게로 이동했다.

"공격하는 적은 언데드라……. 대장은 뭐였어? 보고 왔다고 했지?"

케리의 재치로 라일리가 정찰을 다녀왔다고 들었다. 대단히 믿음직스러운 부하들이었다.

"네. 종족까지는 알 수 없지만, 디아스와 지크와는 분위기가 전혀 다른, 굳이 따지면 마법이 특기일 것 같은 해골이었어요. 불길한 지팡이와 지저분한 로브를 장비했고요."

유명한 마물에 비유하면 리치나 와이트일까. 마법사 계열이라면 INT도 높을 테니까 이야기를 나눠 보고 싶기도 했다. 어쩌면 디아스와 지크처럼 옛 통일 국가 시대의 사람일지도 모른다.

"아뇨, 그렇게 똑똑해 보이지는……. 매일 밤이 되면 부하인 스켈레톤들을 돌격시킬 뿐이니까 아무 사고력도 없지 않을까요. 말을 나누시겠다면 돌격부대에 가끔 섞여 있는, 묘하게 싸움에 익숙한 개체가 더 똑똑해 보였습니다."

"묘하게 싸움에 익숙한 개체?"

"네. 용병…… 플레이어라는 자들이 아니라 처음부터 도시에 있었을 용병을 우선해서 노리는 개체가 몇 명 있습니다. 플레이어나 우리가 공격하려고 하면 접근하기 전에 도망쳐서 한 번도 해치우지 못했지만요."

돌격밖에 지시하지 않는 지휘관이 그런 명령을 내릴 리는 없다. 그리고 NPC 잡몹 언데드가 명령하지 않은 기묘한 행동을 할 리도 없다.

그렇다면 그건 아마 마물종 플레이어일 것이다. 블랑 말고는 처음 보지만, 몇 명이나 있다면 마물종끼리 협력해서 이벤트에 참여했는지도 모른다.

마물 플레이어라면 레아가 협력할 수도 있지만, 너무 발을 넓히면 정보 누설의 위험도 커진다. 블랑에게는 그만 마왕이라는 사실을 밝혔지만, 그 정보를 어떻게 다룰지는 약속했다. 여기저기 떠벌리지는 않으리라.

그리고 가장 알려질까 봐 두려운 「NPC라도 인벤토리를 사용할 수 있다」라는 사실은 블랑에게도 밝히지 않았다.

"……뭐, 지금 이 도시에 있는 건 재앙과는 관계없는 수인 플레이어 네 명이라는 설정이니까 당장은 접촉하지 않아도 괜찮겠지. 라일리, 그 두목은 혼자서 해치울 수 있겠어?"

"기습한다면 문제없습니다. 낮에는 놈의 부하로 보이는 언데드도 대부분 땅속으로 들어가고, 놈도 동굴 같은 곳에 숨지 않고 나무 그늘에서 쉴 뿐이니까요."

그 마법사 언데드가 플레이어가 아니라는 것은 확실했다. 플레이어라면 리스폰 가능한 안전 구역에서 쉴 테니까.

"그동안 플레이어로 추정되는 언데드들이 어디에 있는지 궁금한데. 섣불리 찾으려다가 라일리를 들키는 것보다는 방치하는 편이 낫나. 라일리, 이벤트 막바지, 앞으로 5일 정도 있다가 낮에 그 마법사 언데드를 처리해 줘. 그게 정리되면…… 화산에는 하쿠마와 긴카가 가는 중이랬지? 그럼 일단 대삼림으로 돌아와."

"알겠습니다."

"정리되면 연락 줘. 그때까지는 평소대로 지내. 뭐랬더라, 낮에는 포션을 판다고 했나? 그리고 밤에는 방어. 바쁘겠네. 너무 무리하지 말고 적당히 해도 돼."

언데드 군단이라면 디아스와 지크의 동료일 가능성도 있지 않을까 생각해서 자세한 이야기를 듣고 싶었지만, 아무래도 아니었나 보다.

레아는 케리 일행이 방어전에 나서는 모습을 지켜보고 대삼림으로 돌아갔다.

◆◆◆

여왕방의 옥좌에 앉으며 한숨 돌렸다.

"여기에서도 누가 홍차를 내주면 좋겠는데."

"하라고 말씀하신다면 해 보겠습니다만……."

"어? 디아스, 우릴 줄 알아?"

"해 본 적은 없으나, 못 할 것은 없지요."

"……아냐, 됐어."

이런 말 하는 사람치고 제대로 하는 사람을 못 봤다.

"그보다 디아스, 만약 괴롭지 않다면…… 정령왕에 관해서 들려줄 수 없을까?"

과거에는 몰라도 지금 디아스는 레아의 부하였다. 그리고 정령왕의 유산은 레아를 위협하는 얼마 안 되는 요소 중 하나였다. 괴로운 기억을 떠올리게 해서 마음이 불편하지만, 그것이 무엇인지 확실히 알아야 했다.

"정령왕이라는 분은 어떤 힘을 가지셨어? 그 유산이라는 아이템은 정말로 그분이 만드셨을까?"

"그 유산을 실제로 만드셨는지는 알 수 없습니다. 허나 정령왕 폐하는 물건을 만드는 걸출한 힘을 가지셨고, 그 힘으로 여러 특별한 아이템을 만드셨습니다."

생산 빌드에 특화한 NPC였다는 말일까?

제작으로 경험치를 벌어 정령왕까지 도달한다. 불가능한 이야기는 아니리라.

"정령왕 폐하는 손재주가 뛰어나면서도 그 육체미가 타의 추종을 불허하였습니다. 소재를 남에게 모으도록 시킬 때도 있었으나, 얻기 어려운 물건은 친히 구하러 가셨지요."

살짝 식겁했지만, 디아스가 그런 성희롱 같은 발언을 할 리는 없었다.

그렇다면 육체미란 아마 근육이 아름답다는 말일 것이다. 그래도 이성에게 쓸 표현은 아니므로 남성이지 않을까.

"드워프 같네……?"

"말씀드리지 않았나요? 정령왕 폐하는 원래 드워프였다고 들었습니다."

"뭐?"

드워프에서도 정령왕이 될 수 있었나.

생각해 보면 게임 외 지식이지만 드워프도 원래 정령이라는 전승이 있다.

"그래, 드워프도……."

엘프에서 정령왕이 되었다고만 생각했다.

드워프라도 가능하다면 상당히 종족의 저변이 넓어진다. 확률이 낮아도 수가 늘어나면 다시 정령왕이 탄생해 레아 앞을 막아설 위험은 커진다.

현대의 NPC가 거기까지 도달할지는 알 수 없다. 이미 전례는 있지만, 그 전례가 대륙 통일 국가의 왕이었다고 생각하면 결코 쉬운 일은 아닐 것이다.

그럼 플레이어는 어떤가?

플레이어 인구 통계에 따르면 가장 많은 종족이 엘프고, 다음이 수인이었다. 그리고 휴먼, 호문쿨루스 순이며 드워프는 스켈레톤이나 고블린과 비슷한 숫자밖에 되지 않았다. 적어도 게임 안에서는 아름다운 모습이 되고 싶다는 사람이 많기 때문이리라.

"그렇게 생각하면 마왕이나 정령왕 루트의 출발선에 드워프가 추가된 정도로 위험도가 높아졌다는 느낌은 들지 않네. 특히 플레이어는. 정리하면 정령왕 폐하는 드워프 출신이어서 생산 스킬이 풍부했고, 그중 특출한 스킬로 그런 아이템을 제작했다는 말이야?"

그렇다면 앞으로 비슷한 아이템이 제작될 걱정은 안 해도 될 것이다.

생산 빌드에서 정령왕이 되는 플레이어가 있다고 생각하기는 어렵고, NPC라면 그런 징후가 있는 시점에서 유명인이 됐을 것이다. 그 방향으로 이름이 알려진 NPC가 있으면 적극적으로 포섭하거나, 안 되면 죽일 뿐이다.

"고마워, 디아스. 아주 큰 도움이 됐어."

"그거 다행입니다. 만약 괜찮으시면 정령왕 폐하가 평상시 자주 하시던 근력 운동을—."

"안 해."

"그렇다면 육체를 더 아름답게 보여 주는 포징을—."

"안 해."

◆◆◆

〈도시 제압 끝~! 앗, 안녕! 지금 괜찮아?〉

〈축하해! 수고했어. 무사히 끝나서 다행이야.〉

〈레아 덕분이지! 아니, 덕분입니다! 켄자키 씨라고 했나? 무지막지 강해! 저절로 존댓말이 나올 정도야!〉

〈도움이 됐다니 기뻐.〉

레아 쪽도 지금은 일단락났다.

문제가 없다면 『술자 소환』으로 블랑에게 날아가서 직접 이야기를 나눠도 될 것이다. 그것을 계기로 『소환』 계열 스킬의 유용성을 해설해 주고 싶기도 했다.

이미 『사역』을 배웠고 협력 체제를 구축한 플레이어니까 『소환』, 『사령』, 『조교』와 관련된 쓸만한 스킬을 알려 줘도 손해 볼 것은 없으리라.

〈지금 그쪽으로 가도 될까? 하고 싶은 이야기가 많은데.〉

〈당연히 괜찮지! 그런데 멀리 있는데? 아마 뛰어도 한나절은 걸릴 거야.〉

그 뒤로 한나절이나 달렸나.

도중에 SNS 정보를 보며 한눈도 팔았고, 실제로 달린 것은 그 스파르토이들이겠지만.

〈괜찮아. 한순간에 갈 거니까.〉

〈에이, 또 그런…….〉

"—이런 식으로 『소환』과 『조교』 트리에는 유용한 스킬이 많아. 그리고 그 루트로 『사역』을 배우지 않았다면 『사역』이 있는 전용 트리가 있었을 텐데, 그쪽도 배우다 보면 유사한 스킬이 나올지 몰라. 그런 스킬들은 효과가 중복되는 것 같으니까 경험치가 남으면 적극적으로 배워 봐."

"흠흠……. 와, 그래도 정말로 순식간에 올 줄은 몰랐네……. 나는 그냥 립서비스인 줄 알았어."

"아냐, 나 립서비스 같은 건 못하는 편이야. 그보다도. 건물은 거의 남겨 뒀구나. 여기 재이용할 거야?"

돌아보자 주민이었던 자들은 좀비가 되어 배회하고 있었다.

"그렇게 계획적인 이유는 아닌데. 멸망시킨 김에 내 거라고 침 발라 두는 느낌으로 전부 권속으로 채워 봤을 뿐이야."

"그랬구나. SNS를 보니까 이미 이 옆 도시 두 곳이 멸망했다는 이야기가 플레이어에게도 퍼졌어. 이벤트 중에 경험치를 벌려는 플레이어가 새로운 사냥터라고 생각해서 찾아올지도 몰라. 서로 업어서 도시를 두세 개 건너뛰는 플레이어도 있다고 하니까 금방 나타나도 이상하지 않아."

그런 플레이어가 대거 나타나면 블랑의 병력으로 버티지 못할 것이다.

"만약 나를 죽인 플레이어가 섞여 있으면 켄자키를 보고 나와 블랑의 관계를 의심할 가능성도 있겠어……."

"관계를 의심한다니까 정치계 불륜 의혹 뉴스 같네! 유명인 등극이야! 아, 그래도 나는 일반인 여성 포지션인가?"

블랑의 말을 살짝 이해하기 힘들지만, 정말로 여자 친구끼리 나누는 실없는 대화 같아서 멋지다.

"블랑이 상관없다면야 뭐 괜찮지만."

"상관없어, 상관없어! 나는 마왕의 오른팔이 될 예정이니까! 아, 사천왕 같은 거 만들래?"

사천왕이라면 케리 일행이 있다, 라고 말하고 싶지만, 지금은 마왕군보다는 첩보 활동에 치중해 있었다. 인류의 속사정을 파헤치는 그녀들은 전투원보다는 스파이 쪽이 어울릴 것이다.

"그럼 스가루, 디아스, 지크 정도인가? 거기에 블랑도 들어올래?"

"들어갈래, 들어갈래! 들어가려면 뭔가 해야 해? 임명식 같은 거?"

임명식을 해 봤자 서로의 권속밖에 참가자는 없다. 자기소개도 겸해서 해도 되겠지만, 레아의 권속은 지금 왕국 서부에 넓게 분산되어 있었다. 실제로 하기는 어려우리라.

"임명식은 어렵겠네……. 우선 지금은 플레이어들이 여기로 올지 안 올지가 문제인데……. 좋아, 그럼 가볍게 정찰을 보낼까."

오미너스 군을 『소환』해 방향만 전달해 하늘로 풀어 줬다.

"아~! 그래, 그런 방법도 있구나. 그런데 저쪽 도시에 도착해도 어떻게 보고를 받아? 다시 여기로 돌아오는 거야?"

"방금 쓴 『소환』의 파생 스킬로, 내 시야만을 권속에게 옮길 수 있어. 그걸 써서 가끔씩 엿보면 돼."

"와아……. 역시 레아가 말한 스킬은 빨리 얻어야겠네……. 잠깐 봐도 돼?"

"그럼. 나는 SNS라도 보면서 플레이어의 동향을 살필게."

이벤트의 전체적인 분위기를 파악할 수 있도록 스레드를 몇 군데 속독했다.

SNS에 상주하는 플레이어 사이에서는 특별히 큰 움직임이 보이지 않았다.

플레이어 대부분은 마물의 영역과 가까운 변경 도시에 눌러앉아 사냥을 하는 모양이었다.

그래서 도시가 항상 임전 태세인 탓에 물류가 정체되고 식료품 및 소비 아이템의 시세가 완만한 상승 곡선을 그리고 있었다.

다만, 많은 플레이어는 그 상황을 경험치 획득의 대가, 경험치가 많이 들어오지만 지출이 커진다는 식으로만 생각해 적극적으로 해결하려는 움직임은 적었다.

하지만 도시에 따라서는 기사단을 파견해 마물의 영역에 있는 마물 두목이나 집단을 이미 퇴치한 곳도 있었다. 이벤트를 즐기는 플레이어로서는 낭패지만, 도시에 사는 NPC에게는 좋은 통치자라고 할 수 있겠다.

"뭐, 어느 쪽이든 내가 신경 쓸 이유는 없지. 아, 오미너스 군이 저쪽 도시에 도착했나 봐."

"정말?! 빠르다!"

"날아가니까. 하늘을 나는 이점은 굉장히 커. 그럼 어디……."

시야를 오미너스 군에게 보내서 하늘에서 도시를 정찰했다.

플레이어가 있다면 숙소 같은 거점 주변이나 용병 조합 부근에 있을 것이다.

"앗, 플레이어 같은 사람이 있네. 마물의 영역에 인접하지도 않은 이런 도시에 NPC 용병이 이렇게 많을 리가 없어. 저거 전부 플레이어일 거야."

물론 마물의 영역에 인접하지 않았다는 것은 어제까지의 이야기였다.

지금 이 에른타르에는 블랑이 낳은 언데드가 우글거리기 때문에 옆 도시는 이미 최전선이라고 말해도 과언이 아니었다.

어쩌면 그들의 원래 목적지는 여기서 더 옆에 있는 알토리바나 라콜린느였을지도 모른다.

하지만 오늘 전이 서비스로 레아와 블랑이 있는 에른타르를 선택할 수 없어서 눈치챘을 것이다. 그곳이 이미 최전선이라는 사실을.

"플레이어가 많이 오면 위험할까……."

"글쎄……. 여기서 봐도 실력은 알 수 없어서 뭐라고 말을 못 하겠네……. 낮에 싸운다면 좀비들은 대부분 도움이 안 되지?"

"음…… 집 안에 있으니까 들어온 사람을 공격하는 정도라면……. 『어둠의 장막』이나 『안개』를 쓰면 싸울 수 있겠지만, 도시 전체를 덮는 건 아무래도 어렵지……."

"『어둠의 장막』은 나도 있으니까 나누어서 쓰면 범위가 조금 더 넓어지려나. 아, 디아스도 부르면 『독기』로 더 넓어질지도. 그거 아군 언데드를 강화하는 효과도 있었을 거야. 피아를 어떻게 구분하는지는 모르겠지만."

"디아스 씨라면 아까 말한 사천왕 중 한 명이구나! 대박, 사천왕이 두 명이나 있는 도시! 거의 마지막 던전 직전이잖아!"

"그렇게 따지면 나도 여기서 상황을 지켜볼 생각이니까 사실상 마지막 던전이라고 해도 무방한 라인업인걸."

"초반에 나오는 최종 보스가 전황이 나빠지면 도망가는 전개구나! 만화에서 봤어!"

"……음, 도망갈 바에야 전부 죽이고 싶은데."

"패배 이벤트였다!"

〈그런 이유로, 잠깐 친구를 도와줬으면 해.〉

〈……우선 그 도시에 홀로 가신 것에 대해 드리고 싶은 말씀이 있습니다만.〉

〈……아차.〉

〈전투 전에 저를 부르셨으니 없던 일로 하지요.〉

〈미안. 그리고 인벤토리를 쓸 수 있다는 사실은 상대가 누구든 비

밀이야. 절대로 쓰지 마.〉

〈명심하겠습니다.〉

"『소환: 디아스』."

레아와 블랑 앞의 공간에서 빠져나오듯 박력 있는 언데드 하나가 나타났다.

"오오, 미중년! ……의외로 밋밋하네, 이펙트."

"음, 몰래『소환』하고 싶을 수도 있으니까."

눈앞의 레아와 블랑을 인식한 디아스는 자세를 바로잡고 제자리에서 한쪽 무릎을 꿇었다.

"—분노의 디아스,『소환』에 응하여 왔나이다, 폐하."

"어떡해! 멋있어!"

"어? 왜 안 하던 말을 해, 디아스."

"……친구분도 계시다고 들었기에."

"아아, 체면 살리려고 멋 부렸구나. 고마워."

재치 있는 부하를 둬서 기쁘기 한량없다. 산통 깨 버렸지만.

"앗! 저는 블랑이라고 해요! 흡혈귀예요! 이번에 레아네 사천왕 말석? 에 앉게 되었슴다, 잘 부탁드림다!"

"……사천왕? 친구분…… 아니셨는지요?"

디아스가 미심쩍은 표정을 지었다. 전에는 이런 표정을 전혀 읽을 수 없었는데 지금은 알기 편해졌다. 권속이라서 감정은 어렴풋이 전해지지만, 표정으로 드러나는 편이 분위기가 산다.

"어, 응. 그런 롤플레이…… 으음, 뭐라고 설명해야 하지. 연극, 역할 놀이라고 생각해줘."

"알겠습니다. 폐하께서 괜찮으시다면."

"블랑도 이래 봬도 이미 서른 명 넘는 부하를 거느린 한 세력의 대장이야. 앞으로 내가 이것저것 알려줘서 더 강화할 테니까 느긋하게 지켜봐 줘."

"이래 봬도는 뭐야~! 어떻게 봐도 유능한 여간부 아니야?"

힐끔, 하고 모르몬들에게 눈짓하자 휙, 하고 눈을 피했다. 괜한 말은 하지 말자.

"그거 멋지군요. 부끄럽지만, 저는 아직 권속이 한 명도 없는 터라……."

"그렇구나! 그럼 이 몸께서 이것저것 알려드립죠!"

아무튼 친하게 지낼 것 같아서 다행이다.

그 후, 플레이어 파티가 이 도시, 에른타르에 도착할 때까지는 시간이 조금 걸렸다.

해도 완전히 떠올랐고 언데드에게는 괴로운 시간대였다. 하지만 이벤트의 메인 적이 언데드니까 그들이 이 시간에 쳐들어오는 것은 합리적 판단이었다.

그리고 케리 일행이 있는 도시와 달리 이 이상의 침공은 허용하지 않겠다는 의지도 느껴졌다. 그러지 않으면 옆 도시에서 기다리기만 해도 되기 때문이었다.

"슬슬 이쪽에서도 보이지 않을까. 나는 육안으로 볼 수 없지만."

플레이어를 추적하던 오미너스 군의 시야에서 자신의 시야로 돌아와 『마안』을 발동했다.

"그거 편리하네. 나도 하늘을 나는 언데드를 동료로 들이면 배워야지.”

“하늘을 나는 언데드라…….”

“아, 그래도 스켈레톤 새가 되면 깃털이 빠져서 못 나나?”

“글쎄. 적어도 나나 부하인 스가루는 『비상』이라는 스킬로 날고 있을 뿐이야. 배우기만 하면 날개는 있든 없든 상관없어. 그래도 오미너스 군은 『비상』이 없었지……. 애초에 안 배워도 나니까. 오미너스 군은 자력으로 날고 있다는 뜻인가?”

이 원리가 맞으면 만약 발에 중상을 입어도 『보행』 같은 스킬이 있으면 평범하게 걸을 수 있다는 뜻이다.

“검증해 보고 싶네……. 그래도 다들 다리가 있는데 보행 같은 스킬은 본 적도 없어…….”

“레아는 자주 이상한 걸 신경 쓰더라!”

“이상?! 이상한가…….”

“이상해! 재미있지만.”

재미있다. 그건 어떻게 받아들여야 할까. 칭찬일까?

겉으로 봐서는 부정적인 감정은 보이지 않았다.

“아, 보인다!”

현재 레아가 있는 곳은 아마도 영주 저택이었을 건물의 발코니였다. 이 도시는 성벽이 없어서 이곳에서도 도시 입구가 잘 보였다.

“그럼 슬슬 스킬을 발동하자. 도시 입구 쪽은 내가 은신하고 날아가서 하늘부터 어둡게 만들게. 이 도시의 병력 대부분은 블랑의 부하니까 이 전투는 블랑이 지면 우리 패배야. 여기 있으면서 직접 전투에 뛰어들지는 마. 일단 영주 저택의 대문에 디아스를 대기시킬 테니까 여기까지 적이 오지는 않겠지만."

레아는 그렇게 당부하고 발코니에서 날아올랐다.

"다녀올게. 나중에 봐."

◆◆◆

"……엄청 멋있다. 저 날개 팍! 펼치는 거."

지금 막 레아가 블랑 앞에서 세 쌍 여섯 날개를 펼쳐 발코니를 떠나는 모습을 말했다.

"방금 레아 님은 비행에 날개는 필요 없다고 하셨으니까 단순히 멋있어서 하는 것 같아요."

"플레이어분들은 다 그런 부분이 있나요? 주인님도 비슷한 구석이 있잖아요."

"에엥, 내가? 난 날개 없는데."

"있으면 하실 거잖아요."

블랑에게 자란다면 박쥐나 악마 같은 날개일 것이다. 그런 날개를 쫙 펼치고 어둠을 두르며 하늘을 난다.

"……그러네. 하겠네, 아마. 멋있으니까."

나중에 레아에게 어떻게 하면 날개가 생기는지 물어봐야겠다.

"경험치가 부족한걸. 이번 플레이어들이 많이 주면 좋겠는데."

"레아 님이 도와주시면 안전하게 사냥할 수 있지 않을까요?"

"그러게. 안 그래도 레아는 경험치 분산? 을 피하려고 어둠만 뿌리겠다고 했어."

레아는 전투의 공헌도에 따라서 경험치가 분배된다고 설명했다. 그래서 레아는 공격을 일절 하지 않을 테니, 실제로 플레이어를 해치우는 것은 스파르토이들의 임무였다.

"그런데 하늘에서 어둡게 할 뿐이라면 너희도 할 수 있지 않아?"

"……용케 눈치채셨네요."

"그러고 싶은 마음은 굴뚝같지만, 저희는 『어둠 마법』을 배우지 않아서요."

그러고 보니 『어둠 마법』은 사용하기 까다로운 마법밖에 없어서 가르치지 않았다.

"……경험치가 남으면 배워 볼까. 내 날개는…… 그다음 기회에."

영주 저택에서 보이는 범위에서는 전황이 나쁘지 않은 듯했다.

플레이어에게 당하는 것은 좀비뿐이고 아직 스파르토이에게 피해는 없었다.

"별로 강하지 않은 플레이어인가."

"……아뇨, 이따금 레아 님이 뭔가를 하고 계세요. 잘 보이지 않지만, 적이 부자연스럽게 멈출 때가 있어요."

"경험치라는 것을 살펴보시는 게 좋지 않을까요? 레아 님의 엄호로 얼마나 줄어드는지가 앞으로의 협력에 중요한 요소가 될 수 있어요."

카마인의 말이 맞을지도 모른다. 멀뚱멀뚱 전장을 바라보기만 할 때가 아니었다.

"끄응……. 오, 들어왔다, 들어왔어. 제법 잘 벌려! 나보다 강한 플레이어인가?"

"스파르토이나 좀비보다 강하다는 뜻이겠죠."

"아, 거의 절반밖에 안 들어올 때가 있어. 이게 레아가 엄호한 영향인가?"

"직접 대미지는 주지 않아도 전황을 좌우하는 행동이에요. 그런 점도 포함해서 공헌도가 책정되나 보네요."

그러지 않으면 지원 계열 플레이어는 전투에 참가해도 경험치를 전혀 벌지 못하는 수가 있다. 어떻게 계산하는지는 알 수 없으나, 잘 만들어진 시스템이었다.

"……내가 할 일이 없네. 레아는 열심히 돌아다니는데 이래도 되나."

"오히려 아무것도 안 하시는 편이 돕는 거 아닐까요."

"아니면 전에 하셨듯이 에스에메스? 라는 것을 보시면 어떨까요."

그러고 보니 레아도 시간이 나면 들여다보는 것 같았다. 많은 플레이어에게 적대하는 레아에게 그런 정보는 뭐든 도움이 될지 모른다.

◆◆◆

【힐루스】 사건은 변경에서 일어나는 게 아니야! 내지에서 일어나는 거야.【멸망】

012: 라스크

힐루스 왕국의 세 도시 베르데수드, 알토리바, 에른타르가 이미 파멸했어.

베르데수드와 알토리바는 도시라고 부를 규모는 아니지만.

013: 컨트리팝

모르는 사이에 하나 늘었네.

014: 라스크

에른타르는 알토리바 서쪽? 에 있는 도시래.

내가 있는 도시 영주의 기사한테 들었으니까 아마 맞을 거야.

015: 타로우즈

아, 어쩐지 플레이어가 모여 있더라니, 그거 때문인가?

에른타르는 내가 있는 곳 옆 도시임.

016: 타로우즈

방어 실패했거나 반대로 칙몽 세력의 뿌리를 뽑은 줄 알았어.

017: 타로우즈

〉〉016 칙몽〉침공

018: 컨트리팝

실제로는 어떨까.

길 형 있던 곳은 첫날에 방어 완료했다고 하던데, 도시를 전전하면서 보스만 잡는 거랑 보스를 살려두고 잡몹만 잡는 거, 어느 쪽이 효율이 좋지?

019: 멘타이리스트
보스 사냥이 효율은 좋을 거야.
문제는 매일 그런 지역으로 이동할 수 있냐는 것과 애초에 보스를 잡을 수 있냐는 점이지.

020: 컨트리팝
멘타이리스트 왔네.
리더는 안 돌봐줘도 돼?

021: 멘타이리스트
애냐ㅋ
합류를 못 한다고 나오네…….
아마 가까이 왔을 텐데.
⋮
⋮
030: 밋페이
근데 왜 뜬금없이 변경에서 멀리 떨어진 곳이 함락됐지?

031: 멘타이리스트
왕도도 내지 오브 내지인데 함락된 거 모름?

032: 컨트리팝
아…… 그러네.
이것도 재앙이 벌인 짓일 가능성이 큰가.

033: 길가메시
재앙이 만악의 근원은 아니겠지만
같은 왕국 안이고 언데드라고 하니까 합리적 의심이지.

◆◆◆

"레아에게 쏟아지는 비방과 루머!"
"왜 그러시죠?"
"내가 함락한 세 도시가 레아 때문이라고 소문이 퍼졌어!"
"……결과적으로 맞는 말 아닌가요? 손을 잡았으니까."
"……그럼 문제없나. 없나?"

◆◆◆

038: 유스티스
그러고 보니 관계는 없지만, 내가 있는 도시의 기사가 힐루스가 멸망한 사실을 아는 것 같더라.

039: 컨트리팝
그야 이만큼 유명한데 모를 수가 있냐.

040: 멘타이리스트
응? 이상하지 않나?
유명한 건 SNS나 플레이어 사이에서나 그렇지, NPC는 아직 아는 사람이 거의 없을 텐데.

041: 유스티스
맞지? 나도 이상하다고 생각했어.
왕도가 멸망한 건 알려졌으니까 그 얘기인 줄 알았는데, 나라 자체가 이미 사라졌다고 했어.
들은 시간은 공식 사이트가 갱신된 타이밍과 거의 일치할걸.

042: 길가메시
우리는 제법 많은 도시를 매일 이동하는데, 적어도 NPC한테 들은 적은 없어.

043: 멘타이리스트
나도 못 들었어. 검증팀에서도 그런 얘기는 안 나왔을 거고.
일부 중요 NPC에게는 그런 정보가 전달되나?
참고로 어느 도시야?

044: 유스티스

오랄의 휴겔컵이라는 도시. 아마 오랄에서 두 번째로 큰 도시인가 그럼.

왕성만 한 성도 있으니까 근처에 오면 바로 알 거야.

045: 멘타이리스트

아, 여기.

위치가 딱 힐루스 근처긴 하네.

046: 라스크

어떻게 알아?

지도 있어?

047: 멘타이리스트

검증 스레드 선생님들이 만든 간이 지도. 스고로쿠[#3] 판 같은 게 있어.

거리는 잘 모르겠지만, 스고로쿠 마스처럼 도시의 위치 관계만 그려진 거.

다양한 도시에 있는 플레이어의 이야기를 종합해서 만들었대.

048: 컨트리팝

와, 머리 좋네.

#3 **스고로쿠** 일본의 주사위 놀이. 관광지 약도로 활용되기도 한다.

049: 유스티스
그런데 스고로쿠가 누구예요? 유명한 사람이에요?

◆◆◆

"다녀왔어. 아마 보이는 범위에 플레이어는 더 없을 거야. 그런데 뭐 해?"

블랑이 SNS를 확인하는 동안 침공한 플레이어들이 전부 격퇴당한 모양이었다.

"아앗! 어서 와! 할 일이 없으니까 심심하더라고. 멍하게 보기만 하기 미안해서 SNS를 확인해 뒀어. 그리고 경험치 배분 방식도 봤어. 레아가 직접 도와줄 때만 줄더라고. 한 절반 정도?"

"아, 그런 것까지 확인해 줬어? 고마워. 플레이어 중에 물량 공세로 이기지 못할 것 같은 사람이 몇 명 있어서. 『자실』 같은 스킬로 가볍게 방해하면서 보조했어. 하지만 그것만으로 절반이나 가져가나. 조심해야겠네."

감사받고 말았지만, 원래는 마젠타의 제안이었다. 살짝 껄끄러워졌다.

"끄응, 그리고 그거그거, SNS에서 무슨 스고로쿠? 를 만든 사람이 있대! 대단하지 않아?"

"……스고로쿠? 그걸 만들어……. 혹시 게임 안에서 제작해서 팔았다는 말이야? 이런 살벌한 세계에서 오락 용품이 팔려? 애초에 주사위가 있었던가?"

"주사위? 있어야 해?"

"어?"

"어?"

서로 다른 이야기를 하는 느낌이었다. 인식에 차이가 있기 때문일까.

"그러니까, 이 대륙 도시의 위치 관계를 대략적으로 그린 간이 지도를 만들었대. 그게 스고로쿠라는 거랑 비슷하다고 이야기하던데."

"……아, 그런 뜻. 지금이라면 인접한 도시의 이름을 전이 서비스로 알 수 있다고 했지. 그리고 SNS에 올라오는 글을 종합하면 그런 지도도 만들 수 있겠구나. 대단하네. 그거 아무나 볼 수 있어?"

"볼 수 있지 않을까? 음, 내가 보던 스레드는—."

방금 본 스레드를 알려주자 레아는 블랑에게 양해를 구하고 SNS 확인에 집중했다. 그러는 동안 블랑은 이번 전투의 결과를 확인하기로 했다.

"전부는 힘들어도 강화 계열은 배울 수 있겠어. 『소환』은 처음부터 올려야 해서 제법 경험치를 써야겠네……. 으음, 그리고 『공간 마법』이었나? 오, 시각은 배울 수 있겠다. 정신이나 자신도 배울 수는 있는데, 이게 뭐였지?"

"『술자 소환: 정신』이 권속의 육체를 원격 조작하는 스킬이에요. 자신이란 건 권속 옆에 자신을 『소환』하는 스킬이라고 하셨을 거예요."

"아, 맞아. 뭐야, 편리하겠네. 전부 배워야지."

"앗."

"괜찮으신가요? 날개를 다신다고 하셨는데…… 그리고 저희의 『어둠 마법』도. 저희의."

"앗."

그러고 보니 그런 이야기를 했다. 하지만 이미 배웠으니까 엎질러진 물이다.

"날개는 뭐…… 어차피 물어보지 않으면 스킬 트리를 모르니까 어쩔 수 없지……. 『어둠 마법』은 그다지 안 비싸니까 다음에 모이면 금방 배울 수 있을 거야."

이미 돌이킬 수 없는 일은 고민해도 소용없다. 그보다 미래를 생각해야 한다.

예를 들어 지금 필요한 것은 항공 정찰이 가능한 권속이었다.

"잠깐, 너희 날 수 없어?"

"날 수는 있지만…… 먼 거리를 비행해서 정찰할 수는 없어요. 도시를 정찰하더라도 그다지 높이 날 수 없어서 광범위한 탐색도 어렵겠죠."

"그 대신 좁은 곳이나 어두운 곳에 들어갈 수는 있어요."

그건 그거대로 유용하겠지만, 도시 전체에 언데드를 풀고 장악하는 지금은 의미가 많이 희석된다.

"……흡혈귀 관련 트리에서 이어지는 『사역』을 보면, 흡혈귀와 관련된 박쥐나 늑대 외에는 좀비밖에 없어. 이제 이거밖에 선택지가 없나……."

운 좋게 새 마물을 발견했을 때 생각하는 편이 낫겠다.

"기다렸지? 스레드 알려줘서 고마워. 덕분에 많은 걸 알았어."

레아가 현실로 복귀한 모양이었다. 아니, 현실에서 게임으로 돌아왔다는 표현이 맞을까.

"많이 알았어? 대단해! 나는 스고로쿠 씨가 누구인지도 몰랐는데."

"스고로쿠는 사람 이름이 아니야. 쉽게 말하면 오래된 보드게임의 일종이야. 백개먼을 어린이용으로 만든 느낌인데."

"백개……멍……?"

"모르면 됐어. 그보다 더 흥미로운 글이 있어."

레아는 이상한 것에 관심을 가질 때가 있어서 그 스레드의 어디에 관심이 끌렸는지 전혀 알 수 없었다.

"오랄의, 휴겔컵이라는 이름이었나? 그 도시의 기사가 힐루스가 이미 멸망했다는 사실을 아는 것처럼 말했다고 해."

"아, 그런 글 있었지. 그게 왜?"

"힐루스가 멸망한 건 이벤트 3일째 저녁, 그러니까 어제야. 단, 이건 운영진이 판정한 멸망이지, 현지 NPC가 어떻게 생각하는지는 알 수 없어. 왕도 멸망은 2일째 밤, 그러니까 이틀 전인데."

"이틀 전 일을 벌써 아는 게 이상하다는 말이야?"

"그것도 있지만, 실은 그 시점에 왕도가 멸망했다는 소식을 타국이 알고 있을 만한 이유가 있어. 힐루스 재상이 힐루스 왕을 타국으로 망명을 보냈거든.

그러니까 왕도가 함락된 시점에 재상이 주변 국가에 왕도 함락과 왕족 망명 소식을 전했어도 이상하지는 않아."

"흠흠?"

유사시에 왕족을 망명 보낼 테니까 살아 있다면 받아 주세요, 라고 미리 힐루스 왕국 재상이 연락을 돌렸다는 뜻이리라.

"하지만 이 유스티스라는 플레이어의 증언에 따르면 왕도 멸망이 아니라 나라 자체가 멸망했다는 뉘앙스로 이야기했다고 해. 기사란 아마 귀족과 연결돼 있겠지만, 공식 정보 갱신과 같은 타이밍에 그걸 안다는 건 부자연스러워.

그 기사가 힐루스 재상의 망명 타진을 듣고 힐루스 왕도가 함락됐음을 짐작했다고 해도, 그게 국가 멸망으로 직결된다고 생각하지는 못할 테니까."

듣고 보니 그렇다. 예를 들어 현대 일본의 수도는 도쿄인데, 그곳이 멸망해도 일본이라는 나라가 사라지지는 않는다.

이 게임의 힐루스 왕국처럼 왕정 국가라면 왕도의 중요성이 더 높을지는 모른다. 하지만 그것도 임금님이 왕도에 있기 때문일 것이다. 그 임금님을 포함한 왕족이 도망쳤다면 왕도의 존망이 국가의 존망과 직결되지는 않을 것이다.

"이…… 멘타이코[#4] 씨가 말하는 것처럼 일부 NPC에게 안내 메시지가 갔을 거라는 가능성은?"

"그러면 다른 도시 기사들도 알고 있을 거야. 그래도 이 플레이어의 글 말고는 그런 이야기가 없었어."

그 짧은 시간에 용케 뒤졌다. 뭔가 요령이라도 있는 걸까. 이따가 날개에 관해 물을 때 함께 물어보기로 했다.

일단 지금은 무척 즐겁게 해설해 주니까 방해하지 않는 편이 나아 보였다.

"그러면 이 플레이어가 의도적으로 거짓 정보를 퍼뜨렸을 수도 있

#4 멘타이코 일본어로 「명란젓」을 의미한다.

지만, 그럴 가능성은 작다고 생각해. 만약 그렇다면 다른 유사한 스레드에도 똑같은 발언을 남길 테고, 어쩌면 협력자를 모아서 여러 명이 적었을 거야."

"……일리가 있네. 그리고 그러는 목적도 모르겠고."

"맞아. 동기가 전혀 보이지 않아. 그래서 이건 아니라고 생각해도 돼."

모르몬들이 도시 주변을 순찰하러 나가겠다고 한다. 지루했나 보다.

그녀들은 블랑을 호위하러 여기에 남았지만, 레아가 있는 한 발코니의 안전은 보장된 셈이었다.

"다른 하나의 가능성은 이 기사들이 망명할 예정이었던 힐루스 왕족을 전부 죽여서 힐루스 왕국이 멸망한 사실을 누구보다 빨리 알았을 경우야."

"아! ……그래도 왜 굳이 그걸 플레이어한테 말했지?"

"그 이유는 전혀 모르겠지만…….

나는 사실 그 힐루스 왕족이라는 자들의 행방을 찾고 있어."

"아, 그렇구나. 완벽주의자야? 놓친 게 있으면 잠을 못 잔다거나."

"아니, 더 실리적인 이유……. 그들이 가지고 도망친 아이템에 볼일이 있을 뿐인데, 이건 지금 상관없는 얘기인가. 아무튼 망명국은 어디인지 모르겠고, 대뜸 타국에 노크도 없이 들어가는 건 위험해서 어떻게 할지 고민하던 찰나, 이 정보가 들어온 거야."

그래서 이렇게 흥분했나 보다.

"흐음……. 그래도 뭔가 수상하지 않아?"

"수상하지 않다면 거짓말이겠지. 그래도 설마 나— 이벤트 보스인 재앙이 SNS를 본다고는 생각하지 않을 테고, 만약 함정이라도 나를 노린 게 아닐 거야.

그럼 한 번 확인해 보고 나 외에 누군가를 노린 함정이라면 그대로 박살 내고, 함정이 아니라면 새로운 정보를 얻는 거지."

"엄~청 수상한 냄새가 나는데……. 말로 설명은 못 하겠지만. 설명은 못 하겠지만!"

"음…… 그렇게 불안하면 블랑도 따라올래?"

"갈래!"

레아가 훨씬 강하지만, 보고 있으면 자꾸 걱정이 드는 부분이 있었다. 세상 물정을 모르는 느낌이라고나 할까. 아마 이런 인물을 세간에서는 허당이라고 부르나 보다. 굉장히 실례되는 표현이기 때문에 본인에게는 절대로 말하지 않겠지만.

지금까지 블랑은 레아에게 받기만 했다. 호위하면서 그 빚을 조금이라도 갚을 수 있다면 더 바랄 게 없다.

"아, 그래도 날지 못하는구나. 어떡하지……."

"참, 그거 말인데…… 혹시 괜찮다면 날개 자라는 방법, 알려줄 수 없을까?"

"좋아. 그럼 지금 배울 수 있는 스킬이 뭐가 있는지 알려 줄래? 아, 이런 정보는 아주 중요하니까 원래 남에게 말하면 안 돼."

"말 안 해! 날 뭐로 보는 거야!"

그 후, 날개가 자랄 법한 스킬을 발견했지만, 경험치가 부족해서 하루 더 그 도시에 머물며 이튿날 나타난 플레이어를 죽여서 벌기로 했다.

그리하여 블랑은 간신히 날개를 얻었다. 상상대로 박쥐 날개였다.

"외출하는 건 좋지만, 앞으로도 플레이어가 놀러 올 가능성이 크겠어. 그렇지, 리베에서 노는 갑충 여왕을 한 마리 『소환』해서 실전 테스트를 해 두자. 블랑, 괜찮겠어?"

"괜찮아~! 신경 써줘서 고마워!"

그리고 레아와 나란히 문제의 휴겔컵이라는 도시로 날아갔다.

레아는 디아스에게 무슨 잔소리를 듣는 것 같았지만, 결국 여자친구 두 명만 가는 것으로 담판 지었다.

이벤트가 시작된 지 5일째, 반환점에서 있었던 일이었다.

제7장 재회

이웃이라도 타국 도시인지라 휴겔컵은 굉장히 멀었다.

블랑에게 맞춰서 속도를 크게 내지 않았다고는 하나, 꼬박 하루가 지나고 말았다.

이는 바꿔 말하면 전서구를 이용할 수 있는 거리를 넘었다는 말이다. 이웃 나라까지 비둘기를 날리는 나라는 거의 없다고 봐도 좋다.

"아~. 그래도 비둘기를 『사역』하는 사람이 있으면 못 가리라는 보장도 없지 않아? 죽어도 또 날리면 되니까 어느 정도 위험해도 쓰지 않을까?"

"그건……. 그러네, 불가능하다고 단정 지을 수는 없구나."

기존 상식에 얽매여 현실의 전서구와 똑같이 생각해 버렸다.

하지만 이 세계는 검과 마법의 게임 세계. 도시와 국가의 흥망이 걸렸다면 못 할 일도 아니었다.

"블랑은 대단하네……."

"에이 뭘, 헤헤헤."

레아가 혼자서 생각하면 놓치는 부분을 자주 지적해 준다. 그 덕분에 깨닫는 점은 분명히 있었다.

"역시 같이 오기를 잘했어."

"아유~! 제가 기필코 지켜드립죠!"

"믿음직하네."

곧 커다란 성이 보이기 시작했다.

이렇게나 큰 성이 있다면 국가 권력의 중심에 선 귀족이거나 대단한 공적을 쌓은 귀족이 다스리는 도시일 것이다.

그렇다면 처음에 레아가 생각했던, 왕족이 망명에 성공한 대가로 주권을 포기했다는 가설이 맞았던 것일까.

'아니, 그렇다고 해도 너무 빨라.'

에른타르에서 여기까지 하늘을 날아서 하루가 걸렸다. 육로로 하루 안에 도착하기는 불가능하다.

한편, 만약 이곳 기사가 힐루스 왕족을 살해했을 경우.

왕도 멸망과 동시에 이곳을 출발해 왕족을 죽이고, 곧장 도시로 돌아와서 그 플레이어에게 보고했다는 말이 된다.

이게 가능하려면 힐루스 왕도가 멸망한 사실을 실시간으로 파악하고 왕족이 망명하려고 왕도를 떠난 것까지 알아야만 한다.

어떤 수단을 동원해야 그게 가능할까.

그리고 그것을 한 플레이어에게 전달한 행위에 무슨 의미가 있을까.

"일단 눈에 띄지 않게 도시 끝자락에 내려가자. 적당한 주민을 『매료』로 세뇌해서 탐문 수색을 하는 거야."

"아니, 레아는 그 비주얼로 눈에 띄지 않을 수가 있어? 그리고 그걸 탐문 수색이라고 해도 되나? 분류하자면 약물을 이용한 자백에 가깝지 않을까."

"괜찮아. 『빛 마법』에 『위장』이라는 스킬이 있으니까 모습은 감출 수 있어."

"그럼 됐나. 빨리 가서 첫 번째 희생자를 찾자!"

"첫 번째 협력자를."

◆◆◆

이런저런 일이 있어서 탐문 수색을 마친 협력자는『불 마법』으로 재로 만들어 뒤처리를 끝냈다.

"희생자 맞잖아! 볼 장 다 봤다고 처리했잖아!"

"그야『매료』에 걸렸을 때의 기억이 사라지지는 않으니까."

효율을 생각하면 어쩔 수 없는 일이었다. 자주적인 협력이냐 강제적 협력이냐는 차이밖에 없었다.

"그나저나 이 도시에서는 다들 아는 사실인가 봐. 일반 주민까지 힐루스 멸망을 알고 있을 줄이야. 하루를 낭비했다고는 해도 이런 규모의 도시 변두리까지 정보가 퍼졌다면 누가 모종의 목적으로 퍼뜨린 게 확실하다고 봐."

"역시 함정 맞네."

"일단 첫 번째 사람이야. 우연히 아는 사람이 걸렸을 수도 있어. 다음 희새, 협력자를 찾자."

"……넵, 알겠습니다."

하지만 조심해야 할 점도 있었다.

그건 희생자, 가 아니라 협력자 선택이었다.

닥치는 대로 붙잡아서 NPC로 착각한 플레이어를 끌어들이면 일이 꼬인다.

『매료』 경험자 블랑이 말하길, 매료 상태에서도 의식은 또렷하며 단순히 가위에 눌린 것처럼 몸이 안 움직일 뿐이라고 했다.

NPC에게는 『매료』를 걸어서 원하는 정보를 뽑아냈지만, 플레이어를 상대로는 이 방법이 먹힐 것 같지 않았다.

"그래도 플레이어가 있을까? 여기도 변경 도시는 아니지? 내지 도시라고 하던가?"

"맞아. 그래도 SNS에 글을 쓴 인물은 이 도시에 있을 테고, 이벤트 기간이라도 플레이어가 아예 없다는 보장은 없어."

그저 걷기만 하는 사람은 플레이어인지 NPC인지 구분하기 힘들었다.

그러면 어떻게 하는가? 물건을 사는 인물을 노리면 된다.

물건을 살 때는 물물교환이 아닌 한 보통 금화가 필요하다. NPC라면 어딘가에 넣어 둔 지갑을 꺼낼 테지만, 플레이어라면 지갑을 들고 다니는 경우가 드물다. 금화는 인벤토리에 넣으면 되기 때문이다.

물론 100퍼센트 정확한 구분법은 아니지만, 목적은 NPC와 플레이어의 구분이 아니라 플레이어를 피하는 것이었다. 조금이라도 위험한 인물을 걸러 낼 수 있다면 그것으로 족했다.

어지간히 공들여 롤플레이를 하는 플레이어가 아니라면 지갑을 들고 다니지는 않는다.

"게다가 그 정도로 과몰입한 롤플레이 유저라면 이야기를 듣고 협력해 줄지도 몰라."

"협력해 줄까……? 지금 우리가 하는 짓은 도시 주민 납치, 세뇌, 살해, 증거 인멸인데……. 그보다 레아는 협력자라는 말을 좋아하네……. 꽤 외로움 타는 성격? 외동이야?"

"……글쎄."

자매에게는 그다지 좋은 기억이 없었다.

하지만 그건 레아의 문제지, 블랑에게 할 만한 이야기는 아니었다. 분위기가 무거워질 뿐이다. 어쩌면 웃음을 살지도 모르지만.

두 사람은 그 후로 협력자 몇 명에게 이야기를 들었다.

전원은 아니지만, 역시 이 도시의 NPC 중 많은 수가 힐루스 멸망 소식을 알고 있었다. 입소문으로 퍼졌다는 인상이었다.

"누가 고의로 소문을 퍼뜨렸다면 상당히 많은 NPC를 바람잡이로 썼다고 봐야 하나."

"으음, 그럴 수도 있겠지만, 이 도시는 변경이 아니잖아? 성벽도 없고 말이야. 도시 밖에는, 저거 보리인가? 무슨 밭이 펼쳐져 있고, 상인 같은 사람이랑 마차도 많아. 아마 농업이나 상업으로 번창한 도시 아닐까. 그러면 그 경제의 흐름을 잘 아는 사람이 최소한의 인원으로 최대한의 확산 효과를 노릴 수 있지 않을까?"

블랑의 의견을 듣고 다시 도시를 돌아봤다.

"……대단해. 대단해, 블랑! 머리 안 좋다는 거 거짓말이지! 착안점도 좋고 지식도 있어! 보리 실물이 자라는 건 처음 봐서 듣기 전까지 몰랐어!"

"그게, 80퍼센트는 나도 들은 이야기야. 우리 애들이 똑똑해서 이것저것 알려 주거든. 보리는 우연히 최근에 봤을 뿐이고."

"권속인 모르몬들? 그 아이들, 분위기가 유능해 보였어. 권속의 능력도 주군의 힘이야."

"그래? 그런가. 이거 참, 으헤헤."

"하지만 그러면 이웃 도시에 이미 정보가 퍼졌어도 이상하지 않아. 슬슬 기사 같은 핵심에 가까운 인물을 찾아볼까."

하지만 평범한 주민과 달리 기사는 죽지 않는다. 지금까지 쓴 탐문 수색 방법으로는 이 도시를 통치하는 귀족에게 금방 레아와 블랑의 정보가 넘어가고 만다.

"어떡할래? 그냥 저 성으로 돌격해?"

"호전적이네. 그래도…… 결국 그게 가장 빠른 방법 같기도 해."

"어? 정말로 가게?"

"어?"

"아니, 나야 상관없지만. 레아는 신중해 보이는데, 귀찮아지면 냅다 던져 버리는 버릇이 있네. 나는 귀찮으면 처음부터 던져 버리지만."

"그런가? ……그런가."

그 방법으로 가려면 밤을 기다리는 편이 나을 것이다.

"이만큼 어두워졌으면 됐어. 『밤의 장막』까지 쓰면 우리를 발견하기 어렵겠지."

"레아는 눈에 띄니까. 낮에 한 것처럼 『위장』하면 안 돼?"

"『위장』은 격렬하게 움직이면 윤곽이 울렁거려서 전투에는 적합하지 않아. 이야기를 나눌 뿐이라면 괜찮지만."

"세뇌할 때도 해제했었지?"

"그거야 내 모습을 보여주지 않으면 『매료』 효과가 떨어지니까. 그리고 세뇌가 아니라 협력 요청."

여관 지붕에서 조용히 날아올랐다.

레아와 블랑의 주위만 밤하늘보다 부자연스럽게 어둡겠지만, 밤의 어둠이 깔렸고, 심지어 하늘 위였다. 눈치채는 사람은 없을 것이다.

"성의 어디로 가면 될까. 보물고 같은 곳을 찾을까? 아니면 차라리 영주에게 직접 물으러 가는 편이 빠른가."

"……그런데 영주나 귀족이 다른 사람에게 『사역』되는 일은 없어? 레아네 사천왕 중에 지크라는 사람이 그렇지 않아?"

그 가능성을 생각한 적도 있었다. 『사역』하고 싶은 쪽에서 본다면 충분히 득이 되는 이야기다.

하지만 당하는 귀족, 중간 관리직이 되는 자의 입장에서는 아무런 득도 없다. 자신은 부하를 키워줘야 하는데 자신에게는 경험치가 전혀 들어오지 않는다. 부하의 몫까지 포함해 경험치를 윗사람에게 청구해야 한다. 하지만 윗사람 입장에서는 부하의 부하 따위 잡졸에 지나지 않아 구태여 경험치를 나눠주는 것조차 아깝게 생각하리라. 서로를 어지간히 신뢰하지 않고서는 성립하지 않는다.

"—그러니까 만약 있다고 해도 수직적 권력관계에서 벗어난 친척이나 친구 관계에서나 성립할 거야."

"그렇구나. 그러면 이런 큰 성에 살 정도니까, 설사 그런 관계의 귀족이 있다고 해도 이곳 영주가 가장 윗선일 가능성이 크겠구나."

"나는 그렇게 생각해."

블랑은 일반상식이 부족한 면모를 보이거나 깊이 생각하지 않고 행동하는 경향도 있지만, 머리 회전이 나쁜 아이 같지는 않았다.

"그럼 빛이 들어온 곳 중 되도록 높은 곳을 노리면 될까? 신분 높은 사람은 그런 이미지야."

"아무런 지표도 없으니까 그렇게 해. 이만한 규모의 도시를 생산과 상업 활동으로 유지하는 통치자니까 어두워져도 불을 밝히고 집무실에 있을 것 같아."

성 중간 부분에 크게 돌출된 발코니가 있었다. 그 발코니가 있는 방에서는 다른 곳보다 강한 빛이 새어 나왔다. 그 위로는 불을 밝힌 방이 보이지 않았다.

그렇다면 저 발코니로 가 봐야겠다.

발코니의 커튼은 걷혀 있었고 밖에서 보는 한 실내에는 아무도 없었다. 『마안』으로 확인해도 사람으로 보이는 반응은 없으니까 틀림없다.

살며시, 소리도 내지 않고 발코니에 착지했다.

『식익 결계』를 발동하고 자세하게 조사하고 싶지만, 은밀하게 움직이는 상황에서 그 순백색 깃털 폭풍은 너무 눈에 띈다.

레아에게는 『마안』이 있고, 블랑은 『암시』로 밤눈이 밝다고 말했었다. 그러면 이대로 『어둠의 장막』을 발동하고 행동하는 편이 나으리라.

본래는 어렴풋한 어둠에 불과하지만, 이렇게 두 명이 겹쳐서 쓰면 중심부는 상당히 어두워졌다.

발코니 창을 조심스럽게 밀었다. 잠겨 있지는 않았다.

평범하게 생각해서 이 높이의 창까지 올라오는 도둑까지는 상정하지 않았을 것이다.

방 안으로 들어가자 장식용 갑옷, 서양풍 저택에서 자주 보이는 전신 갑옷이 벽 쪽에 주르륵 놓여 있었다.

상식적으로 집무실을 이렇게 살벌하게 인테리어했다고 생각하기는 어려웠다. 이 방은 집무실이 아닌 모양이었다.

그럼 왜 이 시간에 불이 켜져 있는가.

"아! 창이—."

블랑의 목소리를 듣고 돌아보자 마침 발코니 창이 닫히는 참이었다.

게다가 처음에 있던 유리창이 아니라 철제였다. 원래 용도는 창 안쪽의 덧창일 것이다.

창을 닫는 것은 벽 쪽에 서 있던 전신 갑옷이었다. 심지어 생산계 스킬로 꼼꼼하게 철문을 용접하고 있었다.

『마안』으로는 핑크색 안개가 그곳만 옅어 보였다. 단순한 장애물과 똑같았다. 이 시선을 믿는다면 아무런 마력도 없는 갑옷이 저절로 움직여 창을 용접하는 광경이었다.

"역시 함정……."

블랑의 예상이 맞았다.

"—재앙과는 대화가 가능하다고 했지?"

방문 근처, 다른 것보다 큰 갑옷이 말했다.

딱히 리빙 메일이 말을 한 것은 아니었다. 평범하게 안에 사람이 들었을 것이다.

탁하게 울리는 목소리지만, 목소리 톤으로 보아 여성이었다.

"네가 『바로』 재앙이지? 너무 빨리 왔다는 생각도 들지만, 빨리 만난 건 좋은 일이니까. 『이렇』게 만나서 반가워. 재앙 양."

《저항에 성공했습니다.》

《저항에 성공했습니다.》

"흠. 대화에 응할 생각이 없나? 아니면 재앙이 아니었나. 타이밍이 너무 빨랐지만, 습격해 온다면 재앙이라고 생각했는데……."

원래 이곳에는 영주에게 질문하러 왔다. 대화를 원한다면 응해줄 수 있다. 응해줄 수는 있지만.

"내가 『바로』 이 도시의 영주야. 한밤중에 『이렇』게 내 성에 들어온 이유가 뭐지?"

《저항에 성공했습니다.》

《저항에 성공했습니다.》

조금 전부터 어떤 공격을 받고 있었다. 저항해서 알 수 없지만, 『정신 마법』의 한 종류일까.

눈앞의 자칭 영주가 썼는지, 주변 갑옷 중 하나가 썼는지 모르겠다.

그보다 이 갑옷들의 정체도 모르겠다. 알아보려고 해도 마력이 느껴지지 않았다.

더 큰 문제는 이 자칭 영주가 레아를 망설이지 않고 「재앙」이라고 부른 점이었다. 오늘 이곳에 「재앙」이 찾아온다는 것을 알고 있었다는 말이다.

레아가 이곳에 온 이유는 SNS의 글을 봤기 때문이지만, 재앙이 SNS를 체크하는 것을 영주가 알 턱이 없었다. 지금 한 말만 들어도 이 영주는 재앙을 플레이어라고 생각하는 눈치가 아니었다.

이 대비 태세로 보아, 재앙이 이곳으로 올 줄 알았다기보다 이곳으로 유도했다고 생각하는 편이 타당했다.

"……으음. 전혀 안 통하나. 이건 안 되겠군. 어쩔 수 없지."

영주의 그 말이 신호였는지, 갑옷들이 일제히 덤벼들었다.

이 지경이 되면 숨기고 자시고 할 것도 없었다. 『식익 결계』를 발동해 달려드는 갑옷들을 『페더 개틀링』으로 밀어냈다.

하지만 이 정도로 쓰러지리라고는 생각하지 않았다.

"『선더볼트』!"

블랑의 마법이 날아갔다.

실내라서 오폭을 우려했는지 단발 마법이었다. 속도가 빠른 『번개 마법』은 확실하게 대미지를 줄 수 있는 좋은 선택이었다. 게다가 머리부터 발끝까지 금속 갑옷으로 무장한 그들에게는 특히 잘 통할 것이다.

"어라?"

그런데 마법에 명중한 갑옷은 아무런 반응을 보이지 않았다.

대미지를 견디며 일어나고 있으나, 그건 마법을 맞지 않은 다른 갑옷들도 마찬가지였다. 즉, 레아의 페더 개틀링에만 피해를 받은 것으로 보였다.

"『플레어 애로』! 『아이스 불릿』! 『에어 커터』!"

블랑은 연이어 한 명만 노리고 마법을 연사하지만, 그 무엇도 통한 것처럼 보이지 않았다.

아무래도 마법 전반에 높은 내성이 있나 보다. 『마안』으로 마력을 느끼지 못하는 것도 이 때문인지도 모르겠다.

“『페더 불릿』.”

힐루스 왕도에서 이 스킬의 유용성을 체감한 레아는 DEX에도 경험치를 투자했다. DEX를 높여서 전체적인 위력도 향상됐지만, 그 이상의 장점은 명중률과 정밀도 향상이었다.

개틀링으로는 힘들지만, 단발인『페더 불릿』이라면 허를 찔러 갑옷 틈새로 깃털을 쏘는 것도 불가능하지 않다.

개틀링으로 자세를 무너뜨리고, 불릿으로 크리티컬을 노린다. 제대로 직격한 갑옷은 쓰러졌고 다시는 움직이지 않았다.

몸을 웅크려 틈을 노리기 어려운 자는 LP가 바닥날 때까지 개틀링을 연사했다. 이 공격을 받은 갑옷은 원형을 유지하지 못했다.

갑옷들이 당하는 사이, 영주는 움직이려고 하지 않았다. 레아를 관찰하는 듯 보이기도 했다. 레아의 목적은 영주에게 정보를 수집하는 것. 쓸데없이 움직이지 않고 가만히 있어 준다면 더 바라는 건 없었다.

곧 갑옷들은 깃털 탄환 앞에 모두 쓰러졌다. 이미 레아와 블랑, 영주 외에 살아 있는 자는 없었다.

이 쓰러진 갑옷들이 영주의 기사였다면 어딘가에서 부활해 다시 이곳으로 올 때까지 한 시간의 유예가 생겼다고 봐도 될 것이다.

“—잘 봤어. 힐루스에서는 용병들에게 한 번 패배하고『공포』도 통한다고 들어서 어떻게든 될 줄 알았는데 어림도 없네. 실패했어.”

이미 영주를 지켜주는 자는 아무도 없는데 이 여유는 뭘까.

블랑을 따라 하려는 것은 아니지만, 말로 설명하지 못할 불길한 예감에 가슴이 답답했다.

“어쩔 수 없지. 직접 할까.”

말을 끝내기 무섭게, 영주는 무시무시한 속도로 돌진했다. 그 왼손에는 검을 들었다. 대체 언제 뽑았는가.

전신을 갑옷으로 무장했다고 믿기 어려운 속도였다. 『마안』으로 행동의 조짐을 포착할 수 없다는 점은 뼈아팠다.

“물러나!”

블랑을 뒤로 밀고 아슬아슬하게 오른발을 빼서 몸을 비틀어 피했다.

“훗.”

첫 공격인 찌르기가 빗나간 것을 보자마자, 영주는 스쳐 지나가며 비어 있던 오른손을 레아의 가슴으로 뻗었다.

초근접거리 관수(貫手)였다.

이건 피할 길이 없다.

“『익격』.”

“—크학!”

상대의 손이 몸에 닿기 직전, 날개를 휘둘러 영주를 날려 버렸다.

“『페더 개틀링』.”

공세를 끊지 않으려고 깃털을 날려 충격으로 더 멀리 밀어냈다. 방금 기사처럼 이대로 죽이고 싶었지만, 영주의 갑옷은 기사의 그것보다 성능이 좋은가 보다.

그래도 거리는 벌렸다. 전투 스타일을 보아 영주는 근접전이 특기 같았다. 거리를 유지하면 더는 허를 찌르지 못할 것이다.

“『페더 불릿』.”

갑옷 틈을 노리고 깃털을 쐈다.

하지만 이번에는 피해 버렸다. 이 속도를 피할 줄은 몰랐다. AGI가 상당히 높다.

귀족은 사회 구조상 경험치를 벌기 쉽다.

어쩌면 이 영주는 경험치를 자기 기사가 아니라 본인에게 투자했는지도 모르겠다.

"『시각 차단』."

반격할 속셈인지, 영주가 무슨 스킬을 발동했다.

모르는 스킬이지만, 이름 그대로의 효과일 것이다. 눈을 감은 레아에게는 무의미하다. 『어둠의 장막』을 버릇처럼 발동해 뒀더니 얼굴이 보이지 않았나 보다.

그 순간, 영주가 사라졌다.

그렇게 생각한 직후, 코앞에 와 있었다.

본 적 있다. 이 움직임은 『축지』다.

스킬 발동어를 변경한 것이다.

'그래, 그런 업데이트도 있었지! 그런데 NPC도 가능한 거였어?!'

영주가 이번에는 오른손에 검을 들었다. 그것을 낮은 위치에서 내질렀다.

왼발을 번쩍 들어 발끝으로 영주의 손을 차올린다. 검이 영주의 손에서 벗어나 날아갔다.

하지만 그건 예상 범주였는지, 그대로 레아의 발아래로 어깨를 밀어 넣고 다리를 끌어안듯 붙잡았다. 무릎에 기묘한 감각을 느꼈다. 부러뜨릴 생각이리라.

몸을 회전시켜 영주가 미는 힘과 관절의 방향을 맞춰 탈출을 꾀한다.
상식적으로 생각하면 제때 벗어날 수 없겠지만, 이 세계의 능력치 차이는 불가능을 가능케 한다. 아마 레아가 영주보다 AGI가 높았나 보다. 아슬아슬하게 늦지 않았다.
"『익격』."
날개를 휘둘러 영주의 목을 노린다. 하지만 영주는 안고 있던 레아의 다리를 힘껏 들어 올려 자세를 무너뜨렸고 날개의 궤도에서 벗어났다.
공격은 빗나갔지만, 대신 붙잡혔던 다리가 풀려났다.
"『페더 불릿』."
견제로 깃털을 쐈다. 피할 건 알고 있다.
영주가 피한 틈을 노리고 발차기를 선사했다. 단단하다. 대체 이 갑옷은 무엇으로 만든 것인가.
대미지는 주지 못했다. 오히려 레아의 발이 대미지를 받은 느낌이지만, 발차기의 반동으로 영주를 다시 떨어뜨리는 데 성공했다.
재정비할 시간이다.
"……접근전도 할 줄 아나 보지만, 마법 위력이 더 높다. 그렇게 들었는데 이게 뭐지? 마법을 아예 안 쓰잖아. 설마 정말로 재앙이 아닌가?"
영주도 재정비를 하려나 보다.
패배를 예감할 만큼 위기감은 없지만, 적어도 지금까지 싸운 적 중에서는 월등히 강했다. 적어도 약화됐을 당시 레아보다는 강할 것이다.

그 말인즉, 만약 이 영주가 그 아티팩트를 사용하면 레아는 이길 수 없다.

더군다나, 장비 성능이겠지만 마법이 통하지 않았다. 마법사의 천적이나 다름없는 존재였다.

그리고 그 갑옷의 강점은 마법 내성만이 아니었다. 레아가 장비한 대삼림산 가죽 부츠보다 훨씬 방어 성능이 뛰어났다.

레아가 찼는데 레아의 발이 피해를 받은 것이 그 증거였다. 그런 시스템은 지금 처음 알았는데, 레아의 VIT과 가죽 부츠의 방어 성능 합계보다 상대의 방어 성능이 높아서 레아에게 대미지가 온 것 같았다.

이미 레아의 공격 수단은 들통났고 『어둠의 장막』을 전개하는 이점은 적었다. 이러는 사이에도 MP가 야금야금 줄어들었다.

저 갑옷이 얼마나 마법을 튕겨내는지 모르겠지만, 설마 레아의 모든 마법을 무시할 거라고 생각하지는 않았다. 최악의 경우에는 마법 출력을 높여 순수 힘 싸움으로 밀어붙여야 할 것이다.

레아는 마법을 해제하고, 눈을 떴다. 방구석까지 대피했던 블랑도 똑같이 마법을 해제했다.

그토록 난리를 피웠는데 방의 조명은 여전히 밝았다. 횃불이 아니라 마법 아이템으로 만든 조명 같았다. 이 갑옷이나 이 조명은 어떻게든 가지고 돌아가서 동굴에서 활용하고 싶다.

조명에 비친 영주의 전신 갑옷은 마나를 통해 간접적으로 보던 모습보다 훨씬 고급스러워 보였다.

제법 공격했을 텐데도 거의 흠집조차 나지 않았다.

"—하하하."

그런데 갑자기 영주가 웃기 시작했다.

"하하, 아하하하하하! 으아핫핫핫!"

"……에엥……. 레아, 어디 이상한 곳 때렸어……?"

"……패기도 하고 차기도 했지만, 거의 대미지를 안 받았을 거야. 저 녀석이 맛이 갔다면 처음부터 가 있었던 거지. 내 책임 아니야."

한바탕 웃고 진정한 영주는 방심하지 않고 경계하던 자세를 풀고 편한 자세로 레아를 봤다.

"하하하……. 이거야 원. 타이밍 때문에 운영진이 준비한 NPC라고 생각했는데. 설마 **이벤트 보스가 플레이어였다**니. 이건 예상 못 했어!"

"플레이어라고 했어? 레아, 이 녀석도 플레이어야! 영주라더니 거짓말이었어!"

"어이쿠, 같이 온 친구도 플레이어였나? 하나만 바로잡자면 내가 영주라는 건 거짓말이 아니야."

그보다 문제는 어떻게 이것만으로 레아가 플레이어라는 사실을 간파했는가, 였다.

겉모습이나 행동으로 판별하기는 아마 불가능할 것이다. 아직 웨인을 비롯한 그날의 레이드 파티 중 아무도 눈치채지 못했다는 게 그 증거다.

조금 전까지는 이 영주도 재앙을 이벤트 보스라고 생각하는 눈치였다.

"어떻게 내가 플레이어인 줄 알았느냐는 얼굴이네. 레아, 라고 했나. 이름을 너무 솔직하게 지었어. 내가 할 소리도 아니지만."

이름을 솔직하게 지어?

대체 누구 이름을 생각하고 하는 말인가.

심장이 꽉 조여드는 기분이었다.

'이 인간은, 설마.'

"그럼 알려줄까. 이게 답이야."

영주— 정면에 선 플레이어는 머리를 덮은 투구를 천천히 벗고 바닥에 던졌다.

"……어. 어? 어어?!"

블랑이 혼란에 빠진 것처럼 레아와 영주를 번갈아봤다.

거기에는 레아와 완전히 똑같은 이목구비, 레아의 머리와 눈동자를 검게 칠했을 뿐인 얼굴이 있었다.

"플레이어라고 눈치챈 이유는 간단해. 왠지 엄청나게 하얘졌지만, 그리고 아마 게임 시스템으로 미화됐나 보지만, 내가 그, 레아라고 했던가? 네 얼굴을 못 알아볼 리 없으니까."

"어? 싸, 쌍둥이?"

"오, 사람 기쁘게 할 줄 아는데, 거기 친구. 그래도 아쉽지만 내가 몇 살 더 연상이야."

왜 이런 곳에, 왜 이런 함정을, 플레이어인데 영주라는 건 무슨 소리인가, 아니 애초에 이 게임을 하고 있었나, 지금 어디에 살고 있는가.

묻고 싶은 말은 많지만, 물어야 할지 모르겠다. 레아는 혼란스러웠다.

“묻고 싶은 말은 많지만, 뭐부터 물어야 할지 모르겠다는 얼굴이네.”

“응? 그래?”

“……아니야.”

“아니잖아!”

“아니, 아마 맞아. 뭐, 상관없겠지. 시간도 있고, 계속 싸울 분위기도 아니고. 어차피 오늘은 명백하게 내 패배야. 뭐든 대답해 줄게.”

패배.

명백하게, 라는 수식어가 붙을 만큼 승패가 갈리지는 않았지만, 이건 양보했다고 봐야겠지. 졌을 때보다 분한 감정이 밀려오지만, 필사적으로 마음을 죽이고 평정심을 유지했다. 이 얼굴 앞에서 그러는 건 익숙했다.

“……이름은?”

“아차, 그랬지. 나는 라일라라고 해. 보다시피 인류 캐릭터 플레이어야. 평소에는 이 도시 영주로 일해. 으음, 거기 네 이름은?”

“……어디서 많이 들은 자기소개인데. 저는 블랑이에요. 스케……아차, 그, 흡혈귀예요.”

“……라일라, 는 무슨 목적으로 이런 짓을 했어?”

이것저것 묻고 싶은 말은 있었다. 하지만 우선은 게임이다. 블랑도 있다. 게임에 관한 이야기를 들어야 한다.

“그렇게만 말하면 뭘 가리키는지 모르겠는데. 그렇지만 좋아. 알려줄게. 이런 짓이란 게 레아를 불러들여서 여기 가둔 거 맞아?”

레아는 고개를 끄덕였다.

“그 목적은 이벤트 보스『내려오는 죽음』을『사역』하고 싶어서야.”

처음 듣는 고유명사였다.

설마 레아를 가리키는 말일까. 그렇다면 너무 창피하다.

“그 얼굴! 아, 미안. 사실 그 얼굴이 보고 싶었을 뿐이야. 일부 플레이어가 멋대로 그렇게 부를 뿐이고 딱히 정식 명칭은 아니니까 안심해.”

“……라일라는『사역』을 쓸 수 있어?”

“그 말투, 놀라지 않는 걸 보면 레아도 쓰는구나. 뭐, 당연한가. 내가『사역』을 습득한 건 휴먼에서 상위 종족으로 전생한 뒤야. 내 지금 종족은『노블 휴먼』이라고 해. 흔히 말하는 귀족 계급이지.

상위 종족에는 종족 스킬로『사역』이 개방돼. 그리고 내가 귀족 계급으로 전생할 수 있었던 이유는, 처음부터 설명하면 꽤 길어지는데 일단 쉴래?”

“괜찮아. 묻고 싶은 게 더 있으니까 계속해.”

“그럼 계속할게. 흠, 그래도 어디서부터 이야기해야 할까. 시간순으로 갈까. 우선 내가 첫 비공개 알파 테스트에 당첨됐을 때부터야.”

“거기서부터?! 너무 처음 아닌가요?!”

“……잠깐, 정말로 거기가 처음이야? 알파 테스트의 캐릭터 데이터는 다음 테스트에 이어지지 않았을 텐데…….”

“맞아. 거기가 처음이야. ……그보다 진짜 길어지니까 쉬지는 않더라도 의자와 마실 것 정도는 준비해도 될까? 경계하지 않아도 돼. 이제 와서 속이거나 기습할 생각은 없으니까. 그리고 미안한데 갑옷 벗어도 될까?”

제8장 알프 라일라 와 라일라

후우, 해방감.

전신 갑옷은 원래 참격을 방어하려고 태어난 물건이지, 격투나 해설할 때 입을 게 못 돼. 자고로 전신 갑옷이란— 아니, 이건 나중에 설명할게. 우선은 방금 하던 이야기부터.

내가 비공개 알파 테스터에 응모했을 때부터였나?

게임 내용에 관해 일절 발설하면 안 된다는 서약이 너무 엄격하지만, 그건 알파 테스트라면 의외로 흔한 내용이니까.

그래서 이 시점에서 나는 남들보다 살짝 먼저 경험해서 정식 서비스를 시작하면 빠르게 달릴 수 있도록 방향성만이라도 정해 둬야겠다, 그 정도의 생각이었어.

그리고 이 세계의 대지를 밟았지.

이 도시, 는 아니고 이 나라의 왕도에 가서 분위기를 느끼고, NPC와 교류하고, 때로는 죽이고…… 그렇게 하루를 보냈을 무렵.

나는 이 게임을 진심으로 해야겠다고 마음먹었어. 쉽게 말해 빠진 거지. 이런 기분은 오랜만이었어.

하지만 아무리 진심이라도 어차피 알파 테스트야. 노력해도 그 캐릭터 데이터는 테스트가 끝나면 삭제돼. 의미가 없어.

그래도 그건 어디까지나 테스터 캐릭터의 이야기야.

레아도 들은 적 있지 않을까? 이 게임이 월드 시뮬레이터 기술을 써서 만들어졌다는 소문. 이 세계는 이미 정교하게 완성되어 있었어. 만약 이 테스트에서 버그가 발견되어도 그걸 수정하려고 맵이나 오브젝트를 전부 리셋할까? 이렇게 정교하고, 이렇게 열심히 하루하루를 살아가는 NPC가 있는데.

그래서 나는 한 가지 도박을 하기로 했어. 거리낄 이유가 있나? 어차피 실패해도 데이터가 사라질 뿐인데. 원래 예정과 다를 바 없잖아. 그럼 시험해도 밑져야 본전이지.

그 후 나는 남은 알파 테스트 기간을 전부 써서 온갖 수단으로 자금을 모았어.

주로 사용한 방법은 부자라고 불리는 NPC를 터는 거야.

모두가 잠든 야심한 밤, 저택이나 상회에 숨어들어 금고를 통째로 인벤토리에 넣고 탈출해. 이걸 하룻밤 사이에 최대한 많이 반복했어.

다음 날, 아무에게도 들키지 않을 곳에서 금고를 파괴하고 내용물을 꺼냈지. 꼭 열쇠가 필요한 경우에는 일단 그대로 두고.

나는 테스트가 종료되는 기간까지 이 짓을 반복했고, 마지막 날에는 귀족 저택에 잠입해서 가보 같은 것까지 모조리 인벤토리에 쑤셔 넣었어.

그리고 그렇게 모은 재산을 미리 점찍어 둔 마물의 영역 안쪽 안전 구역 후미진 곳에 묻었지.

내가 도박에 이겨서 이 오브젝트가 리셋되지 않고 남아 있다면 다음 테스트에서도 부유하게 게임을 시작할 수 있고, 그 바통을 정식 서비스까지 넘겨줄 수 있으면 그 어드밴티지는 상상을 초월해.

나는 다음 테스트에도 당연히 응모했고, 테스터로 뽑혔어.

비교 평가를 하기 쉽기 때문인지, 한 번 테스트에 뽑힌 사람은 다음에도 우선적으로 선택되는 것 같더라고.

나는 설레는 가슴을 달래며 우선 그날 보물을 묻었던 곳으로 갔어.

이 시기의 테스트에서는 모든 플레이어가 각국 왕도나 왕도 다음으로 큰 대도시에 스폰돼서 이동 자체는 어렵지 않았어.

다만, 그만큼 테스터 밀도도 높아진 탓에 미행이 없는지만 주의했지.

도착한 곳은 틀림없이 내가 보물을 묻었던 곳이었어.

그런데 거기에는 뭔가를 묻은 흔적이 전혀 없고 풀과 나무만 무성한 거야.

나는 절망했지만, 혹시 모른다는 생각으로 그곳을 파 봤어. 그랬더니 거기에 내가 전에 묻었던 보물들이 잠들어 있었어.

그때 확신했지.

이 게임이 월드 시뮬레이터인지 아닌지는 모르지만, 적어도 그것에 가까운 기술을 이용해 진짜 하나의 세계를 구축할 작정으로 개발됐다고—.

◆◆◆

"길어!"

"정말로 기네요……. 뭐, 이야기는 재미있지만요. 그리고 NPC가

필사적으로 하루하루를 살아간다고 열변한 몇 초 후에 상회를 턴다니, 이거 은근히 위험한 인간이네. 아, 이 사람 레아 관계자 맞구나, 라는 생각이 절로 드네요.”

“그래서 라일라는 결국 무슨 말이 하고 싶은 거야?”

◆◆◆

이야기는 이제 시작이야. 자, 우리 메이드가 내준 홍차라도 마시면서 진정들 해. 타르트도 있어. 이건 내가 구운 거야. 어이쿠, 아직 더 있으니까 천천히 먹어. 그러고 보니 레아가 이걸 좋아했지.

어쨌든, 그렇게 나는 이 세계의 진실 일부분과 막대한 자금을 얻었어.

당연히 이 테스트에서도 캐릭터를 성장시켜 봤자 큰 의미는 없었지. 나는 계속해서 자금 벌기에 몰두했어.

다만, 이때 한 일은 저번 같은 범죄가 아니야.

전에 얻은 자금을 밑천으로 상회를 세웠어.

그리고 이때, 막 상회를 세우려던 때 눈치챘는데, 저번 테스트로부터 게임 안에서는 무려 10년이 흘러 있었던 거야.

내가 보물을 묻은 곳이 초목에 뒤덮인 건 오브젝트가 수정되어서가 아니라 단순히 세월이 흘렀기 때문이었어.

그래서 생각했지.

옛날에 훔친 귀족의 가보를, 도적을 해치우고 되찾았다며 돌려줘서 귀족과 인맥을 쌓을 수 없을까, 라고.

요컨대 병 주고 약 주기로 은혜를 베푸는 거야.

그리고 이 인맥을 사용해서 뭔가 남길 수 있는 게 없을지 생각했어.

돈은 이미 충분해. 어디에 써야 할지도 모르겠어.

그러면 아이템이다. 넘겨줄 수 있는 건 형태가 있는 물질뿐이니까. 이 인맥을 써서 특별한 아이템을 얻는다면 다음 플레이에 보너스가 돼.

다행히 내가 훔— 되찾은 가보 중에는 당대 왕에게 하사받은 특별한 아이템도 있었나 봐. 그 공적을 인정받아 왕성으로 초대받았어.

솔직히 이건 행운이라고, 이때의 나는 생각했어.

거기서 왕이 제시한 포상은 돈이냐 지위냐, 였지.

지위를 받아 봤자 의미는 없지만, 이 시점에서 돈은 이미 썩어 넘쳤어.

그럼 시험이나 해 보자는 생각으로 지위를 요구했어. 그랬더니 대신 왕에게 충성을 맹세하라지 뭐야.

이때는 충성을 맹세한다는 행위가 무엇을 의미하는지, 나는 몰랐어. 그래서 대충 수락해 버렸지.

그리고 손에 넣은 거야.

노블 휴먼으로 전생할 때 필요한 아이템. 「푸른 피」를.

이 아이템을 받은 순간, 사용 방법을 알았어.

왕의 이야기에 따르면 아티팩트라고 불리는 일부 아이템에는 그런 기능이 있다고 해. 쉽게 말해 설명서지.

그리고 이때 한 가지 사실을 더 알았어.

내가 되찾은 보물—이라고 주장한 그 귀족의 가보. 왕성에 초대받는 원인이 된 아이템. 그건 아티팩트다. 그리고 여기서 주려고 했던 돈은 입막음용이다. 그럼 돈이 아닌 지위를 골랐을 때 요구한 충성 맹세에도 내 입을 막을 무언가가 있을 거다.

나는 받아 든 푸른 피를 인벤토리에 넣고 무슨 짓을 당하기 전에 그 자리에서 자결했어.

기껏 상회를 세웠지만, 이렇게 되어 버리면 포기하는 수밖에.

상회의 내 방에서 리스폰한 나는 나라가 상회를 접수하기 전에 상회의 금고를 전부 인벤토리에 넣고 종적을 감추기로 했어.

그리고 종적을 감추는 김에 나를 왕성에 소개해 준 귀족의 저택에 숨어들어서 가보와 재산을 깡그리 쓸어 담았어. 사실상 손해 배상금이야.

그렇게 맞이한 오픈 베타, 아니, 이미 얼리 액세스였지.

이때가 참 난감했어. 초기 스폰 위치가 랜덤이었거든. 하지만 딱히 서두를 필요도 없고, 왕도 부근까지는 평범하게 경험치를 벌면서 이동했어.

거기서 나는 쌓아 뒀던 자금을 회수하고 함께 숨겨 둔 푸른 피를 사용해 노블 휴먼이 된 거야.

당시 이 도시는 통치자가 없는 왕가의 직할지였어. 성도 멋있어서 나는 이 도시를 갖고 싶어졌지.

이때도 사실 저번 테스트로부터 세월이 꽤 흐른 뒤였어.

조사해 보니까 그때 신세 졌던 귀족은 몰락하고 그 핏줄은 끊겼다고 하더라. 다만, 마지막까지 왕가에 충성해서 그 몰락담이 미담으로 전해지고 있었어.

나는 이걸 이용할 수 없을지 생각했지.

노블 휴먼이라는 종족은 노블 휴먼끼리 결혼해야만 탄생한다고 해.

휴먼과 교배해서 태어난 잡종은 모두 휴먼이 돼.

그래서 이 시점에서 왕가가 관리하는 「푸른 피」를 사용한 이력도 없이 갑자기 나타난 나는 어떤 귀족의 직계임은 분명하나 정체를 알 수 없다는 입장이었어.

전에 받은 「푸른 피」는 웬 도적의 시체와 함께 소멸했다고 전해졌지만, 어차피 이때 내가 그걸 사용했다는 증거도 없잖아? 그런 의혹조차 생기지 않았어. 이번에는 정식 서비스까지 이어지니까 아바타를 풀 스캔으로 만들어서 얼굴도 달랐고. 난 이 얼굴이 너무 좋아.

어쨌든, 그래서 이름을 대고 나선 거야. 내가 바로 그 몰락한 귀족의 직계 자손이라고. 내가 가진, 이 가문(家紋)이 들어 있는 단검이 무엇보다 확실한 증거라고.

그리하여 나는 어엿한 귀족으로 인정받았어. 하지만 이미 옛 영지는 남의 소유였지. 그걸 내 조상의 땅이라며 마음대로 빼앗을 수는 없는 노릇이야.

그래서 왕가에 부탁했어.

직할지 도시를 하나 나에게 내려 주실 수 없겠냐고.

◆◆◆

“뭐랄까, 자매가 쏙 빼닮았네요…….”

“……하나도 안 닮았는데?”

“아냐, 닮았어. 얼굴도 그렇고 행동도 그렇고 위험한 언동까지 싹 다. 보통은 게임이라도 인간이랑 똑같이 생긴 생물을『잡종』이라고 안 불러.『협력자』와 방향성은 반대지만, 같은 냄새가 풍긴다구. 그리고 엄청 신나게 설명하는 얼굴이 붕어빵이야.”

“내가 생각해도 긴 이야기라서 망설였는데, 재미있게 들어 줘서 다행이야. 그럼 다음은 전신 갑옷의 역사를 이야기할 차례였나?”

“필요 없어.”

“필요 없어요.”

“그보다 다음은 나를 여기로 유도한 수법. 그리고 그 마법 내성 있는 갑옷에 관한 설명.”

“그런데 레아, 근본적인 목적을 잊지 않았어? 일부러 그래?”

“뭐가?”

“여기 온 목적 말이야! 힐루스 왕족의 행방을 찾는 거 아니었어?”

“뭐야, 그런 게 궁금해? 좋아, 그럼 다음은 그걸 정리해서 설명해 줄게. 길어질 거야.”

“어?”

“어?”

◆◆◆

뭐부터 이야기할까. 우선 레아를 여기로 유인한 수법부터 밝힐까?

그런데 이건 사실상 실패였어.

정확히 말하면 내 계획은 「재앙」을 이 도시로 불러들이는 거야. 그러니까 나는 이 도시 주변의 유통망을 이용해서 어떤 정보를 흘리려고 했어.

이미 알겠지만, 그건 힐루스 왕국이 이미 소멸했다는 소문이야.

이건 귀족이 되고 안 사실인데, 이 대륙의 통념상 국가의 상징은 국토와 왕가라고 해. 실은 왕도도 중요하지만, 그걸 아는 사람은 왕가와 국가 중추부뿐이야. 아, 어쩌면 레아도 이미 알고 있을지도 모르겠네.

그러니까 NPC 귀족들에게 「나라가 멸망했다」라고 말하면 보통은 「국토를 잃었거나 왕가가 멸족했다」라고 생각해.

힐루스 귀족에게는 앞으로의 거취를 결정하는 중요한 문제고, 타국 귀족이라도 외교에 직결되는 중대 사항이지.

그리고 귀족과 거래하는 상인에게도 물가와 경제에 직접 영향을 미치는 큰 문제라고 할 수 있어.

사태의 중대함을 아는 귀족과 상인들은 온갖 수단을 동원해 정보의 진위를 파악하려고 해. 그 행동 자체가 더 큰 소문을 부르지.

그렇게 퍼진 소문은 곧 「재앙」의 귀에도 들어갈 거야. 왜냐하면 「재앙」은 NPC들의 소문과 정보에 집중하고 있을 테니까.

왜 그렇게 생각하냐고?

「재앙」도 사라진 힐루스 왕족을 찾고 있기 때문이야.

「재앙」은 한 번 패배했어. 앗, 아야, 날개 넣어 줘. 이제 말 안 할게.

아무튼 이때 「재앙」은 플레이어들이 사용한 아티팩트로 고배를 삼켰어. 하지만 그 직후 함락한 왕성에서는 이미 아티팩트가 사라지고 없었을 테지. 왕족과 함께.

그렇다면 「재앙」은 왕족을 찾으려고 할 거야. 가뜩이나 경호가 삼엄한 왕족에 국보 전부. 아무리 숨기려고 해도 눈에 띌 수밖에 없어. 그들이 지나간 자리에는 자연스럽게 소문이 흐르겠지. 아무 NPC나 잡아서 고문이라도 하면 금방 알아낼 수 있어.

「재앙」은 아마 그렇게 생각할 거라고 나는 생각했어.

그리고 그런 가운데 「힐루스 멸망」이라는 소문이 나오면 어떨까.

누가 무슨 목적으로 이런 소문을 흘렸는가.

멸망이 사실이라면 그것을 아는 소문의 유포자가 왕족을 몰살했다는 뜻이 돼.

멸망이 사실이 아니라면 무슨 목적으로 거짓 소문을 퍼뜨렸을까. 이 소문을 가장 싫어할 자는 도망친 왕족이야. 그들을 끌어내기 위해서 소문을 흘렸다고 생각하는 게 타당해.

어느 쪽이든 「재앙」은 소문의 출처로 직접 가 보는 게 가장 빠르다고 생각하겠지.

출처를 찾는 건 그다지 어렵지 않아. 우리는 숨기지 않았으니까.

조만간 그 사실을 파악하고 이 도시에 나타날 거라고 예상했지.

요점을 추리면 멸망하지 않았는데 멸망했다고 헛소리를 퍼뜨리는 인간이 있다.

대체 무슨 수작인지 궁금해서 와 주지 않을까, 라고 기대한 거지.

혼자서 와 줄지는 솔직히 도박이었지만, 「재앙」의 목적은 어디까지나 정보지, 이 도시가 아니야. 대대적으로 침공하면 또 도망칠지도 몰라. 게다가 전에 한 번 혼자서 싸우다가 허를 찔린 건 아티팩트 때문이고, 왕도도 아닌 이 도시에서 그게 사용될 우려는 없어.

그렇다면 혼자나 소수로 야습하지 않을까, 라고 생각한 거야.

◆◆◆

"……몇 가지 질문해도 될까?"

"물론. 얼마든지."

"우선 처음에 실패했다고 말한 이유는? 내가 이렇게 유인당했으니까 성공 아니야?"

"아, 그거? 소문을 듣고 찾아온 것치고는 너무 빨랐어. 오히려 내가 묻고 싶어. 어떻게 이 도시라고 단정한 거야?"

"SNS에서 봤어."

"쿠폰이냐! 왠지 레아, 평소랑 분위기 변하지 않았어? 무표정이고, 말수도 적고. 그게 있죠, 우연히 이 도시에 있던 플레이어의 글을 봤는데, 기사한테 힐루스 멸망 소식을 들었다는 거예요. 그래서 확인하러 왔어요."

"아하, 그래서. 확실히 SNS의 전파 속도는 입소문과는 비교가 안 되지. 그래도 그럼 역시 재앙이 이곳으로 온 건 우연이라는 뜻이네. 내 작전은 실패야."

“그런데 꽤 우연에 기댄, 불확정 정보나 추측을 바탕으로 한 작전이네요? 아무 일도 없었을 가능성이 훨씬 크다고 생각하는데요.”

“뭐, 그건 그래. 재앙을 『사역』해 보고 싶었을 뿐이니까. 딱히 이번 재앙이 아니라도 상관없는데 정보가 없거든. 어차피 내가 하는 일이라고는 소문을 흘리는 것뿐이고, 코스트와 리턴을 생각하면 잘못돼도 손해 볼 건 없잖아? 뭐, 일단 내가 재앙이 온다고 예상했던 건 이벤트 종료 후였으니까 사망 페널티만은 부담해야겠지만.”

“……알았어. 그럼 다음으로, 왕도가 국가의 중요 요소라는 이유. 이건 일부 아티팩트의 발동 조건과 관련 있어?”

“맞아. 더 자세히 이야기하자면 이 도시는 옛날 번성했던 나라의 왕도가 있던 곳이야. 알지도 모르지만, 그때의 왕은 정령왕이라는 인물이고 그가 만든 아티팩트라면 이 도시에서도 발동할 수 있지 않을까, 라고 생각했어. 뭐, 그 아티팩트 자체가 나한테 없었지만. 다만, 그 아티팩트에 담긴 힘은 정령왕의 저주 같은 거라서 후세 왕가에 대한 원념으로 발동한다고 해. 그래서 후세, 즉, 현대의 6대 국가가 다스리는 왕도에서만 발동하는 거야. 이 도시는 관계가 없지. 정령왕의 비극은 마지막 힘으로 제작한 저주의 아이템이 너무 강력한 아티팩트가 됐다는 점이야. 만지면 사용법이 전해지니까 제작 의도와는 반대로 그것들이 각국 왕가의 권위와 안전을 지켜주고 있어. 그런 이유가 있으니까 어쩌면 힐루스 왕가가 단절된 지금, 레아가 있는 힐루스 왕도에서는 발동 조건을 채우지 못할 수도 있어. 이건 검증이 필요하겠네. 괜찮다면—.”

“시켜 줄 리 없잖아. 그럼, 다음. 이건 아마 같은 내용일 테니까 한 번에 말해도 돼. 우선 힐루스 왕도가 멸망했을 때 왕족도 아티팩트도 사라졌을 거라고 말했는데, 어떻게 알았어? 그리고 왕족은 지금 어디 있어? 또, 아티팩트가 『나한테 없었다』라고 말했는데, 그럼 지금은 있어?"

"그러네. 전부 한 가지 내용으로 연결돼. 내가 부하에게 명령해 힐루스 왕족을 처리하고 아티팩트를 손에 넣었어. 지금은 이 성 보물고에 보관 중이야. 사실은 여기에 설치해 둘 계획이었는데 어차피 발동하지 않으니까. 사실은 처음 소문을 퍼뜨릴 때는 아티팩트를 이용할 생각이었어. 그런데 여기서는 발동하지 않는다고 밝혀졌지 뭐야. 만약 발동했으면 지금쯤 레아가 내 것이 됐을지도 모르겠네?"

"소름 끼치는 소리 하지 마. 플레이어를 『사역』하려면 본인이 수락해야 하니까 절대로 그럴 일 없어. 그런데 부하에게 명령했다고 말했는데, 그건 시간 순서상 힐루스 왕도가 습격받은 시점에서 왕족 망명을 확신했다는 의미야. 하지만 왕족 망명은 NPC 오코넬 재상이 제안했으니까 예측할 수 있을 리가 없어."

"응? 자국 원수에게 망명을 권하는 재상이 있어? 대담한 발상이네. 주의해야겠어."

"……처리했으니까 이제 없어."

"그래? 그럼 됐지만. 그나저나 어쩌지. 이건 이번 일련의 사건과 직접 관련이 없고 오히려 다른 곳에 관련된 사안인데. 서비스가 조금 과하다는 느낌도 들고. 아, 레아가 내 부탁을 하나 들어주면 대답할게."

"그럼 됐어."

"잠깐! 듣기라도 해 봐! 별일 아니면 해 줘도 되잖아!"

"……부탁이 뭐야?"

"레아 친구 카드를 줘. 내 것도 줄 테니까. 아마 이렇게 하면 친구 등록이 되지?"

"그럼 됐어."

"잠깐잠깐잠깐! 괜찮잖아! 하나만 드려! 자, 꺼내 봐! 여기까지 들으면 나도 궁금하단 말이야!"

"……자, 여기."

"오오, 고마워. 블랑은 좋은 일을 많이 하네. 자 그럼, 왕족의 망명 이야기였지? 재상이 그런 제안을 했을 줄은 몰랐지만, 왕족이 망명을 선택하는 건 나름대로 정확도가 높은 추측이었어. 애초에 생각해 봐. 이 대륙에는 현재 6개국이 있지만, 한 번도 전쟁이 일어나지 않았고 국가가 멸망한 적도 없어. 그런 그들이 망명이라는 생각을 스스로 떠올릴 리가 없지 않겠어? 나는 귀족이 된 후로 상업 정책과 외교에 힘을 쏟았어. 그 일환으로 힐루스 왕가나 그와 가까운 혈연들과도 교류했지. 그래서 이야기를 나눌 기회도 제법 있었고, 무슨 일이 있으면 우리 도시로 도망치세요, 라고 왕족에게 제안해 뒀어. 이 도시는 마물의 영역에서 멀고 구 통일 국가의 왕도답게 대륙의 거의 중앙에 위치하거든. 어느 나라에서든 도망쳐 오기 좋은 지리지. 그러던 때, 그 소동이 난 거야. 인류의 적이 태어났다. 그거 레아 얘기지? SNS에서 『힐루스 왕도에 재앙이 오니까 레이드 파티를 모집한다』라는 스레드를 발견하자마자 나의 자랑스러운 기사단을 파견했어. 내가 조사한 바로는 아무리 플레이어를 모아도 재앙에게는 못 이겨. 그렇다면 틀림없이 힐루스 왕도는 멸망해. 재앙에게 공격받고 왕국의 미래에 절망하면 왕족분들은 분명히 나를 떠올려 주겠지. 그렇게 생각해서 기사단을 보낸 거야. 보이면 전부 죽이고 아티팩트를 빼앗아 오라고 명령해서."

"악마냐……세요?"

"……흐응. 왜 망명하도록 바람을 넣은 거야? 아티팩트가 탐나서? 그리고 힐루스 외의 왕가에는 그런 이야기 안 했어?"

"맞아, 아티팩트가 탐나서 바람을 넣었어. 그건 현재 기술로는 만들 수 없거든. 이 도시에서 기동할 수는 없지만, 가지고 있어도 손해는 없지. 그리고 만약 그 왕족의 핏줄이 끊겼을 때, 아티팩트를 소지했다는 이유로 내가 왕가의 후예를 주장할 때가 올지도 모르잖아. 뭐, 이건 왕족이 전부 죽은 시점에서 공식 사이트에 국가 멸망이 반영되니까 하기 어렵게 됐지만. 그리고 힐루스 왕가 외에도 교류가 있는 왕가에는 말해 뒀어. 코웃음 쳤지만."

◆◆◆

이 사람, 아마 레아의 언니인 인물과 만난 뒤부터 레아의 태도가 조금 이상했다.

평소보다 표정이 적어지고 말수도 줄었다. 블랑이 봐도 티가 날 정도였다.

마치 감정을 억누르고 겉으로 드러내지 않으려는 것 같았다.

"……레아, 괜찮아? 어디 안 좋아?"

"괜찮아. 평소랑 똑같아."

"……. 그럼, 다음으로 기사들의 갑옷 말인데, 그건 만에 하나 『정신 마법』이 튕겨 나갔을 때 힘으로 제압하려고 준비했어. 그 갑옷에는 마법이 안 통하니 힐루스 왕도에서처럼 한 방에 쓸려나가지는 않을 테니까. 그리고 그건 사실 사연이 있는 아이템이야. 과거 정령왕을 칠 때 당시 귀족들, 현대 왕족의 조상님에 해당하려나? 그들이 입었던 갑옷이라고 전해져. 정령왕이 쏘는 마법으로부터 몸을 지키기 위해서. 진위는 모르지만. 하지만 마법 내성은 진짜니까 일단 돈을 쏟아부어서 긁어모았어. 왕족이 입었다는 전설이 사실이면 쉽게 팔 리 없으니까 아마 복제나 유사품이겠지만. 아, 그래도 처리한 힐루스 왕족은 가지고 있지 않았지. 레아네 보물고에도 남아 있지 않다면 이 이야기 자체가 헛소문이거나 이 갑옷이 정말로 진품이거나, 둘 중 하나겠어. 이미 내가 입었던 오리지널 같은 한 벌을 제외하면 전부 고철이 됐지만."

이제 듣고 싶었던 이야기는 전부 들었을까.

처음 목적도 달성했고 새롭게 태어난 수수께끼도 해결했다.

아쉽게도 레아에게 아무런 도움도 되지 않았지만, 또 만날 기회가 있으리라.

이제는 잡담을 나눠도 될 것이다. 아무리 봐도 레아에게는 게임 말고도 묻고 싶은 이야기가 있어 보였다.

"……그럼 이제 볼일 다 봤어."

"응? 벌써 돌아가게? 더 이야기 안 나눠? 언니라고 안 했어?"

"……남이야. 관계없는 사람."

무표정으로 단언했다.

레아의 날개는 정신 사납게 흔들리고 있었다.

라일라를 보자 난감한 듯, 포기한 듯, 뭐라고 말해야 좋을지 모를 표정을 짓고 있었다.

어떤 감정인지 모르겠지만, 한 가지 말할 수 있는 건 보는 이를 모두 애절하게 만드는 표정이란 것이었다.

레아와 같은 얼굴로 그런 표정을 지으면 블랑의 가슴도 조여드는 기분이었다.

"……안 돼. 그건."

"……블랑?"

"돌아가면 안 돼. 방금 둘 다 엄청 놀랐지? 오랜만에 만난 거 아니야? 가정 사정은 모르니까 너무 참견하고 싶지 않은데……. 여기서 헤어지면 다음에 언제 만날지 모르는 거 아니야? 레아는 말투가 조금 독특하지? 그거 혹시 언니 영향 아니야? 들어 보니까 말투가 똑같은걸. 언니를 보고 자랐다는 걸 바로 알겠어. 언니가 구워 준 타르트, 맛있었어. 레아도 좋아한다고 했지? 언니가 매일 구워 줬던 거 아니야? 매일 게임 속에서까지 타르트를 굽고, 레아가—."

"저기, 이제 그만해 주면 안 될까? 내가 죽겠어. 창피해서."

라일라가 두 손으로 얼굴을 덮고 있었다.

하지만 여기서 물러나면 이 자매가 화해하지 못할지도 모른다.

"……딱히, 두 번 다시 못 만나는 것도 아니야. 친구 등록도 했고."

"앗."

그러고 보니 그랬다. 블랑과 라일라도 했다.

라일라

여기서 헤어져도 블랑이 두 사람의 만남을 주선하는 것도 불가능하지 않다.

조금 냉정해져서 생각해 보니까 남의 가정 사정에 조금 지나치게 참견했는지도 모르겠다.

블랑도 친구를 사귀는 데 그다지 익숙하지 않아서 평범하게 이야기할 때는 풍부한 지식 — 주로 만화책 — 으로 분위기는 파악하지만, 이럴 때는 어디까지 발을 들여도 될지 모르겠다.

이번에는 역시 지나쳤는지도 모른다.

"그, 쓸데없는 말을 해서 미안. 그래도……."

"……괜찮아. 알았어. 조금 얘기해 볼게. 뭐, 친구 카드도 블랙리스트에는 넣어 둘 생각이었으니까. 블랑은—."

"아, 나는 혼자 돌아갈래! 『소환』도 있으니까! 그럼 먼저 갈게! 『술자 소환』!"

"앗, 바보—."

"『소환』? 『소환』에 뭐가 있어? 돌아가? 어떻게—."

"앗."

◆◆◆

시야가 어두워지고 다음으로 밝아졌을 때는 에른타르 영주 저택이었다.

눈앞에서 디아스와 사슴벌레 왕 같은 마물이 홍차를 마시고 있었다.

서빙은 아잘레아가 하는 모양이었다. 아잘레아를 타깃으로 돌아왔으니까 방에 있는 것은 당연하지만.

“어서 오십시오, 블랑 님. 헌데 폐하께서는?”

“아, 레아는 그 잠깐 그게, 뭐라고 해야 하지. 저쪽에서 친구가 된 사람과 할 얘기가 있대서.”

“그렇습니까. 가는 길과 달리 오는 길은 한순간이니까요. 친구분과 함께 계신다면 걱정은 필요 없겠군요.”

“그.러.게.”

그나저나 실수했다.

당황한 바람에 하필이면 라일라가 보는 앞에서 『소환』으로 이동해 버렸다.

권속이나 자기 자신을 거리에 상관없이 이동시킬 수 있다고 알려지면, 라일라의 성격상 어떤 흉계를 꾸밀지 짐작도 가지 않았다. 그도 그럴 것이 레아의 언니 아닌가.

“……됐어, 저질러 버린 건 어쩔 수 없지. 돌아올 때까지 기다리자. 그런데 그쪽에 계신 사슴벌레 씨는 이름이 뭐야?”

“고유 이름은 없습니다. 블랑 님 세력으로 비유하면, 이름 없는 스파르토이와 동급의 지위겠군요. 종족명은 퀸 비틀이었던가요.”

사슴벌레가 몸 전체로 끄덕였다.

“아, 그렇구나. 목이 없어서…….”

퀸 비틀이라면 여왕일 텐데 왜 근사한 턱이 달렸을까.

“퀸 비틀 씨는 이 도시의 방어를 도와주기로 했지? 낮에는 별일 없었어? 플레이어는 안 왔고?”

“왔어요. 어제와 같은 규모였어요. 퀸 비틀 님이 낳으신 거대사슴벌레가 대부분 두 동강 내 버렸어요."

마젠타가 우아하게 홍차를 마시면서 답했다.

이 녀석은 왜 팔자 좋게 앉아서 차를 마시나 했더니 서빙이 교대제인 모양이었다.

"이쪽은 걱정하실 필요 없습니다. 그런데 여자 친구끼리 떠난 여행은 어떠셨는지요? 성과는 있었습니까?"

"성과! 있었어! 우선 힐루스 왕도에서 도망친 왕족이 어떻게 됐는지 알았어. 그리고 그 왕족이 가지고 있었다는 아티팩트의 행방도. 그러니까 여행 목적은 달성한 셈이야."

"그건 잘됐군요. 폐하께서도 참으로 기뻐하셨겠습니다."

"……그러게. ―그래 주면 좋겠는데."

◆◆◆

"지금 그 아이가 사라진 스킬과 『소환』의 관련성은 나중에 듣기로 하고. 기왕 이렇게 된 거, 방금 그 아이의 용기를 봐서라도 잠깐 이야기를 나눌까. ―잘 지냈어?"

"……보면 알잖아."

"아니, 캐릭터 아바타잖아. 그것도 게임용."

"……뭐 그냥저냥."

"내가 없어서 쓸쓸하진 않았어?"

"……딱히. 별로. ……생각을 안 하려고 했어."

"그래……."

"……어머니와 할머니 안부는 안 물어? 건강하게 지내시는지."

"어? 응. 종종 만나."

"뭐?! 왜?!"

"왜냐니……. 가족인데 그야 가끔은 만나지."

"그쪽 말고!"

"으응? 그럼 어느 쪽……?"

"……됐어."

"아, 어머니하고는 만나면서 왜 너는 안 보러 오냐고?"

"됐다고 하잖아!"

"……그야, 화났다고 들어서. 아, 지금 말고. 내가 진학할 때."

"……화 안 났어. 실망했을 뿐이야."

"내가 대를 잇지 않겠다고 해서? 아니면 그걸 할머니가 승낙하셔서?"

"……나보다 ■■■(라일라)가 더 재능이 있어. 나는 한 번도 이긴 적 없어. 그런데 ■■■(라일라)는 대를 잇지 않고 무슨 대학으로 도망갔어."

"그때는 내가 더 강했지. 그래도 이제는 ■■■(레아)가 더 강하지 않을까. 그리고 도망간 게 아니야. 나는 나대로 하고 싶은 일이 생겨서 그래."

"아니야! 똑같이 훈련했으면 내가 ■■■(라일라)한테 이길 리가—."

"아니야. 똑같이 훈련할 수는 없는 거야. 사람에게는 누구나 할 수 있는 일과 할 수 없는 일이 있고, 나는 ■■■(레아)처럼 훈련할 수 없었어. 그 대신 특별히 노력하지 않아도 어지간한 일은 할 수 있지만. 그러니까 언젠가 반드시 ■■■(레아)한테 따라잡힐 거라고 알고 있었어."

"……그래서 물러난 거야?"

"합리적인 판단이야. 나는 왜 내가 강한지 모르겠으니까. 처음부터 할 수 있었으니까. 그래도 ■■■(레아)는 아니지? 처음에는 지기만 했는데, 지금은 할머니도 너한테는 못 당하신다며? 매일매일 조금 무서울 정도로 훈련해서 ■■■(레아)는 강해졌어. 그러니까 어떤 사람이든 어떻게 하면 강해지는지 가르칠 수 있지 않아?"

"……■■■(라일라)가 나가는데 할머니가 아무 말씀도 안 하신 것도, 합리적 판단이야?"

"나도 할머니가 무슨 생각을 하셨는지는 몰라. 그래도 어느 쪽인가 하면 ■■■(레아)가 즐겁게 훈련을 받아서 그러시지 않았을까. 나는 사람을 가르치는 재능이 없다고 상당히 일찍 아신 모양이니까. 중학생 시절부터 말씀하셨어. 더 생각하고 움직이지 않으면 미래가 없다고."

"……딱히 나는 훈련이 즐거웠던 게……."

"그런가? 내 눈으로 봐도 즐거워 보였는데. 항상 나한테 져서 울었지만, 그 뒤— 아야! 날개 넣어!"

"……그럼 어디 대학에 들어간 것도 할머니와 어머니가 허락하셨던 거야?"

"그야 그렇지. 내가 스스로 생활비와 학비를 낼 수 있을 리 없잖아. 일하면서 공부하는 타입으로 보여?"

"……전부 내팽개치고 도망갔다고 생각했어."

"그럴 리가 없잖아. 무슨 이유로 무엇한테서 도망친다고. ……뚝, 울지 마."

"……안 우는데."

"알아. 왠지 몰라도 눈물이 나올 뿐이지? 다 아니까 뚝."

"갑자기 집을 나간다는 둥 대학에 가겠다는 둥 하니까."

"갑자기는 아니야. 얘기 다 했었는데."

"못 들었어."

"들으려고 하지 않은 건 아니고? 뭐, 진로 이야기는 굳이 동생까지 불러서 할 이야기도 아니니까. 할머니와 어머니가 아무 말도 안 하셨다면 어쩌면 들려주고 싶지 않았는지도 몰라."

"……나는 아무리 시간이 지나도 ■■■(라일라)한테 못 이기고, 갑자기 할머니가 후계자는 나라고 하고, 왜 ■■■(라일라)가 있는데 나냐고 생각했더니 어디 대학에 가니까 안 된다고 하고."

"……아, 그런 이유. 후계자가 싫어서 도망친 건 아니야. 하고 싶냐고 물으면 솔직히 안 맞다고 생각했지만, ■■■(레아)가 하기 싫다고 했으면 내가 했을 거야, 아마."

"……어머니는 아무 말도 안 해 주고."

"어머니는 뭐……. 교육 방침이라고나 해야 하나, 교육 분담이 다르잖아? 당주는 할머니니까 그쪽은 할머니께 일임하셨을 뿐이야."

"……어머니는 아무 말도 안 해 주면서, 내가 우엉 남기면 화내."

"……아직 못 먹어? 대체 몇 살이야, 정말."

"나이는 상관없잖아. 할머니도 남겨."

"……대체 몇 살이야, 정말."

"……나는 그런 푸념할 사람도 없어졌어."

"아아……. 그건, 미안. 그런데 아까도 말했지만, 왠지 내가 집에서 나올 때 화났다고 들어서. 어머니한테 어떻게 지내냐고 물었더니 괜찮아졌다고 하셔서, 그럼 괜찮은가 보다 했지. 가끔 사복이나 도복 입고 찍은 데이터를 받아서—.”

“뭐?!”

“으앗, 깜짝이야! 갑자기 고함치지 마.”

“데이터?! 누구 거?!”

“그야 ■■■(레아)지. 표정 늠름한 거.”

“지워! 어디 이상한 거 아냐?!”

“아니 왜, 싫어. 지금 VR 모듈 부팅 화면으로 설정해 뒀는데.”

“진짜 뭐야아!”

“아, 뚝. 울지 마.”

“안 울어! ……이제 됐어, 그건. 그보다 하고 싶은 일이 뭐야?”

“뭐가?”

“방금 말했잖아. 도망간 게 아니라 하고 싶은 일이 생겼다고.”

“아……. 응. ■■■(레아)가 즐겁게 훈련하는 모습을 보고 나니까, 나한테 그런 게 없더라고. 그래서 지금 나에게 가장 즐거운 게 뭘까 생각했는데, ■■■(레아) 관찰 아닐까 싶어.”

“어디 이상한 거 아냐?”

“관찰 아닐까 싶어서, 당주는 되지 않더라도 어떻게든 관찰을 계속할 방법이 없는지 생각했어. 그렇게 떠올린 게 VR을 재활 치료에 응용하는 기술 연구야. 이걸 잘 이용하면 지금 우리 집이 힘 쏟는 VR 공간에서의 훈련과 병용해서 상승효과를 노릴 수 있지 않을까 해서, 물리치료사 같은 자격증 따고 의학부 보건 학과에 들어왔어.”

"……정신 나간 소리를 한다 싶었는데, 이상한 건 처음뿐이고 의외로 정상적이라서 놀랐어. 그래서 집에서 나갔어? 재활 전공이면 현장 연수도 있을 테고, 전부 VR 통학으로는 할 수 없으니까."

"아니, 집에서 다닐 수 있는 거리야."

"뭐 하자는 거야?!"

"지금은 후회해. 살짝 그, ■■■(레아)랑 있기 어색하다는 이유만으로 집을 나온 거. 뭐, 그때는 나도 젊었으니까, 아니, 지금도 젊지만."

"난 앞으로 못 만나는 줄만 알았는데. 대체 뭐냐고, 정말……."

"그럼 그, 결국 화 안 났다고 생각하면 돼?"

"……나를 버리고 나간 게 아니면 됐어."

"아무것도 안 버렸어. 후계자는 ■■■(레아)라고 정한 건 꽤 오래전이야. 그보다 이미 아는 줄 알아서 평범하게 진로를 정한 건데."

"못 들었다니까! 대학 진학한다는 말 들었을 때 처음 알았어! 그래서…… 으."

"자, 여기 손수건. 그랬구나. 그럼 이제 화 안 났어? 집에 가도 돼?"

"……그걸 왜 나한테 물어. 그리고 이제 방도 없는데?"

"없어?! 왜!"

"어머니가 정리했어. 그래서 나도 영영 안 돌아오는 줄 알았고."

"너무하지 않아……?"

"너무……한가?"

"……그럼 ■■■(레아) 방 같이 쓰자. VR 모듈 두 개 정도는 들어가지?"

"내 방에 그것밖에 없다고 생각해?"

"인형이랑 그것밖에 없는 줄 알았는데. 뭐 늘었어? 옷은 다른 방에 두잖아."

"……안 늘었어."

"그럼 부탁할게. 조만간 어머니한테 머리 숙여서 방 준비해 달라고 부탁할 테니까. 그동안만."

"……화는 안 났지만, 실망한 것도 취소하겠지만, 새로 실망했어……."

"이벤트 끝나면 이사해야겠네. 야아, 정말로 오랜만에 현실 ■■■(레아)를 만나겠네. 녹화 영상으로는 매일 게임 시작할 때 만나지만."

"동영상이었어?!"

제9장 멀티플레이

단둘이 남은 레아와 라일라가 어떤 대화를 나눴는지는 알 수 없다.

하지만 돌아온 레아의 표정을 보면 그때 블랑의 행동은 틀리지 않았다고 생각한다.

“—좋은 일이라고 생각해. 잘했다고 생각해, 정말로. 레아도 매일 즐거워 보이고 말이야. 라일라 씨랑 채팅도 하고, 가끔 성에 놀러 가서 차도 마시고.”

블랑은 전에 얻은 『비상』으로 오랄이라는 나라의 왕도를 하늘에서 내려다봤다.

길었던 이벤트도 이제 오늘과 내일, 이틀만을 남겨 놓고 있었다.

이 『비상』과 『소환』, 『조교』 관련 스킬에 대량으로 경험치를 쏟아서 어느샌가 「상급 흡혈귀(그레이터 뱀파이어)」가 되어 있던 블랑은 마침내 완전히 햇빛을 극복했다.

이 오랄이라는 나라는 타국보다 기사가 많고, 심지어 그 기사가 강한 편이라고 한다.

게임답게 말하면 중, 상급자용 나라라고 할 수 있겠다.

블랑의 아래에는 지금 기사들이 온 도시에서 창칼을 부딪치고 있었다.

딱히 그런 축제나 행사가 아니었다. 그들은 진지하게 싸우고 있었다.

인류 기사들이 서로 싸우는 것이다.

싸우는 기사들은 왕성으로 가려는 기사와 그것을 저지하려는 기사로 나뉘었다.

더 설명할 필요도 없겠지만, 이 왕성을 향해 진군하는 기사들은 라일라의 부하였다.

라일라가 다스리는 도시는 이곳에서 북쪽에 있는 휴겔컵이며 오랄의 일개 도시였다.

즉, 이건 간단하게 말해서 쿠데타였다.

"화해한 건 잘한 일인데. 잘한 일이라고 생각하는데……."

아마 원래는 사이가 좋은 자매였을 것이다.

그래서 화해하면 협력 플레이를 하고 싶은 마음도 이해한다.

애초에 레아에게는 플레이어 친구가 블랑밖에 없었고, 라일라도 그 기발하다 못해 기막힌 플레이 스타일 때문에 뜻하지 않게 주변에서 NPC로 인식되는 듯했다.

라일라가 말하기를, 원래 「재앙」 같은 초월적인 전력을 손에 넣고 싶었던 이유는 쿠데타를 일으키기 위해서였다고 한다.

거창한 동기가 있지는 않고, 단순히 아티팩트를 갖고 싶다거나 이 나라의 왕가에는 빚이 있으니까 100배로 돌려주고 싶다거나, 뭐 그 정도의 이유였다.

별다른 명분도 없으면서 짜증 나면 일단 쿠데타를 일으키겠다는 점이 정말로 한 자매다웠고, 나이를 먹은 만큼 **위험도**가 업데이트 됐다는 감상밖에 나오지 않았다.

하지만 플레이어가 정상적으로 플레이해서 국가를 전복시키기란

쉽지 않다.

라일라에 따르면 이 게임에서 국가를 멸망시키려면 왕족의 씨를 말리거나 국토를 빼앗거나, 둘 중 하나의 조건을 충족해야 한다.

거기서 나타난 것이 힐루스 왕도를 멸망시킨 이벤트 보스「재앙」이었다.

이「재앙」에게 어떻게든 목줄을 채운다면 오랄을 멸망시킬 수 있을지도 모른다.

일전의 사건은 그런 발상으로 저지른 계획이었다.

하지만 지금은「재앙」의 힘을 이용하고 싶다면 억지로 목줄을 채울 필요가 없다.

「재앙」이 플레이어라면 교섭해서 협력을 요청하면 된다. 심지어 그 플레이어는 서로에게 얼마 되지 않는 게임 친구이자 해묵은 오해를 푼 자매였다.

"그래도 화해한 결과가 이 참상이란 말이지."

이 기사들의 목적은 성 주변의 혼란이며, 왕성을 향해 침공하는 것은 그저 왕성에 압력을 가하기 위해서였다.

애초에 왕도 기사들과 라일라의 기사들은 숫자가 크게 차이 난다. 정면에서 충돌해서는 이길 수 없고, 지리적 이점도 상대가 쥐고 있다. 지금 가까스로 혼란이 유지되는 이유는 이벤트 기간으로 각지의 마물이 활성화되어 왕도 기사 일부가 변경으로 출장을 갔기 때문이었다.

국토 전체를 경계해야 하는 왕국군과 일단 왕도를 혼란에 빠뜨리면 그만인 라일라 군. 설령 실력에 큰 차이가 있더라도 어느 쪽이 싸우기 유리한지는 생각할 필요도 없었다.

그런 라일라는 지금 케리와 라일리라는 레아의 권속들과 함께 왕성 안에 있을 것이다.

이 쿠데타는 어디까지나 인류가 일으킨 사건으로 보여야 했다.

대외적으로는 나라를 근심하는 젊은 귀족이 자기 보신에 급급한 부패한 왕가를 타도하고 새로운 국가를 수립한다는 시나리오이기 때문이었다. 성공한다면 말이지만.

왕성 안에서는 지금쯤, 라일라가 얼마 전 왕가에 헌상한 켄자키 씨를 타깃으로 레아가 나타났을 무렵이다.

작전의 흐름은 이렇다.

우선 라일라가 기사로 변장해 레아의 부하를 데리고 왕성으로 들어간다. 얼마 전 헌상한 검에 관해 추가 정보가 있다는 둥 적당한 이유를 둘러대서 국왕 알현을 요청한다.

그리고 알현실로 가는 도중, 복도 창으로 하늘에 있는 블랑에게 신호를 보낸다.

그것을 본 블랑이 왕성 주변에 대기하던 라일라의 기사들에게 전달해 봉기시킨다. 라일라의 기사들은 왕도 기사를 군사적으로 자극하며 왕성으로 향한다.

성 주변에서 전투가 벌어진다는 위기감으로 왕성을 실질적으로 봉쇄해 왕족이 도망가지 못하게 견제한다. 이것이 라일라의 기사들이 맡은 주된 임무였다.

성 밖 도시에서 그것을 확인한 레아가 『술자 소환』으로 보물고에 날아가 아티팩트를 빼앗는다.

그리고 블랑과 아잘레아 자매들은 상공에서 나뉘어 도시를 감시하고, 왕성에서 탈출하는 자가 있으면 신속하게 붙잡는다.

성 밖의 소란은 이미 성으로 전해졌는지, 성안이 조금 어수선했다.

어쩌면 라일라가 행동을 일으켰는지도 모른다.

왕가의 심장부, 왕성 안 깊숙한 곳까지 들어갈 수 있는 사람은 이 멤버 중 라일라가 유일했다.

가능한 한 왕에게 가까이 접근해 영지에서 대기하는 비장의 습격 부대를 『소환』한다.

그러면 남은 것은 일을 마친 레아와 라일라가 몰래 협력해 성안의 왕족을 처리하는 것뿐이다.

"……성에서 아무도 안 나오네. 남김없이 사냥했나? 나도 조금은 일하고 싶었는데."

"주인님."

그때 아잘레아가 다가왔다.

에른타르에 침공하는 플레이어를 해치우고 쌓인 경험치로 그녀들에게도 『비상』과 『어둠 마법』을 가르쳤다.

"왕자로 보이는 자들을 처리했어요."

"뭐? 어느새."

"성 북쪽, 아마 물자를 반입하는 출입구라고 생각하는데, 그곳으로 초라한 마차와 그것을 호위하는 기사들이 나와서 기사는 처리하고 마차는 제지했어요. 안에는 호화로운 복장의 젊은 남자 두 명과 시종으로 보이는 자들이 타고 있었는데……."

"타고 있었는데?"

"죄송합니다. 마차를 무리하게 멈춘 충격으로 사망했어요."

"아…… 나도 활약하고 싶었는데. 뭐, 그런 거라면 어쩔 수 없나. 응, 알았어. 수고했어."

"라일라 님의 말씀으로는 왕녀가 남아 있을 가능성이 있다고 했죠? 국왕과 왕비는 곧 라일라 님이 만나러 가실 테고."

"그래. 계속해서 왕녀를 찾을 수 있게 경계는 해 두자. 이제 남은 왕족은 왕녀뿐이니까 찾으면 죽이지 말고 알려줘."

"알겠습니다."

◆◆◆

보물고 안의 모든 아이템을 인벤토리에 넣은 레아는 싱글벙글 웃으며 복도로 나갔다.

보물고가 있는 층으로 통하는 문은 마법의 힘으로 잠겨서 열 수 없었다. 그건 안쪽에서나 바깥쪽에서나 마찬가지였다.

하지만 일단 층 안으로 들어가면 내부의 다른 문들에는 별다른 안전장치가 없었다.

〈끝났어. 그쪽은 어때?〉

〈수고했어. 아주 순조로워. 야아, 제법 유능한 부하를 뒀어. 우리 기사보다 우수할지도 몰라. 지금은 방금 불러들인 습격 부대와 협

력해서 성안의 왕족과 귀족을 찾으러 보냈어. 내 곁에 붙어 있는 애는…… 이름이 케리였나?〉

〈알았어. 그럼 케리를 타깃으로 날아갈게.〉

레아는 켄자키를 손에 쥐고 『위장』으로 은신한 뒤 『소환』을 발동했다.

도착한 곳은 호화로운 레드 카펫이 깔린 넓은 공간이었다.

아마 알현실일 것이다.

『위장』은 『소환』의 이펙트까지는 감추지 못하는지, 몇 명이 이쪽을 보고 있었다.

하지만 게이트에서 아무것도 나오지 않아서 금방 눈을 라일라에게 되돌렸다.

"……또 기사를 불러들인 줄 알았는데, 아무래도 불발로 끝났나 보군."

알현실 중앙 바닥에 앉은 근엄한 남성이 비웃듯 말했다. 상황으로 봐서 그가 국왕일 것이다. 그밖에도 세 명의 왕족, 귀족 같은 이들이 앉아 있었고 검을 뽑은 기사들이 그들을 에워싸고 있었다.

〈중앙의 네 명은 누구야? 한 명은 왕? 다른 셋은?〉

〈그 외 기타. 측근인가. 재상과 왕비와 농무(農務) 대신이랬나.〉

〈왕비는 왕족에 들어가지 않나. 근데 뭐? 농무 대신? 왜?〉

〈왕비는 딱히 왕가의 핏줄을 잇지 않았으니까. 농무 대신이 있는 이유는…… 왠지 모르겠지만, 뭐 아무렴 어때?〉

힐루스 왕국이 소멸할 때, 공식 사이트 갱신과 라일라가 왕족을 처리한 타이밍이 대략 일치하므로 왕족이 전멸하면 국가가 소멸하는 것은 확실했다.

하지만 상식적으로 생각해서 역대 왕가의 피를 이은 자가 왕가 안에만 있으리라고 생각하기는 어려웠다. 왕의 형제들이 새로운 가문을 일으켜 공작이 되거나 공주가 신하에게 시집가거나, 혹은 숨겨둔 자식이 있을 수도 있다.

하지만 공식적으로 힐루스 왕가는 이미 멸망한 것으로 판정했다.

그렇다면 왕가란 엄밀하게 따지면 핏줄이 아니라 어떤 다른 조건, 예를 들어 국가가 왕위 계승권을 인정한다는 식의 특수한 사정을 가진 자가 아닐까. 레아와 라일라는 그렇게 추측했다.

그렇다면 오랄 왕위 계승권을 가진 모든 사람을 없애 버리면 쿠데타는 완료된다.

"이제 남은 건 제1 왕자와 제2 왕자, 그리고 제1 왕녀가 전부였나. 재상, 더 없지?"

레아는 누가 재상인지 모르겠지만, 아무도 입을 열려고 하지 않았다.

"……어쩔 수 없지, 『매료』."

하지만 변화는 없었다.

라일라가 불쾌하게 눈살을 찌푸렸다.

"……안 통하나. 이거야 원, 최근 내 『정신 마법』이 전혀 힘을 못 쓰네."

"통할 것 같으냐, 아둔한 녀석! 우리는 일국을 다스리는 몸이다. 가장 먼저 정신력을 갈고닦는 것을 모르느냐!"

국왕 같은 남자가 부르짖었다.

일리가 있는 말이다. 한 국가의 왕이 정신을 조작당할 위험이 있다면 국가 운영을 마음 놓고 할 수 없다.

〈내가 할까? 아마 라일라보다 잘할 텐데.〉

〈……어떡하지. 레아가 모습을 보여주면 여기 있는 네 명은 처리할 수밖에 없는데?〉

〈처음부터 그럴 생각이면서. 한 명만 남겨 둬도 된다면, 왕녀라도 찾아서 살려 놓으면 되지 않겠어?〉

처음에 라일라는 왕족은 모두 죽일 생각이었다. 클로즈 테스트 시절의 다른 사람(아바타)이기는 하지만, 자신에게 자결을 선택하게 한 이 나라를 용서할 마음이 없기 때문이었다.

하지만 그 경우 나라를 찬탈해도 힐루스처럼 공식적으로 멸망 판정을 받을 우려가 있다.

가급적 무해한 왕족을 하나만 살려 두고 그 캐릭터를 『사역』한다.

그러면 공식 사이트에서 오랄이 사라지는 사태를 막고, 플레이어들에게 쿠데타는 게임 시나리오상 정해진 수순이었다고 믿게 한다.

〈왕자와 왕녀가 만약 도망쳐도 블랑이 전부 죽이면 곤란해져. 왕녀는 제일 먼저 도망칠 성격이 아니었으니까 괜찮다고 생각하지만.〉

〈그럼 전부 죽이고 살아남은 왕족인 척 아티팩트 들고 타국으로 망명하면 어때?〉

〈글쎄, 내 얼굴이 NPC 왕족에게 꽤 알려져서……. 레아 쪽 세력에서 부양해 줘도 괜찮은데.〉

하지만 희귀한 인류 국가 귀족이니까 그 신분을 최대한 이용해서 플레이해 줬으면 좋겠다.

〈뭐, 어쩔 수 없지. 나와도 돼.〉

『위장』을 해제했다. 가능하면 눈에 띄지 않도록, 모든 날개는 접어서 몸에 감았다.

갑자기 나타난 순백색 존재에게 네 사람이 동요한다.

"……?!"

"누, 누구냐?!"

"휴겔컵 경과…… 똑같은 얼굴……?!"

"아, 악마……? 휴겔컵 경은 마물과 관계된 건가?!"

날개가 없으면 레아는 악마처럼도 보이나 보다. 뿔 때문일까?

"……뭐라고 하든 상관없지. 먼저 내 일을 끝낼까. 『자실』, 『매료』."

모습을 보여 주는 위험을 짊어졌는데 실패할 수는 없었다. 만약을 위해 『자실』로 양념했다.

걸렸다. 그런 확신이 들었다. 국왕으로 보이는 남성은 넋이 나가탁한 눈으로 레아를 바라봤다.

"폐하? 폐하!"

옆에 있는 왕비가 국왕을 흔들지만, 아무런 변화도 없었다. 그 정도로는 『매료』가 풀리지 않는다.

"……라일라의 질문에 답해라."

국왕에게 다가가서 귓가에 속삭였다.

"……고마워.

이제 차분하게 이야기할 수 있을까? 국왕 폐하. 우선 이 나라의 왕위 계승권을 가진 자를 알려줘."

"……왕비 아우구스타, 제1 왕자 권터, 제2 왕자 루돌프, 제1 왕녀

체칠리아. 다."

"응? 왕비에게도 계승권이 있어?"

"왕비. 는 짐의 사촌 누이, 이다."

이곳에 케리밖에 없다면 다른 세 명은 라일라의 기사에게 협력해서 성안을 수색 중일 것이다. 친구 채팅을 보내 뒀다.

〈라일리, 레미, 마리온. 목표는 제1 왕자 귄터, 제2 왕자 루돌프, 제1 왕녀 체칠리아야. 의심되는 인간을 찾으면 알현실까지 데리고 와. 생사는 묻지 않겠지만, 최소 한 명은 살려 놓아야 해.〉

"으음, 그렇지. 재상과 농무 대신은 이제 필요 없으려나."

라일라가 눈짓하자 주변을 에워싸고 있던 기사 중 네 명이 움직여 아저씨 둘을 양쪽 겨드랑이에 끼고 별실로 끌고 갔다. 다른 곳에서 처리하려나 보다.

레아라면 이곳에서 죽일지 모르지만, 왕비의 정신 상태를 배려했나 보다.

라일라는 레아보다 아주 조금 더 오래 산 만큼, 그런 점에서 배려가 세심하다.

〈보스, 제1 왕녀로 추정되는 인물을 발견했습니다.〉

〈고마워. 시체 신원 확인을 시키고 싶으니까 알현실로 정중하게 모셔 와줘.〉

왕녀에게 모습을 보여주는 것은 좋지 않다. 레아는 다시 『위장』을 발동했다.

"실례합니다."

기사가 알현실 문을 열자 라일리가 들어왔다. 메이드 같은 복장을 한 여자를 한 명 데리고 있었다.

"오? 어서 와, 너는…… 라일리였던가? 그 애는…… 메이드 복장이지만, 얼굴은 체칠리아 왕녀인가……?"

"네. 왕녀로 보입니다. 시녀와 옷을 교환한 것 같습니다."

라일리의 대답에 라일라가 놀랐다.

"……용케 알았네? 얼굴을 아는 것도 아닐 텐데."

"왕녀의 옷을 입은 여자는 손이 거칠었으니까요. 그리고 이 메이드의 손은 깨끗합니다. 혹시 몰라서 시녀도 데리고 왔습니다만."

뒤쪽에는 라일라의 기사가 왕녀 복장을 한 여성을 데리고 있었다.

〈와…… 이 애, 대단하네.〉

〈그치?〉

"—라일라 님! 어째서 이런 짓을!"

메이드복 왕녀가 갑자기 라일라에게 달려가려고 했다. 하지만 라일리에게 팔을 잡혀 뜻은 이루지 못했다.

"……체칠리아 왕녀님, 저도 이런 짓은 하고 싶지 않았습니다. 하지만 방법이 없었습니다!"

〈쇼하네.〉

〈잠깐 조용히 해 봐.〉

라일라는 고개를 숙이고 손등을 얼굴에 비벼 눈물을 훔치는 척했다.

"제가 오래전부터 타국의 왕족분들께 망명— 유사시에는 제 성으로 피신하라고 권한 것을 알고 계실 겁니다."

"……예. 성품이 고결한 분이라고 생각했죠."

"하지만, 아아, 하지만 들어 주십시오. 여기 계신 국왕 폐하는 그 이야기를 들으시고는, 비열하게도, 도망쳐 온 힐루스 왕가분들을 살해하고 그들의 아티팩트를 빼앗으라고 제게 명했습니다!"

〈거들어 줘.〉

〈못 말려.〉

이 체칠리아라는 왕녀의 눈에는 라일라밖에 비치지 않았다.

레아는 『위장』으로 모습을 감춘 채 몰래 국왕의 귓가에서 다시 속삭였다.

"그래. 틀림, 없다."

"……!"

왕비가 무슨 말을 하려고 했지만, 『자실』로 제지했다.

"……어떻게…… 아바마마께서……. 왜……."

국왕의 귓가에 대충 생각나는 말을 불어넣었다.

"……그래, 힐루스. 왕족은, 돼지다. 그런, 놈들은. 우리나라의 가축, 에 불과하다. 죽인다고, 나쁘, 나쁠 게 뭐냐."

"……너무해……."

왕녀가 눈물을 흘리며 주저앉았다. 라일리가 팔을 잡고 있어서 한쪽 팔만 붙잡힌 우주인 같았다.

그때 라일라가 천천히 다가가서 왕녀 앞에 무릎 꿇었다.

"체칠리아 왕녀님, 저는 의를 행하기 위해 일어섰습니다. 이런 만행은 결코 용서할 수 없습니다. 왕녀 전하, 부디 폐하를 대신해 이 나라의 여왕이 되어 주실 수 없겠습니까? 그럴 수만 있다면 저 라일라는 왕녀 전하, 아니, 여왕 폐하께 한평생 충성을 바치겠습니다.

—바로, 이렇게. 『사역』."

왕녀의 온몸에서 한순간 힘이 빠졌다. 하지만 금방 일어났다.

"—물론이에요. 라일라 님. 제가 아바마마를 끌어내리고 이 나라를 라일라 님 뜻대로 통치하겠어요."

〈……방금 그 쇼, 필요했어?〉

〈이러면 『자실』을 안 써도 될 거야. 아마 천연 자실 상태가 아닐까.〉

전투에서 패배해 전의를 상실하면 『사역』할 때 저항이 사라지는 것은 지크 때 검증됐다. 『정신 마법』은 정신의 상태 이상을 유발하는 마법이기 때문에 자연스럽게 상태 이상에 걸려 있다면 굳이 마법을 쓸 필요는 없을지도 모른다.

"그럼 이제 괜찮을까?"

『위장』을 해제하고 직접 이야기했다. 라일라에게 NPC가 친구 채팅을 쓸 수 있다는 사실을 알리지 않았기 때문에 말을 하지 않으면 케리, 라일리와 의사소통하기 힘들다.

"너, 너는 대체……!"

그러고 보니 아직 왕비가 있었다. 그녀는 이 일련의 연극이 라일라와 정체 모를 마물 레아의 소행이라고 알아차렸을 것이다.

"아, 어떻게 할까……."

"그냥 왕족을 전부 『사역』해 버리지?"

"……으음, 그래도……. 노블 휴먼은 『사역』해도 보너스가 안 붙어서……. 그리고 비용이 비싸서 오늘 연속으로 쓰기는 어려워……."

"……보너스? 비용? 무슨 소리야?"

"어?"

레아가 아는 『사역』과 달랐다.

“노블 휴먼의 종족 트리에서 배우는 『사역』은 발동자에 가까운 하위 종족, 이 경우에는 휴먼인데, 그들을 『사역』하는 성공률에 보너스가 붙어. 그리고 『사역』이 발동할 때는 LP와 MP를 소비하는데, 이건 『사역』에 성공한 상대의 랭크에 따라서 소비량이 변해. 지금 왕녀를 『사역』하면서 빠진 LP는 20퍼센트 이상이야. 그러니까 지금 당장 두 명에게 사용하는 건 위험이 커.”

그런 시스템이었나.

생각해 보면 블랑의 『사역』에는 권속이 모두 언데드가 된다는 제약이 있었다.

똑같이 『사역』이라는 이름이 붙은 스킬이라도 각자 효과가 미묘하게 다른 모양이었다.

다른 효과인데 같은 스킬명인 이유는 대충 짐작이 된다.

레아의 「뿔」처럼 『사역』에 보너스를 주는 스킬이나 특징이 몇 가지 있을 것이다. 그것들이 뒤섞여 강화하거나 저항을 늘리기 때문이라고 생각된다.

“그래, 공부가 됐어. 고마워.”

“아니, 고마워가 아니지. 뭐야? 레아의 『사역』은 달라? 다른 거 맞지? 알려 줘.”

“고마워, 언니!”

“으윽! 아, 아니, 안 속아. 알려 줘!”

하지만 하이 엘프가 됐을 때 한 번 『사역』을 확인해 봤지만, 엘프를 대상으로 했을 때의 보너스는 특별히 없었다.

다른 상위종의 『사역』과 비교해 하이 엘프의 그것은 명백히 성능이 떨어진다.

어쩌면 하이 엘프는 본래 권속을 늘리는 데 어울리지 않는 종족일지도 모른다.

아니면 하이 엘프에게도 노블 휴먼의 「푸른 피」 같은 특별한 아이템이 있을까?

"듣고 있어?"

"……이것저것 도와주면, 알려 줄 수도 있어."

"그건 내용부터 들어 봐야겠는걸."

"하나는 이 대륙 제패. 인류종 국가를 전부 멸망시키고 마물의 영역을 넓힐 거야. 그 영역이 전부 내 지배하에 놓이면 더 좋고. 아, 이 나라는 이미 제압했다고 쳐도 돼."

"……성공은 보장할 수 없지만, 도와줄 수는 있어. 어차피 나도 앞으로 그 방향으로 플레이하게 될 테니까."

"……다른 하나는 특정 플레이어 수색이야. 이름만은 몇 명 알지만."

"앗! 레아를 죽인 녀석들이구나! 그래, 그 녀석들 이름이라면 나도 알아. 축하 스레드 봤거든. 아얏!"

이미 안다면 설명하지 않아도 되리라.

라일라에게 현재 레아가 사용하는 『사역』의 특징을 말하고 습득 방법도 알려 줬다.

하지만 라일라는 실제로 배우기를 꺼렸다. 이것을 배우면 라일라의 보험용 경험치가 기준치에 미달되기 때문이었다.

레아는 왠지 귀찮아져서 라일라에게 라이프 포션과 마나 포션을

먹이고 그녀 본래의 『사역』을 강요했다.

"……꺼윽. 아, 그렇지. 블랑한테 말해서 처리한 왕자 두 명의 얼굴을 확인해야겠어. 왕녀가 변장했다면 왕자도 변장해도 이상하지 않아."

"그러네. 연락해 둘게."

어쨌거나 이제 현 국왕과 왕비, 그리고 차기 왕녀가 라일라의 손아귀에 떨어졌다.

시나리오는, 왕녀가 현 국왕의 잔악한 행위 — 힐루스 왕족을 살해하고 아티팩트를 강탈 — 를 심판하기 위해서 충의로운 귀족을 이끌고 쿠데타를 일으켜 왕위를 찬탈했다. 현 국왕 부부는 어딘가에 유폐되고, 기사단은 속죄를 위해 새로운 여왕 아래에서 운용된다. 이렇게 정리하면 될까.

이제는 공식적으로 살해된 힐루스 왕족에 대해 새로운 여왕이 사과의 말을 적당히 늘어놓으면 끝이다.

오늘은 이미 해가 저물었으니까 이 발표는 내일 이루어질 것이다.

길었던 이벤트의 마무리가 이웃 나라의 정권 교체 성명이 될 줄은 정말 상상도 하지 못했다.

에필로그

제2회 이벤트를 돌아보는 스레드

001: 멘타이리스트

제2회 이벤트 수고하셨습니다.

우선 이 이벤트 기간에 대륙에서 발생한 큼직한 사건을 시간 순서대로 나열했습니다.

빠진 부분이 있다면 복사&추가로 작성해 주세요.

이 스레드는 검증 스레드를 비롯해 정리 스레드와 이벤트 스레드에서도 유도됩니다.

가능한 한 많은 플레이어의 의견을 모으고 싶으므로 평소 상주하는 스레드가 아니더라도 편하게 의견을 적어 주세요.

어차피 이벤트 뒤에 점검하느라 접속도 못 하니까 다들 느긋하게 있으라구!

이벤트 전

【힐루스 왕국】「제7 재앙」 탄생

1일 차

【힐루스 왕국】 에어파렌 멸망

루르드 멸망

베르데수드 멸망

알토리바 멸망

2일 차

【힐루스 왕국】 라콜린느 멸망

힐루스 왕도에 재앙 등장

제1차전(낮) 플레이어 승리

제2차전(밤) 플레이어 패배

힐루스 왕도 멸망

3일 차

공식 사이트에서 힐루스 왕국이 사라짐(공식적 멸망 판정)

4일차

【힐루스 왕국】 에른타르 멸망

【페아레 왕국 】 노이슈로스 멸망

5~6일 차

딱히 없음

7일 차

【셰이프 왕국】 아인파라스트 멸망

【페아레 왕국】 페아레×셰이프에서 긴장 고조(사실상 개전?)

8일 차

딱히 없음

9일 차

【오랄 왕국】 오랄 왕도에서 쿠데타 발발, 정권 교체

10일 차

【오랄 왕국】신정권 수립 성명 발표

※방어 성공에 관해서는 기록하지 않음(멸망한 도시 외에는 대부분 방어에 성공했기 때문).

002: 컨트리팝
1번 수고.

003: 아론슨
이벤트 보스……라기보다 신 보스인가? 그 등장 이벤트로 힐루스가 멸망.
다음은 대륙 첫 인류 간 전쟁이 발발하는가 싶더니, 안정된 오랄에서 쿠데타.
이런 흐름이지?

004: 강하고 안 벗겨짐
이벤트 봐라. 배 터져 죽겠네.

005: 아만틴
2일차에 새로운 보스가 등장하고 나라가 멸망했을 때는 무슨 이벤트 구성이 이런가 했는데, 끝나고 보니까 계속 사건이 터졌네.

006: 익명의 엘프 씨

마지막의 오랄 혁명이 이벤트의 최고 볼거리인가?

007: 멘타이리스트

이벤트 발생과 흐름을 운영진이 완전히 제어하고 있다는 인상이 적어. 계기는 만들어 줄지 몰라도 그 후 흐름은 NPC와 플레이어한테 방임하는 걸지도.

만약 그러면 이벤트 발생 순서는 관계없을지도 몰라.

008: 하우스트

운영진이 한 건 제7 재앙이라는 신 보스 탄생, 페아레와 셰이프에 불씨 만들기, 오랄의 쿠데타 씨앗 뿌리기뿐이라는 얘기?

009: 요이치

아니. 오랄 쿠데타의 발단은 힐루스 왕국 멸망이야.

마지막 날 오랄 신정권이 성명을 발표했는데, 오랄의 전대 왕이 살아남은 힐루스 왕족을 죽이고 예의 아티팩트란 것을 빼앗았다고 해.

그게 너무 비인도적이라는 이유로 왕녀가 왕을 타도하러 쿠데타, 라는 식으로 흘러갔지.

010: 쿠라아쿠

쿠데타에 참가한 플레이어 혹시 있어?

011: 몽키 다이브 사스케
〉〉010 이벤트 중에 왕도였으니까
플레이어 자체가 드물었을걸.
있어 봐야 생산직 정도?

012: 유한회사 스미스
생산직도 거의 다 최전선으로 이사 갔어.
물건을 만들어도 안 팔면 의미가 없으니까.

013: TKDSG
전투도 생산도 못 하는 즐겜 유저도 돈은 꽤 벌었다고 하더라.
몇 명씩 팀을 짜서 전이 서비스로 변경 도시까지 소재나 물, 음식을 운반하는 배달업으로.
전투가 오래 이어지면 유통이 막혀서 변경은 어딜 가나 물자 부족이었으니까.

014: 오린키
경험치 우선하느라 보스를 방치하는 거 위험하다고 생각했는데, 그 배달이 도시 전체를 살린 느낌이야. 도시에는 병사뿐 아니라 일반인도 많으니까.

015: 멘타이리스트
끝나고 보니까 멸망한 도시도 생각보다 엄청 많지는 않고 말이야.

그건 다행이라고 생각해.

016: 강하고 안 벗겨짐
>>015 초반에 멸망한 나라가 있다는 거 잊지 말아 주세요.

017: 길가메시
야, 그건 뭐 어떻게 할 수가 없잖아.

018: 웨인
그러게…… 천재지변 같은 거야.

019: 멘타이리스트
뭐, 재앙이 이번 마물의 보스 포지션이라면 온 대륙에서 마물이 인간에게 사냥당하는 상황이니까 걔 입장에서는 나라째로 멸망시킬 수밖에 없긴 해.

020: 몽키 다이브 사스케
>>019 이상하게 옹호하네.
예쁘긴 하더라만.

021: 아마틴
>>020 그러게.

022: 익명의 엘프 씨

아니, 그건 단순하게 예쁜 게 아니잖아. 무조건 스킬 같은 것도 있었다니까, 매료 계통으로.

한순간 싸울 기력을 상실할 뻔했어.

그러니까 멘타이도 지금 상태 이상에 걸린 거야.

023: 멘타이리스트

재앙 이야기도 나온 김에, 재앙 토벌전의 흐름과 전말을 정리하겠습니다(무시—

처음에는 우선 힐루스 왕도에 우연히 있던 플레이어, 방금 위에 있던 웨인인데, 그가—

⋮

⋮

041: 아라후부키

그거 말인데

처음에 억지로 잡지 않았으면 파워 업도 없었던 거 아냐?

042: 익명의 엘프 씨

>>041 그럴 가능성도 있지만, 아티팩트가 왕도에 있으니까 결국 기사들이 해치우지 않았을까. 플레이어가 없어도.

043: 멘타이리스트

>>042 나도 그 의견에 찬성.

덧붙이면 그 아티팩트라는 아이템, 강력한 효과와 심각한 사용 제한으로 보면 이벤트 한정 아이템이야.

그래도 아이템이라면 반대로 몬스터도 쓸 수 있다는 얘기니까 적한테 넘어가면 안 돼.

잠깐 옆길로 새자면, 오랄의 임금님이 힐루스 왕족을 죽여서라도 아티팩트를 확보하려고 한 것도 그런 이유 아닐까.

방식이 잔인해서 혁명이 일어났지만.

044: 몽키 다이브 사스케

그거면 나라도 죽여서라도 빼앗겠다고 생각한다.

045: 길가메시

〉〉044 너는 그렇겠지.

그래도 국가 원수가 그런 판단을 하는 건 제정신이 아냐. 그럴 거면 그냥 보호하면 되잖아.

046: 웨인

그래도 오랄 이야기를 듣고 알았는데, 그 힐루스 왕도 멸망에서 왕가는 살아남았다는 말이잖아?

어떻게 살았지?

047: 길가메시

망명이라도 한 거 아냐?

048: 웨인

이 게임 공식 설명을 보면 지금까지 국가 간 전쟁도 일어난 적 없다는데, 망명이란 개념을 용케 떠올렸어.

049: 아마틴

하지만 힐루스 재상은 엄청나게 우수한 인물이었어.

그 사람이면 최소한 왕가와 국보만은 넘기지 않겠다고 책략을 짰을 만해.

050: 웨인

그래서 결과적으로 왕도가 함락되고 공식 국가 멸망까지 시간이 걸린 건가.

051: 모리에티 교수

그건 결국 왕가와 국보가 이 게임에서 말하는 국가 그 자체라는 뜻인가?

가령 그렇다고 해도 왕가와 국보가 남아 있다고 어떻게 객관적으로 증명하지?

현실에서는 어떻게 해도 숨길 수 없는 국토와 국민, 그리고 그와 관련된 국제 조약 등으로 존재를 객관적으로 증명할 수 있잖아.

왕가와 국보는 존재 증명이라는 관점에서 객관성이 너무 떨어져.

052: 쿠라아쿠

그건 현대니까 그렇지.

고대 일본도 왕권과 율령제로 국가를 성립시켰고, 왕권의 상징은 3종 신기, 즉, 국보야.

그 구도는 이 대륙과 아무런 차이도 없다고 보는데.

053: 모리에티 교수

그건 일본이 섬나라이기 때문이다. 한정된 국토에 나라가 하나밖에 없으니까 문제가 안 생기지.

해외에서 보면 결국 국토와 국민으로 국가의 존재가 증명돼.

더군다나 이 대륙은 각 도시가 상당히 강한 자치권을 지녔어. 정치 형태로는 율령제보다 봉건제가 어울리겠지.

더 말하자면, 변경이 개척 도시라는 의미를 가졌다면, 이것도 일본에서 행해지던 제도인데 장원공령제라는 것에 가깝다고 나는 생각한다.

일본은 산이 많은 지형이라서 논밭 개간에 많은 노력과 시간이 필요했는데, 이 대륙에서는 그게 그대로 마물의 영역 개척에 해당하며—

054: 하우스트

고대 일본은 어디까지나 예시지. 그 예시만을 부정하고 이야기하는 건 공평하지 않아.

고대 중국도 옥새를 가진 사람을 천자, 즉, 최고 권력자로 보는 시대가 있었어. 유라시아 대륙 중앙에 위치한 섬나라도 뭣도 아닌

대제국에서조차 그런 아이템을 왕권의 상징으로 삼았으니까—

⋮

⋮

070: 길가메시

야, 이거 놔둬도 돼?

대부분 플레이어가 못 따라오는데.

071: 멘타이리스트

죄송하지만, 뒷내용은 여기서. 스레드 세워드렸습니다.

《【끝장】 대륙 국가의 상세 설정을 고찰하는 스레드【토론】》

각설하고 다음 고비, 페아레 왕국과 셰이프 왕국의 분쟁 차례인가.

이건 나는 해당 스레드를 본 게 전부라서 전혀 모르는데, 누구 자세히 아는 사람 있어?

072: 아마틴

계기는 아무래도 페아레의 노이슈로스라는 도시 파멸인가 봐.

나는 셰이프에서 플레이하는데 좀 떨어진 도시의 소식이라서 자세하게는 몰라.

073: 크랙

나 노이슈로스에 있었다.

2일차인가 3일차부터 마물이 언데드에서 고블린으로 바뀌기 시작했고, 그때부터 언데드는 안 나오게 됐어. 전부 고블린이지.

그 고블린들 물량에 밀려서 인근 도시에 지원을 요청했는데 모이질 않아서 흐지부지됐어.

내가 죽어서 리스폰한 곳은 이벤트 전에 있던 이웃 도시였는데, SNS 보는 한 그 시점에서 이미 노이슈로스는 함락됐었나 봐.

074: 길가메시

그게 왜 전쟁으로 이어져?

075: 아마틴

거리가 떨어져 있기는 한데, 그 노이슈로스 옆 도시는 셰이프 국내야.

플레이어들은 SNS에서 실시간 정보 공유가 가능하니까 이웃인 노이슈로스 전황이 나쁘다는 걸 알고 도와주러 갔어.

그런데 그 도시에 사는 NPC는 아니었지. 갑자기 용병들이 대거 도망친 것처럼 보였어.

그래서 위기감을 느끼고 그 도시 영주가 도망쳤다고 해.

그리고 도망친 곳에서 페아레가 용병을 빼간 탓에 전황이 악화됐다고 떠들고 다녔나 봐.

076: 그 손이 따뜻해

그 영주가 도망친 도시, 리사이아는 그 시점에서는 함락되지 않았지만요. 플레이어분들도 금방 죽고 부활해서 돌아왔고요.

다만, 이번에는 함락된 노이슈로스에서 날아간 마지막 비둘기에,

노이슈로스가 함락되기 직전인데 이웃 나라 셰이프에서는 공식적으로 지원도 없다, 선의를 가진 용병이 참가했으나 부득이 함락됐다고 적혀 있었어요.

아무리 그래도 이건 피해망상이겠지 싶어서 조사에 들어갔는데 그 시점에 영주가 도망쳤다는 건 사실이니까 노이슈로스 습격은 그 도시 영주의 사주고, 영주는 불똥이 튈까 봐 도망친 게 아니냐는 이야기도 나오고 있어요.

077: 아마틴

어디서 나온 이야기인지 알 수 없지만. 전서구 편지 내용도 너무 자의적이고, 전쟁을 붙이고 싶은 세력이 쓸데없이 부추겼다는 생각밖에 안 들어.

078: 크랙

아무튼 그래서 페아레 국내에 셰이프에 대한 불신감이 쌓였어.

페아레는 수인이 많은 탓인지 다혈질인 애들이 많아.

그래서 일부 젊은 애들이 노이슈로스 복수전이라면서 셰이프를 습격한 거야.

079: 길가메시

겨우 그거로 터졌다고?!

080: 크랙

NPC 수인은 얕보이면 끝장이라고 생각하는 구석이 있어.

종족 간 불화는 그다지 보이지 않지만, 아무튼 타 종족에게 밉보이기 싫다는 풍조가 있어.

081: 아마틴

더군다나 셰이프가 드워프가 많은 나라라는 것도 귀찮은 점이야.

드워프들도 일반 시민은 물건 만들기를 좋아하는 전형적인 이미지의 드워프인데, 귀족 계급은 별개야.

아예 다른 종족이라고 말해도 놀라지 않을 만큼 자존심이 강해.

여기는 반대로 일반 시민은 냉담한데 귀족이 흥분해서 싸워야 한다고 난리야.

082: 웨인

자존심이 강한데 플레이어를 빼앗겼다고 도망가?

083: 그 손이 따뜻해

귀족의 피만은 끊겨서는 안 된다는 풍조가 있는 것 같았어요.

우리도 도시 사람들의 의견을 들었을 뿐이니까 사실인지는 알 수 없지만요.

084: 길가메시

귀족이 선민사상으로 똘똘 뭉친 건 어느 나라건 똑같을 거야.

웰스는 비교적 나은 편이지만, 그래도 귀족과 평민의 결혼은 상상도 못 할 일이라고 해.
평민과 결혼하면 귀족은 평민 계급으로 떨어진다고 하더라.

085: 아마틴
어쨌든 그런 상황에 페아레 수인 부대가 습격한 거야.
그들은 밤눈이 좋아서 야습으로 아인파라스트라는 도시를 공격했어.
드워프도 눈은 좋은 편이지만, 밤눈이 수인만큼 좋을 수는 없지.
겉모습은 인간이니까 아인파라스트 쪽도 공격당할 때까지 적이라고 인식하지 못했나 봐.
그래서 순식간에 영주 저택까지 침공당했어. 완전 진흙탕 싸움이지. 명백하게 서로의 잘못으로 사망자가 나왔으니까.

086: 그 손이 따뜻해
저기, 오해의 소지가 있어서 말씀드리는데, 누락된 정보가 있어요.
아인파라스트를 습격한 건 페아레 수인 NPC가 맞지만, 도중에 수인 NPC가 이동하는 모습을 본 플레이어가 무슨 이벤트라고 생각해서 거기에 편승했어요.
그래서 그대로 야습이 벌어지고, 따라간 플레이어까지 영문도 모른 채 습격에 참가해서 일이 커진 거예요.

087: 길가메시
음…….

088: 멘타이리스트

당시 스레드를 봤는데 발단이 NPC니까 그 행동 자체의 옳고 그름을 알 수 없어서 일단 따라갔고, 많은 NPC가 공격하니까 나쁜 놈이겠거니 하고 습격한 모양이야.

축제 상태더라.

이게 또 다른 불씨가 되지 않으면 좋겠는데.

089: 웨인

그래서 결국 전쟁은 계속되는 중이야?

090: 아마틴

뭐, 쌍방이 타협을 모르니까.

091: 그 손이 따뜻해

게다가 인류와 인류의 전쟁은 아마 첫 경험일 거예요.

어떻게 끝내야 하는지도 모를 수 있어요. 확실한 선전포고가 있었던 것도 아니고…….

⋮

⋮

111: 멘타이리스트

그럼 마지막은 오랄 왕국 쿠데타인가.

이것도 피상적인 내용밖에 모르니까 잘 아는 사람 있으면 설명 부탁.

112: 요이치

달리 있을지도 모르지만, 우리는 오랄에서 활동했었으니까 말할게.

보충할 내용이 있으면 부탁해.

우선 방금 말한 대로 쿠데타의 방아쇠를 당긴 건 힐루스 왕국 멸망이야.

정확하게 말하면 힐루스 왕가의 전멸이겠지.

이것을 지시한 자는 오랄 왕이었어.

거기에 이의를 제기한 왕녀가 결기했고, 일부 귀족의 협력을 얻어 왕도를 전격 습격, 왕을 생포했어.

제1 왕자와 제2 왕자는 왕파였는지 그 전투에서 사망했지만, 왕과 왕비는 여전히 잡혀 있지.

빼앗은 아티팩트의 행방을 알아낼 때까지는 죽이지 않겠다고 해.

근위 기사단도 왕과 목숨이 연동된 상태니까 죽이면 나라의 군사력이 저하될 우려도 있겠지.

그런 내용을 마지막 날 성명으로 발표하고 쿠데타는 하루 만에 종결됐어.

113: 아마틴

힐루스 왕가가 죽은 게 이벤트 3일차 저녁이라고 생각하면 결기까지 사실상 5일 걸렸나.

엄청난 속도네.

114: 멘타이리스트

진작 그런 움직임은 있었던 거 아닐까?

왕도 갑자기 그런 소리를 꺼내는 사람이면 평소부터 과격한 언동이 많았겠지.

115: 몽키 다이브 사스케

플레이어 중에는 왕을 알현할 수 있는 인간이 없으니까 모르겠지만.

116: 요이치

쿠데타 소식을 듣고 마지막 날에는 왕도에 가 봤는데 새로운 여왕은 심지가 올곧은 아가씨처럼 보였어.

옆에 있던 전신 갑옷이 협력한 귀족일지도 모르겠군.

117: 웨인

귀족인데 갑옷을 입어?

118: 요이치

다른 기사와는 확연하게 다른 고귀한 갑옷이었어.

행동거지에도 기품이 있었고, 무인 귀족이겠지.

참고로 아마 여성이었을 거야.

119: 익명의 엘프 씨

그런 것만 봐?

120: 몽키 다이브 사스케
여자용 갑옷이었나 보지.

121: 길가메시
그러고 보니 노이슈로스였나. 결국 그 고블린들이 거기를 점거했어?
그 녀석들 어떻게 됐는지 알아? 에어파렌 개미들처럼 다음 도시까지 안 왔어?

122: 크랙
아아, 노이슈로스와 숲을 오가면서 먹이나 모으고 있어.
다른 곳을 공격할 분위기는 아닌가 봐.
상식적으로 생각하면 마물은 거기 말고 도시가 있다는 사실 자체를 모르겠지.

123: 웨인
역시 재앙은 특별한 이벤트 보스였나 보네.
듣고 보니 도시끼리 육안으로 보이는 거리에 있지 않으니까 다른 인간 도시가 있다는 사실을 알 리 없겠구나.
⋮
⋮
151: 길가메시
한 번에 갑자기 많은 사건이 시작된 느낌이야.

152: 멘타이리스트

너무 깊이 생각하고 싶지 않지만, 좋든 나쁘든 플레이어의 영향이겠지.

153: 컨트리팝

플레이어가 재앙을 유도하거나 전쟁을 부채질했다는 거야?

154: 익명의 엘프 씨

그게 아니라

지금까지 이 대륙의 나라는 면적에 비해 인구 밀도가 낮아서, 극단적으로 말하면 타국이나 타 종족과의 접촉이 최소한만 이루어지지 않았을까. 나라와 나라 사이에 마물의 영역도 있고.

거기에 플레이어가 나타나면서 좋든 나쁘든 문화와 생활 환경에 대격변이 일어난 거야.

155: 멘타이리스트

맞아.

그리고 이벤트의 전이 서비스로 플레이어 대이동이 일어나면서 그런 경향이 단숨에 가속화됐지.

156: 길가메시

와, 진짜냐…….

너무 함부로 행동하면 안 되겠네.

157: 익명의 엘프 씨

이제 와서 한 명이 신경 써 봤자 부질없어.

그런 플레이어 전체의 행동 경향으로 이런저런 변화가 일어나는 게임이라고 생각하고 플레이할 수밖에 없지 않아?

158: 멘타이리스트

아마 그래서 운영진도 최소한만 개입하는 거 아닐까.

미리 이벤트를 준비하기보다는 일어난 결과에 대응해 나가는 방식 아냐?

159: 웨인

힐루스 멸망은 무슨 수를 써도 피할 수 없었다고 생각하니까 별로였는데

그것도 재앙이 탄생해 버려서 어쩔 수 없이 그렇게 한 걸까?

재앙은 힐루스 왕도가 마음에 든다고 말했고, 실제로 왕도를 던전으로 만든 뒤로 눈에 띄는 움직임은 없어.

160: 앤디

있었잖아.

에른타르랑 라콜린느가 던전으로 변했다고 하던데.

161: 강하고 안 벗겨짐

(국가 멸망과 비교하면)눈에 띄는 움직임은 없어.

■작가 후기

오랜만에 뵙겠습니다. 1권으로부터 넉 달 만이군요. 다시 찾아 주셔서 감사합니다. 처음 보시는 분은 아마 없으리라고 생각하지만, 만약 계신다면 처음 뵙겠습니다.

1권을 책으로 발행하면서 해당 작품을 모르던 분들도 많이 봐 주셨으리라고 생각합니다. 정말로 감사합니다.

제 근처에도 그런 분이 계셨습니다. 사실 일부 친구 외에는 다들 그렇지만요. 말하지 않았거든요.

그런 분들 가운데, 평소 라이트 노벨을 즐겨 보지 않으시거나 게임이나 애니메이션에 익숙하지 않은 분들께는 초반부터 전문 용어가 많아서 이해하기 힘들다는 의견을 많이 들었습니다.

일부 용어는 자세하게 설명하지 않고 넘어가 버려서 모르는 단어가 나오면 감을 잡기 어려우셨을 테죠. 타깃층에서 벗어났다는 편리한 말로 도피할 수도 있었으나, 그래서는 언제까지고 시장 저변이 확대되지 않을 테니까요. 적어도 나 하나쯤은, 이라는 마음가짐으로 최대한 해설해 드렸습니다. 자신의 개그를 스스로 해설하는 것과 비슷한 정체불명의 수치심을 느끼는 알찬 경험이었네요.

참고로 누구에게 해설했느냐면, 주로 친척 어르신이나 근무처 사장님이었습니다. 사장님은 거래처 부장님께 선물하신 적도 있어서 정신이 아찔했었죠. 물론 거래처에서 해설을 요구하는 일은 없었지만요.

1권의 후기에서는 라이트 노벨을 사랑했던 소년 시절 이야기를 했으니까 2권에서는 대학에 입학하고 동인 활동을 시작했을 무렵의 이야기를 해 보려고 했으나, 이번 후기는 2페이지라서 공간이 부족하네요. 다음 기회로 미루도록 하죠. 다음 기회가 찾아올 수 있도록 부디 앞으로도 잘 부탁드립니다.

마지막으로 일러스트를 담당하신 fixro2n 님. 이번에도 감사합니다. 후기부터 읽는 분께 스포일러가 되면 안 되므로 자세한 이야기는 할 수 없으나, 특히 3장의 2페이지 삽화가 최고였습니다.

담당 편집자님과 함께 여러 부분을 자르거나 순서를 바꾼 결과, 조금 부자연스러웠던 곳을 지적해 주신 교정 담당자님, 늘 생각하지만 대단하십니다.

그리고 이 책이 출판되도록 힘써주신 모든 분께 진심으로 감사의 말씀 전합니다.

하라쥰

황금의 경험치 2

초판 1쇄 발행 2024년 7월 20일

지은이_ Harajun
일러스트_ fixro2n
옮긴이_ 김장준

발행인_ 최원영
본부장_ 장혜경
편집장_ 김승신
편집진행_ 권세라 · 최혁수 · 김경민 · 최정민
편집디자인_ 양우연
국제업무_ 박진해 · 남궁명일
관리 · 영업_ 김민원 · 조은걸

펴낸곳_ (주)디앤씨미디어
등록_ 2002년 4월 25일 제20-260호
주소_ 서울특별시 구로구 디지털로32길 30 코오롱디지털타워빌란트 1301-1308호
전화_ 02-333-2513(대표)
팩시밀리_ 02-333-2514
이메일_ lnovellove@naver.com
L노벨 공식 카페_ http://cafe.naver.com/lnovel11

ISBN 979-11-278-7666-1 04830
ISBN 979-11-278-7518-3 (세트)

값 11,000원

스파이 교실 1~9권, 단편집 1~3권

타케마치 지음 | 토마리 일러스트 | 송재희 옮김

아지랑이 팰리스 공동생활 규칙.
하나, 일곱 명이 협력하여 생활할 것.
하나, 외출 시에는 진심으로 놀 것.
하나, **온갖 수단으로 나를 쓰러뜨릴 것.**

—각국이 스파이로 그림자 전쟁을 벌이는 세계.
임무 성공률 100%, 그러나 성격에 난점이 있는 뛰어난 스파이, 클라우스는
사망률 90%를 넘는 「불가능 임무」 전문 기관 「등불」을 창설한다.
하지만 선출된 멤버는 실전 경험이 없는 소녀 일곱 명.
독살, 함정, 미인계— 임무를 달성하기 위해 소녀들에게 남은 유일한 수단은
클라우스를 속여 이기는 것이다!

1대7 스파이 심리전! 통쾌한 스파이 판타지!!